A GEOGRAFIA DE NÓS DOIS

Obras da autora lançadas pela Galera Record:

A probabilidade estatística do amor à primeira vista
Ser feliz é assim
A geografia de nós dois

JENNIFER E. SMITH

Tradução
Glenda D'Oliveira

1ª edição

— **Galera** —
RIO DE JANEIRO
2016

CIP-BRASIL. CATALOGAÇÃO NA PUBLICAÇÃO
SINDICATO NACIONAL DOS EDITORES DE LIVROS, RJ

S646g Smith, Jennifer E.
A geografia de nós dois / Jennifer E. Smith; tradução Glenda D' Oliveira. – 1. ed. – Rio de Janeiro: Galera Record, 2016.

Tradução de: The geography of you and me
ISBN 978-85-01-10622-3

1. Ficção americana. I. D' Oliveira, Glenda. II. Título.

16-29974
CDD: 028.5
CDU: 087.5

Título original
The geography of you and me

Copyright © Jennifer E. Smith Inc. 2014

Texto revisado segundo o novo Acordo Ortográfico da Língua Portuguesa.

Diagramação do miolo: Abreu's System
Adaptação de capa: Renata Vidal

Todos os direitos reservados. Proibida a reprodução, no todo ou em parte, através de quaisquer meios. Os direitos morais do autor foram assegurados.

Direitos exclusivos de publicação em língua portuguesa
somente para o Brasil adquiridos pela
EDITORA RECORD LTDA.
Rua Argentina, 171 – Rio de Janeiro, RJ – 20921-380 – Tel.: (21)2585-2000,
que se reserva a propriedade literária desta tradução.

Impresso no Brasil

ISBN 978-85-01-10622-3

Seja um leitor preferencial Record.
Cadastre-se e receba informações sobre nossos
lançamentos e nossas promoções.

Atendimento e venda direta ao leitor:
mdireto@record.com.br ou (21) 2585-2002.

A Allison, Erika, Brian, Melissa, Meg e Joe
— por terem sido companhias tão boas durante
o verdadeiro blecaute

e este é o milagre que mantém as estrelas separadas
carrego teu coração (carrego-o em meu coração)
— e. e. cummings

PARTE I

Aqui

1

No primeiro dia de setembro, o mundo ficou escuro.

Mas de onde estava na escuridão, as costas contra a parede metálica do elevador, Lucy Patterson ainda não tinha como saber a extensão do blecaute.

Não podia imaginar, naquele momento, que ultrapassava o prédio onde ela havia morado a vida inteira, se espalhando pelas ruas, onde os sinais de trânsito tinham se apagado e o zumbido dos aparelhos de ar condicionado, cessado, deixando um silêncio estranho e pulsante. As pessoas já saíam para as extensas avenidas que se estendiam por toda a ilha de Manhattan, abrindo caminho até suas casas, como salmões nadando rio acima. Em toda a ilha, buzinas de automóveis enchiam o ar, e janelas se abriam; e dentro de milhares e milhares de freezers, o sorvete começava a derreter.

A cidade inteira havia sido apagada como uma vela, mas, do cubículo sem luz que era o elevador, dificilmente Lucy saberia disso.

Sua primeira reação não foi preocupar-se com o violento solavanco que os prendera entre o décimo e o décimo primeiro andar, fazendo com que todo o compartimento rangesse como um carrinho de montanha-russa. E tampouco foi pensar em como escapar, pois, se havia algo confiável no mundo — muito mais até que os próprios pais —, era o pequeno exército de porteiros do edifício, que jamais falhara em cumprimentá-la ao chegar da escola, ou lembrá-la de levar um guarda-chuva quando o céu ameaçava chover, homens sempre dispostos a correr até lá em cima e matar uma aranha, ou ajudar a desentupir o ralo do boxe.

Em vez disso, o que ela sentiu foi uma espécie de arrependimento profundo por ter se apressado a fim de pegar aquele elevador em particular, por ter corrido pela portaria de chão de mármore e chegado às portas pouco antes de elas se fecharem. Se ao menos tivesse esperado o seguinte, ainda estaria lá embaixo, especulando com George — que trabalhava no turno da tarde — a respeito de qual teria sido a causa da falta de energia, em vez de presa naquele pequeno espaço retangular com alguém que sequer conhecia.

O garoto não havia erguido o rosto para olhar para ela quando, poucos minutos antes, entrara. Em vez disso, manteve os olhos fixos no carpete cor de vinho enquanto as portas se fechavam com um ruído característico. Ela se posicionou nos fundos do elevador sem cumprimentá-lo, e, no silêncio que se seguiu, pôde ouvir as batidas baixas da música que vinha de seus fones de ouvido enquanto a parte de trás da cabeça loura, quase branca, balançava com elas, só de leve, sem realmente acertar o ritmo. Ela já vira o garoto antes, mas aquela era a primeira vez em que se dava conta de como ele parecia um espantalho, alto e magro, braços e pernas de aparência flexível, um desenho feito de linhas e ângulos amalgamados no formato de um adolescente.

Ele tinha se mudado no mês anterior, e, do lugar cativo na cafeteria vizinha ao edifício, certo dia ela o havia visto com o pai, levando uma pequena coleção de móveis pela calçada suja de chiclete. Ela sabia que tinham contratado um novo administrador para o prédio, mas não que ele traria o filho também, muito menos um filho que parecia ter sua idade. Quando tentou arrancar mais informações dos porteiros, tudo o que descobriu era que os dois tinham algum parentesco com o dono do edifício.

Lucy o notou algumas outras vezes depois daquele dia — perto das caixas de correio, ou passando pelo lobby, ou esperando o ônibus —, mas, ainda que fosse o tipo de garota que se sente à vontade para se aproximar e se apresentar, havia algo de vagamente inacessível nele. Talvez fossem os fones de ouvidos, que parecia usar sempre, ou o fato de que ela nunca o vira conversar com ninguém; talvez fosse a forma como entrava e saía quase furtivamente do prédio, com a maior rapidez, como se estivesse desesperado para não ser pego, ou a expressão distante em seus olhos quando ela o avistou na estação do metrô. Qualquer que fosse a razão, a ideia de conhecê-lo — ou até mesmo de dizer algo tão inofensivo quanto um "olá" — parecia a Lucy improvável por motivos que não podia articular com muita clareza.

Quando o elevador subitamente parou, seus olhos se encontraram, e, apesar da situação, ela se surpreendeu imaginando — ridiculamente — se ele a teria reconhecido também. Mas em seguida as luzes acima da cabeça deles se apagaram, e os dois ficaram ali no escuro, piscando os olhos, o piso ainda tremendo abaixo deles. Houve alguns ruídos metálicos vindos de cima — duas pancadas altas seguidas de uma batida aguda —, e depois algo pareceu assentar; salvo pelas batidas fracas da música dos fones do garoto, tudo ficou em silêncio.

Enquanto seus olhos se acostumavam ao escuro, Lucy conseguiu ver quando ele franziu a testa e tirou os fones. Ele olhou de relance na direção dela antes de virar o rosto para o painel de botões, apertando alguns deles com o dedão. Quando se recusaram a se acender, o garoto finalmente apertou o botão vermelho de emergência, e os dois inclinaram a cabeça, esperando o interfone dar sinal de vida.

Nada aconteceu, e ele apertou outra vez, depois mais uma. Até que ergueu os ombros, como se desistisse.

— Deve ter sido no prédio inteiro — disse ele, sem se virar.

Lucy baixou os olhos, tentando evitar a pequena seta vermelha acima da porta, posicionada em algum ponto entre os números 10 e 11. Estava se esforçando ao máximo para não

13

pensar no poço do elevador lá embaixo, ou nos grossos cabos tensionados acima deles.

— Tenho certeza de que já estão resolvendo — assegurou ela, embora não estivesse absolutamente certa daquilo. Já ficara presa antes, mas nunca em um apagão, e agora sentia as pernas bambas, o estômago amarrado em um nó. O ar já parecia muito quente, e o espaço, pequeno demais.

Lucy pigarreou.

— Bem, George está lá embaixo e...

Owen virou o rosto para ela, e, mesmo estando escuro demais para distinguir detalhes, Lucy podia enxergá-lo com mais e mais clareza a cada minuto. Lembrou-se de uma experiência que sua turma do quinto ano fez na aula de ciências: o professor colocou uma balinha de menta nas palmas das mãos em concha de cada um dos alunos, desligou as luzes e instruiu-os a mordê-las com força... então uma série de pequeninas faíscas iluminou o cômodo. Era assim que ela o via naquele momento; os dentes brilhando ao falar, o branco dos olhos vivo e iluminado em contraste com a escuridão.

— É, mas se foi no prédio inteiro, então pode demorar — ponderou o garoto, encostando-se contra a parede. — E meu pai não está em casa agora à tarde.

— Meus pais também não — comentou Lucy, e mal conseguiu distinguir a expressão no rosto dele, um olhar estranho em sua direção.

— Só falei porque ele é o administrador — explicou. — Mas ele está perto, no Brooklyn, então com certeza vai voltar logo.

— Você acha que... — começou ela, sem ter certeza de como formular a pergunta. — Acha que a gente fica bem até lá?

— Acho que a gente vai ficar numa boa — respondeu ele, a voz tranquilizadora; em seguida, com um tom de quem está achando graça, acrescentou: — A menos que você tenha medo de escuro, claro.

— Por mim tudo bem — disse Lucy, as costas deslizando pela parede até sentar-se no chão, descansando os cotovelos nos joelhos. Tentou dar um sorriso, que saiu um pouco trêmulo. — Me disseram que os monstros preferem armários a elevadores.

— Então acho que estamos salvos — brincou ele, sentando-se também, encostado na parede oposta. Pegou o celular do bolso, e, na luz fraca, os cabelos brilharam esverdeados ao inclinar a cabeça para a tela. — Sem sinal.

— Geralmente o sinal é instável aqui no prédio — disse Lucy, movimentando-se para pegar o próprio telefone, antes de se dar conta de que o esquecera em casa. Tinha descido apenas para pegar a correspondência, uma corridinha rápida até o saguão e de volta para cima, e agora tinha a sensação de que aquele era um momento particularmente ruim para estar de mãos vazias.

— Então — começou Owen, recostando a cabeça na parede. — Você vem sempre aqui?

Ela riu.

— Já passei um bom tempo aqui neste elevador, sim.

— Acho que vai ficar mais ainda — comentou ele, com um sorriso pesaroso. — Meu nome é Owen, aliás. Acho que é melhor a gente se apresentar direito de uma vez. Assim não tenho que chamar você de "A Garota do Elevador" sempre que for contar esta história.

— "A Garota do Elevador" não é mau — ponderou ela. — Mas Lucy também funciona. Moro no 24D.

Ele hesitou por um momento, depois deu de ombros de leve.

— Moro no subsolo.

— Ah, sim — respondeu ela, lembrando-se do detalhe tarde demais, e agradeceu por estar na escuridão, que escondeu as bochechas vermelhas. O prédio era como um pequeno país, e aquela era a moeda corrente; era praxe não dar apenas seu nome ao se apresentar, mas o número de apartamento também. Acontece que ela esquecera que o administrador sempre ficava no pequeno apartamento de dois quartos no subsolo, um andar aonde Lucy nunca tinha ido.

— Caso esteja se perguntando por que eu estava subindo — comentou ele depois de um momento —, é porque cheguei à conclusão de que a vista é bem melhor lá do terraço do prédio.

— Achei que era proibido ir até lá.

Ele guardou o celular no bolso e tirou de lá uma chave solitária, estendendo-a sobre a palma aberta.

—Verdade — concordou ele, com um grande sorriso. — Tecnicamente falando.

—Tem amigos no alto escalão, hein?

— Está mais para o baixo escalão — retrucou ele, guardando a chave. — Subsolo, lembra?

Dessa vez, ela riu.

— Mas o que é que tem lá em cima, afinal?

— O céu.

—Você tem a chave para o céu? — perguntou ela, e ele entrelaçou os dedos, levantando os braços acima da cabeça a fim de se esticar e alongar.

— É assim que impressiono as garotas que conheço no elevador.

— Bem, está funcionando — respondeu Lucy, achando graça. Observando-o ao longo das últimas semanas, estudando-o de longe, tinha imaginado que era um cara tímido e fechado. Mas sentados ali, sorrindo um para o outro no escuro, ela se deu conta de que havia se enganado. Ele era engraçado e um pouco estranho, o que, no momento, não parecia o pior tipo de pessoa com quem acabar presa em um cubículo.

— Se bem que — acrescentou ela — ia ficar bem mais impressionada caso você pudesse tirar a gente daqui.

— Eu também — respondeu ele, erguendo os olhos para sondar o teto. — O mínimo a esperar é que eles colocassem uma musiquinha para a gente, né?

— Se for para colocarem qualquer coisa aqui dentro, tomara que seja um pouco de ar fresco.

— É, a cidade inteira está um forno — concordou. — Nem parece setembro.

— Eu sei. Difícil de acreditar que as aulas começam amanhã.

— É, as minhas também. Isso se a gente conseguir sair daqui um dia.

— Onde você estuda?

— Provavelmente não na mesma escola que você.

— Bem, espero que não — respondeu ela, com um sorrisinho. — A minha é só para garotas.

— Então, definitivamente não é a mesma — concluiu Owen. — Mas eu já sabia.

— Como assim?

— Bem — começou ele, gesticulando com a mão. — Você mora aqui.

Lucy ergueu as sobrancelhas.

— No elevador?

— Neste prédio — respondeu Owen, fazendo uma expressão engraçada.

—Você também.

—Acho que seria mais correto dizer que eu moro *sob* o prédio — brincou. — Mas aposto que você estuda em alguma dessas escolas particulares chiques, onde todo mundo usa uniforme e se preocupa com a diferença entre 9,5 e 10.

Ela engoliu em seco, sem ter certeza do que responder, uma vez que era verdade.

Tomando o silêncio por consentimento, ele inclinou a cabeça como se dissesse *não falei?*, depois deu de ombros de leve.

— Estudo naquela que fica na 112th Street e parece um bunker, onde todo mundo tem que passar por detectores de metal e se preocupar com a diferença entre 5 e 6.

— Com certeza não vai ser tão ruim — disse ela. Ele retesou o maxilar. Mesmo com a escuridão, algo em sua expressão fez com que desse a impressão de que era muito mais velho do que tinha aparentado momentos antes, mais amargo e cínico.

—A escola ou a cidade?

—Você não parece muito animado com nenhuma das duas.

Owen olhou para as mãos, que descansavam entrelaçadas como um nó sobre os joelhos.

— É só que... O plano não era bem esse — confessou ele. — Mas ofereceram o trabalho para meu pai, e aqui estamos nós.

— Não é assim tão ruim — argumentou ela. — Sério. Você vai achar do que gostar.

Ele balançou a cabeça.

— Essa cidade é cheia demais. Não dá para respirar aqui.

— Acho que você está confundindo a cidade com o elevador.

O cantinho da boca de Owen tremeu e se repuxou, mas depois ele voltou a franzir a testa.

— Não tem nenhum espaço aberto.

— Tem um parque enorme a poucos quarteirões daqui.

— Não dá para ver as estrelas.

— Tem sempre o planetário para essas coisas — respondeu Lucy, e, mesmo contra a vontade, ele riu.

— Você é sempre tão implacavelmente otimista, ou só quando o assunto é Nova York?

— Morei aqui minha vida toda — respondeu ela, dando de ombros. — É o meu lar.

— Não é o meu.

— Mas não é por isso que você precisa bancar o papel de forasteiro mal-humorado.

— Não é um papel — replicou ele. — Eu *sou* o forasteiro mal-humorado.

— Dê uma chance à cidade, Bartleby.

— *Owen* — corrigiu ele, parecendo indignado, e ela riu.

— Eu sei — respondeu. — Mas você está fazendo igualzinho ao Bartleby do conto. — Esperou para ver se ele reconheceria, depois tentou outra vez: — De Herman Melville? Autor de *Moby Dick*?

— *Disso* eu sei — disse ele. — Quem é Bartleby?

— Um escrivão — explicou ela. — Tipo um funcionário de repartição. Mas, durante toda a história, sempre que alguém perguntava alguma coisa a ele, ele só respondia "prefiro não fazer".

Ele refletiu a respeito daquilo por um instante.

— Pois é — respondeu enfim. — Isso mais ou menos resume como me sinto a respeito de Nova York.

Lucy assentiu.

—Você preferiria não — disse ela. — Mas é só porque é uma coisa nova. Quando você conhecer melhor a cidade, acho que vai gostar daqui.

— É agora que você insiste em me levar para um tour pela cidade, e a gente ri e aponta para todos os lugares e monumentos famosos, depois compro uma camiseta com a frase "Eu ♥ NY" e vivemos felizes para sempre?

—A camiseta é opcional.

Durante um longo momento, os dois se entreolharam de seus lugares opostos no espaço apertado, e depois, finalmente, ele balançou a cabeça.

— Foi mal. Sei que estou sendo um babaca.

Lucy deu de ombros.

—Tudo bem. A gente coloca tudo na conta da claustrofobia. Ou da falta de oxigênio.

Ele sorriu, mas havia algo de forçado no sorriso.

— É que tem sido um verão bem difícil. E acho que ainda não me acostumei com a ideia de estar aqui.

Os olhos dele encontraram os dela na escuridão, e subitamente o elevador pareceu ainda menor que minutos antes. Lucy pensou em todas as outras vezes em que ficou naquele espaço apertado ao longo dos anos: com mulheres de casacos de pele e homens de ternos caros; com cachorrinhos brancos de coleira cor-de-rosa e porteiros empurrando carrinhos com caixas pesadas. Certa vez até derramou uma caixinha inteira de suco de laranja no carpete naquele mesmo ponto onde Owen estava sentado, o que fez com que o elevador fedesse por dias, e, outra vez, quando era pequena, escreveu na parede seu nome com caneta hidrográfica verde, para o desespero da mãe.

Leu as últimas páginas dos livros favoritos ali, chorou por todo o tempo de subida e riu por todo o tempo de descida, ficou de conversa fiada com mil vizinhos diferentes em mil dias diferentes. Brigou com os dois irmãos mais velhos, dando chutes e arranhões, até a porta abrir-se com seu *"ding"* característico e os três saírem como perfeitos anjinhos. Descia sempre para receber o pai quando este chegava de suas viagens de negócios, e, em certa ocasião, chegou até a cair no sono em um canto enquanto esperava os pais voltarem de um leilão de caridade.

E quantas vezes todos eles ficaram apertados ali dentro juntos? O pai, com o jornal dobrado sob o braço, sempre perto da porta, pronto para irromper elevador afora; a mãe, com um sorriso discreto no rosto, achando graça, mas, ao mesmo tempo, impaciente com o resto da família; os gêmeos, sorrindo com malícia enquanto se acotovelavam um ao outro; e Lucy, a mais nova, contra um dos cantos, sempre atrás de todos, como uma elipse ao fim de uma frase.

E ali estava ela, em uma caixa pequena demais para comportar tantas lembranças, as paredes fechando-se sobre si e ninguém ao resgate. Como sempre, os pais estavam do outro lado do oceano, em Paris, naquele tipo de viagem que só incluía os dois. E os irmãos — seus únicos amigos de fato — se encontravam agora a milhares de quilômetros de distância, na universidade.

Quando foram embora algumas semanas antes — Charlie a caminho de Berkeley, e Ben, de Stanford —, Lucy não pôde deixar de se sentir um pouco órfã de repente. Não era incomum os pais se ausentarem; sempre tiveram o hábito de voar até cidades europeias cobertas de neve, ou ilhas tropicais exóticas, sozinhos. Mas ser deixada para trás nunca parecia tão ruim quando estavam os três juntos, e eram sempre os irmãos — dois palhaços, protetores e amigos — que evitavam o desmoronamento de tudo.

Até então. Ela estava acostumada a ficar sem os pais, mas ficar sem os irmãos — e, portanto, sem amigos — era totalmente novo, e perder os dois ao mesmo tempo parecia injusto. Agora, a família se espalhava de maneira irremediável, e de onde estava — sozinha em Nova York —, naquele exato instante, Lucy sentiu profundamente, como se pela primeira vez: a magnitude do mundo, toda a sua grande extensão.

Do outro lado do elevador, Owen descansava a cabeça contra a parede.

— As coisas são como são... — murmurou ele, deixando as palavras morrerem no final.

— Odeio essa expressão — comentou Lucy, com um pouco mais de agressividade que pretendia. — Nada é o que é. As coisas estão sempre mudando. Elas sempre podem melhorar.

Owen olhou em sua direção, e Lucy pôde notar que ele sorria, mesmo enquanto balançava a cabeça em negativa.

—Você é totalmente doida — disse Owen. — Estamos presos em um elevador quente e abafado, talvez no fim do oxigênio. Estamos pendurados por um cabo que com certeza é mais fino que meu pulso. Seus pais estão sabe-lá-onde, e o meu, em Coney Island. E, se ninguém veio ajudar a gente até agora, é bem provável que já tenham se esquecido totalmente de nossa existência. Então, sério, como você ainda consegue ser tão otimista?

Lucy desencostou da parede do elevador, sentando-se sobre as pernas dobradas e debruçando-se para a frente.

— Por que seu pai foi até Coney Island? — perguntou, ignorando a pergunta dele.

— Isso não vem ao caso.

— Por causa das montanhas-russas?

Ele balançou a cabeça.

— Os cachorros-quentes? O mar?

—Você não está nem um pouco preocupada com o fato de ninguém vir nos salvar?

— Não vai ajudar em nada — disse ela. — Ficar me preocupando.

— Exato — concordou ele. — As coisas são como são.

— Não — refutou Lucy. — Nada é o que é.

— Está bem. Não é o que não é.

Lucy olhou demoradamente para ele.

— Não tenho nem ideia do que você está falando.

— Ou vai ver você simplesmente prefere não ter — disse ele, inclinando o corpo mais para a frente também, e os dois riram. De repente, a escuridão entre eles pareceu menos intensa, delicada como um lenço de papel, e ainda menos tangível. Os olhos dele brilhavam no escuro enquanto o silêncio se instalava entre os dois, e, quando finalmente falou, a voz parecia sufocada.

— Ele foi a Coney Island porque foi lá que conheceu minha mãe — revelou. — Comprou flores para deixar no calçadão. Queria fazer isso sozinho.

Lucy abriu a boca para dizer algo; fazer uma pergunta, talvez, ou dizer a Owen que sentia muito, uma expressão boba demais para significar qualquer coisa em um momento assim. Mas o silêncio pareceu subitamente frágil, e ela não conseguiu pensar em nada bom o bastante para quebrá-lo.

Owen estava com a cabeça baixa, tornando difícil decifrar a expressão em seu rosto. Sentada ali, sem ideia do que fazer, Lucy sentiu-se inútil. Então de repente uma batida fraca fez com que seu coração subisse à garganta, e os olhos dele encontraram os dela no escuro.

O som se repetiu, e Owen ficou de pé, aproximando-se da porta, e colou a orelha contra ela. Bateu em resposta, e os dois ficaram ouvindo. Mesmo de onde estava, ainda sentada, entorpecida no meio do piso do elevador, Lucy podia ouvir as vozes abafadas lá fora, seguidas pelo som de algo metálico arranhando. Depois de um momento Lucy também se levantou, e, sem qualquer palavra, sem mesmo se olharem, ficaram daquele jeito, lado a lado, ombros colados, como dois astronautas ao fim de uma longa viagem, aguardando a abertura das portas para saírem em direção a um estonteante mundo novo.

2

O dia também tinha começado na escuridão. Owen acordara antes de o sol nascer, exatamente como fizera nas últimas 42 manhãs, despertando com um sobressalto e a sensação de ter algo pesado no peito, um peso que o forçava para baixo, como se fosse um punho. Ele piscou para o teto pouco familiar, leves rachaduras formando uma espécie de mapa, e para a mosca que planava entre eles, tal um X marcando algum lugar desconhecido.

No cômodo ao lado, ouviu o ruído de uma caneca de café batendo na mesa, e soube que o pai também estava acordado. As seis semanas anteriores transformaram os dois em insones de olhos embaçados, seus dias tão amorfos quanto as noites, uma coisa simplesmente se fundindo à outra. Parecia adequado que agora vivessem no subsolo; existe lugar melhor para uma dupla de fantasmas?

Seu novo quarto era menos que a metade do antigo, lá na espaçosa e ensolarada casa na área rural da Pensilvânia, onde era acordado todas as manhãs pelos pardais à janela. Agora, ouvia pombos arrulhando contra a vidraça estreita perto do teto, onde barras de metal protetoras faziam com que a pouca luz que entrava refletisse sobre a cama, em tiras.

Quando saiu para o corredor que separava seu quarto do de seu pai, e seguiu para a pequena área que era cozinha e sala, Owen sentiu cheiro de fumaça, e sua intensidade, a vivacidade da lembrança, quase lhe tirou o chão. Seguiu o aroma até a sala de estar, onde encontrou o pai sentado no sofá, debruçado sobre uma caneca que fazia as vezes de cinzeiro improvisado.

— Achei que não tinha acordado ainda — disse ele, apagando o cigarro com uma expressão culpada. Passou a mão pelos cabelos, que eram apenas um tom ou dois mais escuros que os do próprio Owen, depois se recostou e esfregou os olhos.

— Na verdade nem dormi — admitiu Owen, afundando na cadeira de balanço em frente ao pai. Fechou os olhos e inspirou fundo, devagar. Não conseguia evitar; eram os cigarros da mãe, e o cheiro fazia algo dentro dele se apertar. Restavam oito cigarros quando ela morreu, dentro de um maço amassado que recolheram do local do acidente e devolveram a eles com a carteira e chaves e alguns outros pertences. E embora o pai não tivesse o hábito de fumar, agora só restavam dois. Owen conseguia mapear os dias ruins dessa forma, pelo travo da fumaça pela manhã, a melhor e pior lembrança dela... uma das poucas que ainda restavam.

—Você sempre odiou isso — comentou Owen, pegando a caixa quase vazia e girando-a entre os dedos. O pai abriu um sorriso fraco.

— Péssimo hábito, me deixava maluco — concordou ele, depois balançou a cabeça. — Eu sempre dizia que isso a mataria.

Owen baixou os olhos, mas não pôde deixar de visualizar o laudo policial, a teoria de que ela teria se distraído tentando acender um cigarro. Encontraram o carro capotado dentro de uma vala. O maço estava a 9 metros do automóvel.

— Pensei em ir ao Brooklyn hoje — disse o pai, um tom de casualidade forçado na voz, embora Owen soubesse o que queria dizer com aquilo, soubesse exatamente aonde ia e por quê. —Você vai ficar bem aqui sozinho?

Owen pensou em perguntar ao pai se não queria companhia, mas já sabia qual seria a resposta. Vira as flores sobre o balcão da cozinha na noite anterior, ainda envoltas em papel celofane e já começando a murchar. Era aniversário de casamento dos dois; aquele dia não pertencia a Owen. Passou a mão por cima do maço de cigarros e assentiu.

— A gente janta quando eu voltar — prometeu o pai, depois pegou a caneca cheia de cinzas e foi se arrastando até a cozinha. — O que você quiser.

— Beleza — disse Owen, e, antes de pensar melhor, tirou um dos dois últimos cigarros da caixa, girou-o uma vez entre os dedos e escondeu no bolso sem saber bem por quê.

À porta do quarto, ele parou. Já estavam ali havia quase um mês, mas o cômodo continuava repleto de caixas, a maioria meio aberta, com as abas de papelão esticadas como asas. Aquele tipo de coisa teria deixado sua mãe enlouquecida, e ele não pôde deixar de sorrir ao imaginar qual teria sido sua reação, um misto de irritação e perplexidade. Ela sempre mantivera a casa muito arrumada, os balcões brilhando e o chão sem qualquer poeira, e Owen ficou subitamente feliz por ela não poder ver aquele lugar, de iluminação fraca e tinta descamada, o mofo que se acumulava no rejunte do banheiro e os eletrodomésticos engordurados na cozinha.

Sempre que Owen reclamava de ter que limpar o quarto, ou lavar os pratos quando terminavam de jantar, a mãe lhe dava um cascudo, de brincadeira.

— Nossa casa é um reflexo de quem somos — dizia, cantarolando.

— Certo — retrucava Owen. — E eu sou uma zona.

— Não é nada — respondia ela, rindo. —Você é perfeito.

— Perfeitamente zoneado — dizia o pai.

Ela costumava obrigar os dois a tirar os sapatos na área de serviço, só fumava na varanda dos fundos e não deixava as almofadas do sofá ficarem amarfanhadas demais. O pai dizia que ela sempre fora assim, desde que compraram a casa, os dois tão entusiasmados por finalmente serem donos de algo tão permanente depois de tanto tempo na estrada.

Haviam passado os dois anos anteriores à compra do imóvel viajando em uma van caindo aos pedaços, com todos os pertences mundanos enfiados na mala. Tinham ziguezagueado pelos Estados Unidos, de uma ponta a outra, acampando sob as estrelas ou dormindo apertados no banco de trás, gastando as magras economias que tinham à medida que passavam por todos os estados do país, salvo pelo Hawaii e pelo Alasca. Visitaram o Monte Rushmore e o Parque Nacional de Grand Teton, viajaram de carro por toda a costa californiana e pescaram no arquipélago de Florida Keys. Foram a Nova Orleans e Bar Harbor e Mackinac Island, Charleston e Austin e Napa, dirigindo até não haver mais estradas nem dinheiro. Só então retornaram à Pensilvânia, onde tinham crescido — e onde era hora de crescerem pela segunda vez — e se aquietaram de vez.

Mas, apesar de todas as histórias que tinha ouvido sobre aqueles anos de viagens, Owen jamais fora a lugar algum. Parecia que os pais já haviam esgotado aquela vontade quando ele chegou, e estavam satisfeitos em ficar no mesmo lugar. Tinham uma casa com varanda e quintal e uma macieira; havia um balanço, na lateral, e um pasto cheio de cavalos, nas vizinhanças. Tinham uma mesa de cozinha redonda, que era grande o bastante para três pessoas, uma porta do tamanho perfeito para sustentar uma guirlanda na época do Natal e um número mais que suficiente de cantinhos escondidos para longas e cansativas sessões de pique-esconde. Não existia outro lugar onde quisessem estar.

Até então.

Sozinho em seu quarto, Owen ouviu a porta da frente se fechar, depois esperou alguns minutos antes de pegar o celular e a carteira, e sair também, correndo escada acima, do subsolo até o térreo, onde passou rapidamente pelo saguão, de cabeça baixa. Não que tivesse qualquer coisa contra os moradores do prédio, mas não pertencia àquele lugar, tampouco seu pai. Owen só estava esperando que ele se desse conta disso também.

Passou a manhã inteira vagando. Era seu último dia de liberdade, o último em que não seria obrigado a comparecer às aulas em uma escola que não era a sua. Quando deu por si, andava às margens do rio Hudson, como um animal irrequieto. Manteve os fones nos ouvidos, abafando os sons da cidade, e continuou seguindo em frente apesar do calor. Almoçou um cachorro-quente comprado numa carrocinha de rua, depois atravessou a rua até o Central Park, onde ficou sentado observando os turistas com suas câmeras, seus mapas, seus olhos grandes e brilhantes. Seguiu seus olhares, esforçando-se bastante para enxergar o que viam, mas tudo que conseguia ver era mais pessoas.

Foi só no fim da tarde que retornou à esquina da 72nd Street com a Broadway, ao edifício de pedra esculpida que era agora seu lar. Parou bem na entrada do saguão, relutante em voltar ao subsolo, onde não tinha nada para fazer a não ser ficar sentado sozinho pelas horas seguintes, esperando o retorno do pai. Em vez disso, tateou em busca da chave no bolso do short.

Pegara o conjunto de chaves mestras da cômoda do pai durante a primeira semana no apartamento, uma atitude absolutamente atípica para ele. Owen sempre foi cauteloso até demais, nunca inclinado a desrespeitar regras, mas bastaram apenas uns poucos dias naquele lugar e a sensação de claustrofobia tornara-se insuportável. Owen então procurou um chaveiro a fim de fazer uma cópia da chave que abria a porta para o terraço, que parecia ser o único lugar tranquilo na cidade inteira.

Ao entrar no elevador, já imaginava a tranquilidade do espaço amplo e ventilado que o aguardava 42 andares acima, a música alta nos fones e os pensamentos lá longe. Apertou o botão e esperou o chão começar a subir sob seus pés, ainda perdido em devaneios, e sequer se deu o trabalho de levantar os olhos quando alguém alcançou as portas pouco antes de se fecharem.

Mas agora, menos de uma hora depois, sentia-se subitamente consciente *demais* dela, uma presença tão quente e formigante quanto o calor. Enquanto ouviam os sons vindos do outro lado da porta, Owen olhou para baixo, notando que o pé direito dela estava apenas a centímetros do seu esquerdo; então dobrou os dedos, colocou o peso do corpo nos calcanhares e desviou os olhos outra vez. Percebeu que estivera prendendo o fôlego, e se perguntou se ela também estaria.

Pouco antes das portas serem abertas à força, ele semicerrou os olhos, esperando ser recebido por um brilho súbito. Mas, em vez disso, os rostos que olhavam para eles do décimo primeiro andar — que começava na metade do comprimento do elevador, uma faixa grossa de concreto que cortava a abertura pela metade — pareciam quase totalmente encobertos por sombras, e a única luz vinha de duas lanternas, apontadas diretamente para os rostos dos dois, fazendo com que piscassem.

— Oi — disse Lucy com simpatia, cumprimentando-os como se a situação não tivesse nada de extraordinário, como se sempre se encontrassem daquela maneira: o porteiro de quatro acima deles, o rosto pálido como a lua no escuro, e, ao lado dele, outro empregado do prédio, de cócoras, secando o suor da testa com uma bandana.

— Tudo certo aí? — perguntou George, passando uma garrafa d'água que Owen pegou e entregou a Lucy. Ela assentiu enquanto desenroscava a tampa e tomava um longo gole.

— Só um pouco abafado — respondeu a garota, devolvendo a garrafa a Owen. — Mas estamos bem. O prédio inteiro está sem luz?

O faz-tudo bufou.

— A cidade inteira.

Owen e Lucy se entreolharam.

— Sério!? — exclamou ela, arregalando os olhos. — É possível isso?

— Aparentemente sim — confirmou George. — Está um caos lá fora.

— Os sinais de trânsito e tudo o mais? — perguntou Owen, e o homem mais velho assentiu, depois juntou as mãos como se indicasse que estava pronto para colocar as mãos na massa.

— Ok — disse ele. — Vamos tirar vocês daí.

Lucy foi primeiro e, quando Owen tentou ajudá-la, gesticulou que não precisava, dando impulso a fim de subir pela beirada do chão, levantando-se logo depois, sacudindo o vestido branco. Owen subiu em seguida, com muito menos graciosidade, espraiando-se na beirada como um peixe fora d'água faria antes de ficar de pé. Havia uma luz de emergência ao fim do corredor irradiando um brilho avermelhado, e parecia um pouco mais fresco ali fora, mas nem tanto; as palmas de Owen ainda estavam suadas, e a camiseta, ainda colada às costas.

— E acham que a luz volta quando? — perguntou Owen, tentando evitar que o nervosismo transparecesse na voz. Não conseguia deixar de pensar no pai. Falta de energia significa estar sem metrô. Ausência de metrô significa que ele não teria como voltar para casa tão cedo. E, em uma situação como aquela, sua falta não passaria despercebida.

— Não faço ideia — respondeu George, agachando-se para ajudar a guardar as ferramentas. Os ruídos metálicos ecoaram pelas paredes, interrompendo o silêncio perturbador. — As linhas telefônicas estão todas mudas, e a Internet também caiu.

— E também não tem sinal de celular — acrescentou o outro empregado. — Impossível receber qualquer tipo de informação.

— Ouvi dizer que pegou toda a Costa Oeste — comentou George. — Que uma usina elétrica no Canadá foi atingida por um raio.

O outro revirou os olhos.

— E ouvi dizer que foi uma invasão alienígena.

— Só estou repetindo o que ouvi no rádio — resmungou George, voltando a levantar. Pousou a mão no ombro de Lucy, depois olhou para Owen. — Então, tudo certo com vocês?

Os dois acenaram que sim.

— Maravilha. Preciso ir bater de porta em porta para ter certeza de que está todo mundo bem. Vocês têm lanterna?

— Aham — concordou Lucy. — Lá em cima.

— Vocês sabem do meu pai? — perguntou Owen, com tom tão casual quanto foi possível simular. — Ele...

— É, eu sei — disse George. — Que belo dia seu pai escolheu para folgar. Não sei dele, não, mas não se preocupe. Ninguém sabe de ninguém.

— Ele precisou ir ao Brooklyn — disse Owen, tentando pensar em algum tipo de desculpa, em alguma explicação para dar em seguida, mas o faz-tudo (que estava caminhando em direção às escadas) parou e se virou.

— O metrô está parado. Vai ser uma boa caminhada atravessando a ponte...

Owen sentiu outra pontada de ansiedade, embora já não soubesse mais se era pelo fato de o pai não estar ali para ajudar, ou pela ideia de que talvez já estivesse atravessando o distrito a caminho de casa. Parecia muito mais provável que ainda estivesse sentado no calçadão escuro, perdido em lembranças e alheio aos caprichos da rede elétrica. Ainda assim, havia algo de estranho em estarem separados daquela forma, em lados opostos da mesma cidade, com uma enorme variedade de ruas e rios, pontes e trens entre eles, mas incapazes de percorrer os quilômetros de distância.

— Cuidado, vocês dois — gritou George, enquanto subia as escadas atrás do faz-tudo. — Se precisarem de algo, estarei por aqui.

A pesada porta bateu atrás deles, e Lucy e Owen foram deixados a sós no corredor quieto. Seus olhos recaíram sobre o grande buraco negro do elevador vazio, e Lucy deu de ombros.

— Meio que achei que estaria mais fresquinho aqui fora — comentou ela, levantando os braços para prender os longos cabelos castanhos em um rabo de cavalo frouxo, que rapidamente se desfez.

Owen concordou.

— E talvez um pouco mais claro também.

— Bem, pelo menos temos nossa liberdade — brincou Lucy, o que o fez sorrir.

—Verdade. Sabe como é, aquilo que dizem sobre estar numa cela.

— O quê?

Ele deu de ombros.

— Que pode enlouquecer uma pessoa.

— Acho que isso é só na solitária, não?

— Ah! — exclamou ele. — Acho que a nossa não era solitária.

— Não — disse ela, balançando a cabeça. — Com certeza, não.

Owen recostou contra a parede próxima ao elevador aberto.

— E agora?

— Não sei — respondeu Lucy, checando o relógio. — Meus pais estão na Europa, e lá já está tarde. Com certeza saíram para jantar, ou foram a alguma festa ou sei lá. Provavelmente não fazem ideia de que isto está acontecendo...

— Com certeza eles sabem — retrucou Owen. — Se foi na cidade toda, é uma notícia e tanto. Eles deixam você ficar sozinha em casa?

— Eles viajam demais para se preocuparem em achar alguém para ficar comigo — explicou. — E, de qualquer forma, eu costumava ficar com meus irmãos.

— E agora?

— Agora sou só eu. Mas também não é como se já não tivesse idade suficiente para ficar sozinha em casa.

— E que idade é essa?

— Quase 17.

— Dezesseis, então — provocou ele, com um sorrisinho, e ela revirou os olhos.

— Mas é um gênio da matemática, hein? Por que, quantos anos você tem?

—Tenho 17 de verdade.

— Então está no terceiro ano?

— Se a gente tiver escola amanhã — disse ele, olhando em volta. — Do que já estou meio duvidando.

— Com certeza já vão ter consertado até amanhã. Não pode ser tão difícil assim ligar um interruptor, né?

Ele riu.

— Mas é um gênio da ciência, hein?

— Muito engraçado — retrucou ela, mas não tinha graça alguma. Seu sorriso se desfez enquanto o observava, e Owen surpreendeu-se endireitando a postura sob seu olhar.

— O quê?

— Você vai ficar bem sozinho?

— Acha que *eu* preciso de babá? — perguntou ele, mas a piada pesou entre os dois. Ele ergueu o queixo. — Vou ficar bem. E com certeza meu pai vai dar um jeito de voltar logo. Ele já deve estar preocupado com o prédio.

— Ele já deve estar preocupado com *você* — corrigiu Lucy, e algo se apertou no peito de Owen, embora não soubesse exatamente o motivo. — Cuidado, ok?

Ele fez que sim com a cabeça.

— Pode deixar.

— Se precisar de uma lanterna, acho que tenho mais que uma.

— Tudo bem — garantiu Owen, enquanto começavam a andar pelo corredor. — Mas valeu.

— Vai ficar ainda mais escuro — advertiu ela, gesticulando com a mão ao redor. — Você vai precisar...

— Tudo bem — repetiu ele.

Quando ele abriu a porta para as escadas, o calor retido lá dentro atingiu os dois como uma névoa de ar estagnado. De algum ponto lá em cima, ouviram vozes abafadas, depois uma porta batendo, o som da pancada descendo andar pós andar até alcançá-los.

Entraram. As pequenas lâmpadas brancas das luzes de emergência ao longo dos degraus proviam uma iluminação fraca, e, pela primeira vez, Owen pôde ver o rosto de Lucy com clareza; as sardas espalhadas pela ponte do nariz e o castanho profundo dos olhos, tão escuros que quase pareciam pretos. Ela subiu o primeiro degrau, ficando da mesma altura dele; os olhos se encontraram no mesmo nível, e os dois ficaram assim por um longo instante, sem dizer nada. Acima dela havia a espiral aparentemente infinita de escadas que levavam ao vigésimo quarto andar. Atrás dele, uma longa descida até o apartamento vazio no subsolo.

— Bem — disse Lucy enfim, os olhos brilhando sob o reflexo das luzes. — Obrigada por fazer o tempo passar, Garoto do Elevador.

— É — respondeu ele. — Precisamos repetir da próxima vez que tiver um apagão enorme na cidade toda.

— Combinado — concordou ela, depois virou-se e começou a subir, as sandálias batendo sonoramente no concreto. Owen a observou partir; o vestido branco fazendo com que parecesse um fantasma, algo saído de um sonho, e esperou até ela ter desaparecido na curva antes de começar a andar também, passando devagar de um degrau ao outro.

Dois andares abaixo, ele parou para ouvir os passos dela acima de sua cabeça, o som ficando cada vez mais baixo à medida que subia. Voltou a pensar no apartamento deprimente lá embaixo e na cidade caótica lá fora, a sensação de que tudo é possível em uma noite como aquela, em que tudo é novo, uma página em branco, o mundo inteiro às escuras, como sob o efeito de um incrível e terrível truque de mágica. Ficou parado, muito quieto, com uma das mãos no corrimão, inspirando o ar quente e escutando; depois, antes de poder refletir melhor, girou nos calcanhares e correu para cima.

Subiu apenas três andares antes de ser obrigado a fazer uma pausa, respirando com dificuldade, e, quando levantou a cabeça outra vez, lá estava ela, olhando para ele.

— O que foi? — perguntou Lucy. — Tudo bem com você?

— Tudo bem — respondeu ele, sorrindo para ela. — É só que mudei de ideia sobre a lanterna.

No alto, saíram para o breu do corredor — idêntico àquele que ficava 13 andares abaixo —, os dois sem fôlego. Lucy tirou as sandálias por volta do décimo oitavo andar e agora segurava o par pendurado em uma das mãos, enquanto usava a outra para tatear a parede e encontrar o caminho, consciente de Owen logo atrás, seus passos leves no carpete. À porta do apartamento 24D, ela pegou as chaves do bolso do vestido e depois lutou contra a fechadura. Owen estava escorado na parede ao lado, apertando os olhos.

— Não é fácil no escuro — comentou ele, mas ela não respondeu. Lucy abria aquela mesma porta havia quase 16 anos. Sabia os movimentos necessários de cor: o modo como a chave ficava presa, de maneira que era preciso girá-la para a esquerda, e o clique ruidoso da lingueta quando finalmente virava. Poderia fazer isso até vendada. Poderia fazer isso dormindo.

Não era o escuro. Era ele.

Quando a fechadura finalmente cedeu e a porta se abriu, Lucy hesitou. Se deu conta de que jamais levara um garoto para dentro de casa antes. Ao menos não daquela forma. Nunca sozinha. E certamente jamais no escuro.

Os amigos dos irmãos estavam sempre por ali, fazendo a limpa na geladeira e ouvindo música tão alto que as paredes reverberavam. Mas a escola de Lucy era apenas para garotas, de modo que jamais tivera amigos homens.

Claro, tampouco tivera tantas amigas mulheres assim.

No ano anterior, durante uma rara e mandatória aparição como supervisora no baile de inverno, sua mãe notara que, depois de algumas poucas danças obrigatórias, Lucy se escondera no corredor com um livro. Depois desse episódio, de repente começou a prestar atenção à pouca vida social da filha. Quando não estava com os irmãos, Lucy geralmente passeava sozinha pela cidade, atividades que aparentemente não configuravam uso produtivo do tempo. E por isso, mesmo contrariada, Lucy concordou em comparecer a um jogo de basquete. Na ocasião, um aluno do segundo ano chamado Bernie, que estudava no colégio masculino correspondente ao dela, aproximou-se de Lucy no quiosque de venda de comida para dizer que sua saia era bonita. Era a exata mesma saia xadrez que todas as demais garotas no evento vestiam, mas ele parecia simpático, e Lucy não tinha ninguém mais com quem sentar, de modo que o deixou lhe comprar uma pipoca.

Começaram a se encontrar atrás do Museu de Arte Metropolitana todos os dias depois da escola, fazendo os deveres de casa juntos apenas por tempo suficiente para manter a ilusão de que não estavam ali só para dar uns amassos. Mas ele nunca a convidara para seu apartamento na Quinta Avenida, e ela nunca pensara em convidá-lo para o dela. A relação deles tinha sido construída em território neutro e geografia imparcial: bancos de praça e chafarizes e toalhas de piquenique. Trazê-lo para dentro de casa teria sido o mesmo que dar àquilo um peso que ela jamais quisera carregar, e Lucy tinha a impressão de que não havia jeito mais rápido de fazer algo afundar que aquele. Especialmente algo que afundaria por conta própria e tão facilmente dois curtos meses depois, quando Bernie conheceu uma garota diferente, de saia xadrez diferente, em um jogo diferente.

Mas aquela era uma situação atípica, uma espécie de emergência, e isso mudava tudo. Uma tarde comum abrira espaço para uma noite vagamente obscura, com um certo ar de imprudência e um tipo desconhecido de solidão. Era a primeira vez que Lucy era deixada totalmente só — sem pais, sem irmãos, sem ninguém. E lá estava ela, escancarando a porta, com um garoto que mal conhecia esperando logo atrás dela.

Do saguão de entrada, podia ver além da cozinha, até a sala de estar, onde, àquela hora no finzinho de tarde, as janelas geralmente começavam a refletir as muitas luzes da cidade, uma rede aparentemente infinita de quadrados amarelos. Mas naquele momento estava vazia, apenas um retângulo azul pálido ao fim de um longo corredor escuro.

Atrás dela, Owen pigarreou. Ainda estava parado à soleira da porta, parecendo não ter certeza se tinha ou não sido convidado a entrar.

— Então, você vai pegar a lanterna para mim, ou...?
— Não — respondeu Lucy, dando um passo para o lado.
— Entre.

A luz minguante das janelas não banhava todo o apartamento, de modo que Lucy manteve as mãos esticadas para a frente enquanto percorria com passos incertos a cozinha. Owen seguira para a sala, e ela ouviu um escorregão seguido de uma pancada quando ele tropeçou em algo.

— Está tudo bem — gritou ele, com vivacidade.
— Que alívio — respondeu ela ao chegar à despensa. Na prateleira de baixo, encontrou um grande caixote azul que guardava o conjunto de objetos diversos, não pertencentes a categoria alguma. Era o único lugar desorganizado em todo o apartamento, um baú do tesouro, feito de guarda-chuvas e óculos de sol quebrados e uma coleção de canetas de hotéis ao redor do mundo. Ela vasculhou os destroços até encontrar uma única lanterna, e, quando apertou o botão de ligar, ficou feliz ao descobrir que funcionava.

Saindo da despensa, Lucy girou o facho de luz pela cozinha e a iluminação criou formas que demoraram a se desfazer atrás das pálpebras fechadas. Na sala de estar, encontrou Owen parado à janela, as mãos agarrando o peitoril. Quando virou o rosto para ela, o facho de luz caiu diretamente sobre seu rosto, e ela o abaixou enquanto ele piscava.

— É tão estranho lá fora — comentou o garoto, apontando com o dedo para trás dele. — É tão quieto sem todas as luzes.

Lucy foi até a janela, ao lado dele, deixando o nariz a centímetros da vidraça. O céu era de um tom de azul que se aprofundava, e o mosaico de janelas, geralmente emoldurando cenas reluzentes de jantares em família e o brilho de televisões, parecia encolhido e desamparado naquela noite. De onde estavam, os dois podiam ver dúzias de edifícios espraiando-se pela extensão da 72nd Street, todos feitos de centenas de janelas, e, atrás deles, centenas de pessoas escondidas e embrenhadas dentro de suas casas separadas. Aquilo, ficar à beira de algo tão vasto, sempre fez Lucy sentir-se pequena, mas aquela noite era a primeira vez que lhe parecia um pouco solitário também, e ela ficou subitamente grata por ter a companhia de Owen.

— Só tem uma lanterna — disse ela, e ele olhou para o objeto. Lucy esperou que fizesse algum tipo de piada sobre ter medo do escuro e, quando ele não fez, quando simplesmente permaneceu em silêncio, ela acrescentou: — Então acho que a gente devia ficar junto.

Ele voltou os olhos para a janela e fez que sim com a cabeça.

— Ok — concordou. — Mas já está quente aqui. Quer dar uma volta antes de escurecer demais?

— Lá fora?

— Bem, este apartamento até que é *bem* grande, mas...

— É só que... Tipo... Você acha que é seguro?

— É você quem mora nessa cidade — disse ele, sorrindo. — Me diz você.

— Acho que é tranquilo — concluiu ela. — E não faria mal comprarmos alguns mantimentos.

— Mantimentos?

— É, tipo água e tal. Sei lá. Não é isso que as pessoas têm que fazer neste tipo de situação?

Ele procurou pelo bolso e pegou umas poucas notas amassadas.

— Pode comprar toda a água que quiser. Acho que uma noite como esta pede um sorvete.

Ela revirou os olhos.

— Vai acabar derretendo — ponderou Lucy, mas ele estava irredutível.

— Mais uma razão para resgatá-lo de um fim tão triste...

Antes de saírem, olharam os celulares, mas não tinham sinal, e o de Owen estava quase sem bateria. Lucy usou o pouco de carga de seu laptop, em sua cama o dia inteiro e desconectado da energia, para tentar enviar um e-mail aos pais dizendo que estava tudo bem, mas não havia Internet. Não que tivesse alguma importância, de qualquer forma; eram seis horas mais tarde lá, e, se os dois não estivessem em alguma festa chique, provavelmente já estariam dormindo.

No térreo, Lucy e Owen saíram do calor sufocante das escadas para entrar no saguão, quase igualmente úmido. Por pouco não atropelaram uma babá de aparência derrotada, que estava parada com a mão em um carrinho de bebê, reunindo forças para a subida. Outras pessoas perambulavam pela sala das caixas de correio, mas parecia que a maioria dos moradores estava em seus apartamentos, ou ainda tentando encontrar uma maneira de voltar para casa.

O funcionário que ajudara no resgate dos dois estava sentado atrás do balcão da frente, o braço sobre a caixa de ferramentas enquanto ouvia um rádio portátil, e acenou quando passaram por ele.

— Como é que estava nas escadas?

— Melhor que no elevador — respondeu Owen. — Alguma novidade?

— Sem energia até amanhã, no mínimo — relatou ele, o bigode tremelicando. — Estão dizendo que foi de Delaware até o Canadá. — Fez uma pausa, depois balançou a cabeça. — Deve ser uma vista e tanto lá do espaço.

— A gente vai sair para comprar umas coisas — avisou Lucy.
— Está precisando de algo?

O homem já tinha começado a pedir um engradado de cerveja — e Lucy estava prestes a dizer que seria difícil conseguirem, uma vez que os dois eram menores de idade — quando Owen a cutucou.

— Olhe só — disse ele, e ela se virou para as portas da frente do prédio que se abriam para a Broadway. Mas, em vez do rebanho usual de táxis amarelos e automóveis pretos e ônibus compridos, ficou chocada ao ver que a rua inteira estava apinhada de gente, a multidão seguindo para o subúrbio com determinação perseverante.

Lucy e Owen ficaram parados à entrada, os olhos bem abertos enquanto assistiam ao oceano de corpos que passava. Muitas das pessoas estavam descalças, os sapatos debaixo dos braços, e outras tinham amarrado as camisas ao redor da cabeça para tentar abrandar o calor. Usavam ternos e gravatas e vestidos, carregavam pastas e laptops, todos participando da caminhada mais estranha do mundo. Não havia sinais de trânsito para guiá-los nem policial algum à vista, embora em algum ponto adiante na rua, Lucy pudesse divisar o fraco pulsar de azul e vermelho, forte e extraordinariamente claro contra o céu que escurecia.

— Isto é inacreditável — sussurrou ela, balançando a cabeça.

Na esquina, um dos bares estava tão cheio que as pessoas chegavam a ocupar a calçada. Se tinham desistido no meio do caminho, ou simplesmente saído para se juntarem à algazarra, não importava; de qualquer jeito, havia um ar festivo a respeito daquela aglomeração. Bem acima deles, empoleirados em suas varandas, pessoas se abanavam com revistas enquanto assistiam à cena que se desenrolava lá embaixo. Outros se debruçavam dos parapeitos das janelas abertas, os apartamentos totalmente escuros sob eles. Era como se a cidade inteira tivesse sido virada pelo avesso.

—Vem — chamou Owen, e ela o seguiu até a esquina, onde um rapaz usando um colete de construção sujo de poeira ajudava um homem de terno de risca de giz a direcionar o tráfego, parando a onda de pedestres a fim de deixar uns poucos carros passarem pelo cruzamento, depois gesticulando para as pessoas seguirem com suas longas caminhadas até em casa.

Lucy e Owen ficaram na calçada, e, quando chegaram ao pequeno armazém na 74th Street — que vendia de tudo, desde latas de refrigerante e rolos de papel higiênico a ração para cachorro a tíquetes de loteria —, ela o arrastou pelo braço para dentro. Havia apenas umas poucas garrafas d'água restantes, e os dois as enfileiraram sobre o balcão antes de procurar isqueiro e velas, além de pilhas extras para a lanterna.

Quando Lucy entregou o dinheiro ao caixa, ele devolveu uma quantia que pareceu improvável como troco.

— Acho que não... — começou a dizer, mas ele abriu um sorriso cheio de dentes para ela.

— Desconto do apagão — respondeu o homem, com segurança.

— Quem diria, hein? — comentou Owen, com uma risada. — Acha que isso se aplica a alguma sorveteria também?

O homem assentiu enquanto colocava os itens em duas sacolas plásticas.

— Fiquei sabendo que a da 77th está dando sorvete de graça. Está tudo derretendo mesmo.

Owen virou-se para Lucy.

— Acho que prefiro a cidade sem luz.

Já na rua, ficaram parados por um momento, as sacolas enganchadas nos dedos. As últimas pinceladas de rosa já haviam se apagado do céu acima do Hudson, e um preto escuro como tinta instalara-se acima da rua. Enquanto andavam para se juntar à fila do sorvete grátis, a sensação de festa ainda permanecia. O preço da cerveja no bar ao lado despencava mais e mais à medida que os barris ficavam mais quentes, e, do outro lado a Broadway, um restaurante servia o jantar improvisado à luz de velas. Algumas crianças passaram correndo com bastões de luz fluorescente roxa, e dois integrantes da polícia montada guiavam seus cavalos de olhos desconfiados por entre a multidão, supervisionando de cima a cena.

Enquanto a fila andava lentamente, Lucy fitou Owen, que olhava ao redor com expressão estupefata.

— Esperava-se que as pessoas fossem aproveitar a situação para roubar ou coisa do tipo — comentou o garoto. — Num lugar como este, achei que seria o caos. Mas é só uma grande festa.

— Eu te disse que aqui não é tão ruim — lembrou Lucy. — Dê uma chance.

— Ok — concordou ele, com um sorrisinho. — Contanto que você me prometa que vai ser assim toda noite.

— O quê? — perguntou ela — Escuro?

— Aí é que está — disse ele, olhando para cima. — Não está tão escuro. Não de verdade.

Lucy seguiu os olhos dele para onde um pedacinho de lua despontava acima dos contornos sombreados dos prédios, uma curva fina de branco contra o céu azul-marinho, pontilhado de estrelas. Em todos os seus anos naquela cidade, Lucy jamais vira algo assim: um milhão de pontos de luz, geralmente todos sufocados pelo brilho da eletricidade, os telões e postes de iluminação, os holofotes e as sirenes, as lâmpadas fluorescentes e tubos de néon; todo aquele ruído branco que não deixava espaço para qualquer outra coisa.

Mas, naquela noite, o mundo caíra em silêncio. Não havia nada exceto a cortina negra do céu e as pinceladas das estrelas lá em cima, ardendo tão fortes, que Lucy percebeu que não conseguia desviar os olhos.

— Ele tinha razão — murmurou ela. — Deve ser mesmo uma vista e tanto lá do espaço.

Owen não respondeu por alguns segundos, e, quando finalmente abriu a boca, sua voz estava baixa:

— Sei lá — disse. — Acho que é melhor ainda daqui de baixo.

Quando conseguiram vencer todos os lances de escada — de rostos vermelhos, arfando e com as mãos na cintura —, o apartamento estava um forno, e não havia nada a fazer senão se jogar nos azulejos frios do piso da cozinha. Não havia cura para aquele tipo de calor, nem ventilador, ar-condicionado ou brisa da janela, e até mesmo a cerâmica do chão esquentou enquanto ficaram ali deitados, em silêncio, ainda respirando com dificuldade.

Finalmente, Owen sentou-se e pegou uma das garrafas d'água, entregando outra a Lucy, que estava estirada ao lado da geladeira, o vestido branco espalhado ao seu redor. Ela secou a testa com as costas da mão, depois levantou o tronco e se apoiou nos cotovelos para dar um gole.

— Acabou — disse ela, quando parou.

Owen voltou a se deitar.

— Acabou?

— Nunca mais vou descer de novo.

— Até o elevador ser consertado...

— Talvez nem depois disso — decretou ela. — Aquele elevador e eu temos história, mas depois de hoje, não sei se consigo confiar nele de novo.

— Coitadinho do elevador.

— Coitadinha de mim.

No cômodo havia um ventilador de teto, e Owen observou o contorno das lâminas no escuro por tanto tempo que quase pôde imaginá-lo girando. Seu corpo inteiro estava incomodado com o calor, até as pálpebras, que pareciam pesadas e espessas. Estendeu a mão distraidamente para a lanterna no chão entre os dois, ligou-a, girando a luz pela cozinha, como se fosse um holofote: circulando a pia e ziguezagueando pelos armários.

— Não tem praticamente nada dentro deles. Minha mãe não cozinha — comentou Lucy, seguindo o facho com os olhos. — Ninguém aqui em casa cozinha.

— Que pena. Vocês têm uma cozinha muito boa.

— E você?

— Se eu tenho uma cozinha boa?

— Não — respondeu ela, voltando a se deitar de modo que as cabeças ficaram a centímetros uma da outra, os corpos estirados em direções opostas. — Você cozinha?

— Aham. E faço faxina também. Sou o próprio homem renascentista.

Levou a luz até o lava-louças, depois ao forno e finalmente à geladeira, coberta de cartões-postais, cada um deles preso por um ímã de cor forte. Ele se sentou para observar melhor, direcionando o foco de luz para poder ler os nomes estampados neles: Florença, Cidade do Cabo, Praga, Barcelona, Cannes, São Petersburgo.

— Uau! — exclamou ele. — Você já foi a todos esses lugares?

Lucy riu.

— Você acha que mando cartões-postais para mim mesma?

— Não — retrucou ele, o rosto ardendo. — Só achei que...

— São dos meus pais. Eles vão a todos esses lugares incríveis, e eu ganho um pedaço de papelão — explicou ela, dando de ombros. — É meio que uma tradição. Eles sempre trazem um ímã para um dos meus irmãos, e um globo de neve para o outro. Parece que, quando era criança, pedi um cartão de presente, e acho que meio que pegou.

Ele se arrastou para perto da geladeira, segurando a lanterna.

— E onde eles estão agora?

— Em Paris. Vivem indo para lá.

— E nunca levam você? — perguntou Owen, sem se virar, e a voz da garota atrás dele saiu baixa ao responder.

— Não.

—Ah — soltou ele, apoiando o peso nos calcanhares. — Bem, mas quem precisa de Paris quando mora em Nova York, não é?

Aquilo a fez sorrir.

—Acho que sim — respondeu ela, e depois indicou a geladeira. — Ainda não recebi nenhum dessa viagem. Foi por isso que desci àquela hora. Estava checando a correspondência.

Havia uma pontinha de tristeza nas palavras, e Owen buscou algo para dizer em resposta, para preencher o silêncio na cozinha. Voltou a olhar para o painel de fotografias.

— Cartões são superestimados, de qualquer forma.

— Ah, é? — perguntou ela, erguendo as sobrancelhas.

— É, quero dizer, qual a pior coisa que se pode dizer a alguém que não está em uma praia linda?

Lucy deu de ombros.

— "Queria que você estivesse aqui". — Owen bateu com os nós dos dedos em uma imagem da Grécia, presa mais para baixo. — Tipo, qual é, né? Se as pessoas realmente quisessem que você estivesse lá, teriam convidado logo de uma vez, não? Pensando bem, é até um pouco cruel. Devia estar escrito "Grécia: onde ninguém está muito chateado por você não estar aqui".

Uma longa pausa se fez, e, quando o silêncio se estendeu, Owen se deu conta do erro. Tinha falado aquilo de brincadeira, mas acabou soando mal e direto demais, então foi tomado pelo medo súbito de que tivesse piorado ainda mais a situação.

Mas, para seu alívio, ela começou a rir.

— "Roma: onde é tudo tão lindo que praticamente já nos esquecemos de você" — brincou, sentando-se. Os braços en-

volviam as pernas nuas, e a boca estava curvada num sorriso.
— "Sydney: onde você realmente não está incluso."

— Exatamente — concordou Owen. — É muito mais honesto.

—Acho que você tem razão — concluiu ela, a expressão séria outra vez.

— Mas aposto que seus pais realmente queriam que você estivesse lá.

— É — respondeu ela, mas a voz estava oca. — Aposto que sim.

Ele desligou a lanterna e girou o corpo, ficando de costas para a geladeira, os cartões-postais flutuando acima de sua cabeça, e pensou nos recados que a mãe costumava deixar para ele pela casa, post-its amarelos escritos com caneta azul, lembretes para limpar o quarto ou esquentar um assado que tinha deixado pronto. Às vezes, a mãe os escrevia antes de sair para resolver suas coisas na rua, ou para jantar com o marido; em outras ocasiões, ela os deixava mesmo sem ter ido longe, quando estava apenas no quintal, limpando as ervas daninhas. Não importava se voltariam a se ver em dois minutos, duas horas ou dois dias; os recados terminavam sempre da mesma forma: *pensando em você*.

—Tive uma ideia — anunciou ele, e Lucy deixou a cabeça cair para observá-lo com os curiosos olhos escuros. Owen levou a mão ao bolso e pegou as chaves para o terraço.—Vai ser uma escalada — disse ele. — Mas acho que vai valer a pena.

Colocaram garrafas de água, doces e salgadinhos diversos, velas e uma toalha dentro de uma mochila, e depois, com Lucy o acompanhando, Owen foi para a escada, a lanterna estendida à frente como uma espada. O corredor ainda parecia quieto, e ele se perguntou o que estaria fazendo naquele momento se o pai não tivesse saído. Provavelmente esperando enquanto ele ia de porta em porta, por todo o edifício, dando o melhor para fingir aquele novo papel de zelador... e Owen sentado sozinho no subsolo, fingindo não notar que o pai mal conseguia zelar por si ultimamente.

Começaram a subir depressa, mas logo diminuíram o ritmo e, quando passaram do trigésimo quinto andar, já estavam andando lado a lado, puxando o peso do corpo com a ajuda dos corrimãos opostos, usando uma das mãos suadas de cada vez. Quando finalmente alcançaram a porta de metal no topo do edifício, Owen a empurrou, mas ela não cedeu.

— É comum deixarem destrancada — explicou o garoto. — É por isso que não me sinto muito mal pela chave.

— Aha! — exclamou Lucy. — Então quer dizer que você não é tão sinistrão quanto quis parecer no começo.

Ele riu.

— Não sou nem um pouco sinistrão. Só um cara com uma chave.

Quando destrancou a porta, os dois saíram para o breu do terraço, os olhos focados no chão enquanto tateavam com os pés a superfície recoberta por manta asfáltica.

— Ali — disse Owen, indicando o canto a sudoeste, e Lucy foi até o peitoril que percorria todo o perímetro, onde ficou olhando a vista.

— Uau — suspirou ela, ficando nas pontas dos pés. Owen largou a mochila no chão antes de se juntar a Lucy, posicionando-se a poucos centímetros. O vento tirava os cabelos da garota de cima dos ombros, e ele sentiu o aroma de algo doce; cheirava a flores, como a primavera, e isso o deixou um pouco tonto.

Ficaram quietos enquanto observavam a vista pouco familiar, a ilha que geralmente era iluminada como uma árvore de Natal agora era apenas sombras. Os arranha-céus pareciam silhuetas contra o céu da cor de um hematoma, e só o farol de um helicóptero solitário flutuava no ar, varrendo a área de um lado a outro, como um pêndulo.

Juntos, debruçaram-se sobre a parede de granito, almas invisíveis em uma cidade invisível, espreitando os 42 andares abaixo de uma altitude de tirar o fôlego.

— Não acredito que nunca vim aqui — murmurou ela, sem tirar os olhos dos edifícios fantasmagóricos. — Sempre digo que a melhor maneira de ver a cidade é de baixo para cima, mas este lugar é incrível. É...

— Um milhão de quilômetros acima do resto do mundo — disse ele, virando-se para fitá-la melhor.

— Um milhão de quilômetros *longe* do mundo — corrigiu ela. — O que é melhor ainda.

—Você está definitivamente morando na cidade errada, então.

— Não é verdade — retrucou ela, balançando a cabeça. — Tem tantas maneiras de estar sozinho aqui, mesmo quando estamos rodeados por todas essas pessoas.

Owen franziu a testa.

—Tanta solidão...

Lucy virou-se para ele; sorria, mas o gesto tinha um quê de defensivo.

— Existe uma diferença entre estar e sentir-se só.

Ele estava prestes a discordar, mas lembrou-se dos cartões-postais lá embaixo, dúzias de monumentos a ambos os humores — estar e sentir-se só —, dependendo da perspectiva.

— Então acho que você veio ao lugar certo — disse ele, observando enquanto Lucy tamborilava os dedos em ritmo inconsciente na pedra áspera do parapeito. — Embora tecnicamente não esteja sozinha no momento.

— É. Isso é verdade — admitiu ela, fixando os olhos nele novamente, e daquela vez o sorriso era real.

Abriram a toalha de piquenique na superfície irregular do terraço do prédio e esvaziaram o conteúdo da mochila. O sol já tinha se posto havia muito, mas ainda estava quente, mesmo lá em cima, onde o vento dificultava a tarefa de acender velas. Desistiram depois de um tempo e comeram no escuro, compartilhando uma variedade de biscoitos doces e salgados e frutas, e os olhos de Lucy fitavam o céu entre uma mordida e outra, como se ela não pudesse confiar que as desconhecidas estrelas ficariam paradas em seus lugares.

Saciados, levaram a toalha até a parede para se recostar, sentando-se lado a lado, a cabeça dos dois para trás, os ombros quase se tocando.

— Se você pudesse escolher qualquer lugar no mundo, aonde iria? — perguntou Lucy. Owen sentiu um lampejo de familiaridade com a pergunta; ela vivia em sua cabeça e era a primeira coisa que ele se perguntava a respeito de outras pessoas, mesmo que nunca chegasse a repeti-la em voz alta.

— Todos os lugares — respondeu ele, e ela riu, um som leve e musical.

— Isso não é resposta.

— Claro que é — retrucou Owen, porque era mesmo verdade, talvez a maior verdade a seu respeito. Às vezes, tinha a impressão de que sua vida inteira era um exercício de espera; não exatamente para ir embora, mas para ir, simples assim. Sentia-se um daqueles peixes que tinham o potencial de crescer de maneira inimaginável, bastava o tanque ser grande o bastante. Mas seu tanque sempre fora pequeno demais, e, por mais que amasse sua casa — por mais que amasse a família —, sempre se sentira batendo a cabeça nos limites da própria vida.

Nova York não era a resposta. O que Owen desejava era mais amplo, mais vasto; tinha feito todos os preparativos necessários a fim de se candidatar a vagas em seis universidades espalhadas por toda a Costa Oeste, de San Diego até Washington, e mal podia esperar pelo dia em que, enfim, poderia partir e começar uma vida nova, cruzando estados cheios de vogais sob céus planos como papel, por entre a inacreditável cadeia de montanhas escarpadas até chegar ao oceano prateado.

Até onde podia se lembrar, sentia a atração da estrada, essa veia itinerante pulsando e vibrando de algum recanto profundo dentro de si, talvez herdada dos pais outrora inquietos. Um dia, Owen esperava também encontrar aquela paz interior dos dois — uma casa sem nada de especial até decidirem que esta era sim, especial —, mas isso viria mais tarde, e, por enquanto, havia milhares de lugares que ele desejava ardentemente conhecer, e o ano seguinte seria apenas o começo.

Podia sentir os olhos de Lucy cravados nele, e, quando virou para encará-la, ela baixou o rosto.

— Está bem, então — disse ela, prática. — Todos os lugares.

— E você? — perguntou ele. Lucy refletiu por um instante.

— Algum lugar.

Owen sorriu.

— Como é que essa pode ser uma resposta melhor que "todos os lugares"?

— É mais específico — defendeu-se ela, como se fosse óbvio.

— Acredito que sim. — Ele olhou para as mãos cruzadas. — Sabe, quase não fui a lugar algum. A Nova York, obviamente. E à Pensilvânia. Fomos à costa de Delaware uma vez quando eu era pequeno. E visitei Nova Jersey algumas vezes. Isso são o quê? Quatro estados. — Owen balançou a cabeça e sorriu pesaroso. — Dá até pena, hein?

— E no ano que vem? — perguntou ela. — Entrar na universidade parece ser uma boa desculpa para sair daqui.

— E é mesmo — concordou. — Estou de olho em vários lugares na Costa Oeste. Califórnia, Oregon, Washington...

Ela ergueu as sobrancelhas.

— Ficam todos bem longe.

— É. É meio que essa a intenção mesmo. Todos têm programas científicos bem fortes também.

— Ah! — exclamou Lucy. — Então você é *mesmo* um gênio da ciência.

Ele deu de ombros.

— "Gênio" é forçar um pouco a barra.

— E seu pai?

— O que tem ele? — perguntou Owen, mas ele sabia o que Lucy quis dizer e sentiu algo gelando no peito ao pensar. Havia tantos aspectos nisso — nesse novo capítulo solitário — que ele temia, a maioria dizia respeito a sua mãe: que ela não estaria lá para vê-lo cruzar o palco em sua colação de grau, ou para ajudá-lo a fazer as malas, ou para fazer a cama em seu novo quarto de dormitório do jeito como fazia em casa. Mas o pior era isto: que, depois de ter deixado o filho único no campus, seu pai teria que voltar sozinho para aquele apartamento miserável no subsolo.

Era essa parte que o derrubava toda vez.

Engoliu em seco e ergueu os olhos para encontrar os de Lucy.

— Ele não vai sentir falta de tê-lo por perto? — perguntou ela, e Owen se forçou a dar de ombros.

— Ele vai me visitar — disse ele, com toda a segurança que pôde reunir. Tateou ao lado e encontrou uma pedrinha. Usou--a para arranhar distraidamente o chão do terraço. — E você?

— Se *eu* vou sentir falta de tê-lo por perto? — perguntou ela, com um sorrisinho, e Owen também sorriu, mesmo contra vontade.

— Não — disse ele. — Me conta em que lugares você já esteve.

— Bem, Nova York, óbvio — respondeu, estendendo a mão para ir dobrando os dedos enquanto contava. — Connecticut, Nova Jersey, Rhode Island, Massachusetts, Pensilvânia, Flórida. Queria ter ido à Califórnia quando meus irmãos foram para a faculdade algumas semanas atrás, mas eles decidiram ir juntos, de carro. Mas minha prima vai se casar lá daqui a uns meses, então acho que vai dar para colocar na lista.

— É uma lista bem boa — elogiou Owen, com um aceno breve de cabeça.

— Ah, e Londres — lembrou Lucy, com o rosto iluminado. — Quase esqueci. Mas só fui duas vezes. Minha mãe é de lá, então... — Deu de ombros. — Mas é isso. Também não é lá muito impressionante.

Ele suspirou.

— Quando meus pais terminaram o ensino médio, compraram uma van e foram rodar o país inteiro. Dois anos na estrada. Foram a todos os lugares.

—Tenho mais vontade de viajar para fora — disse ela, com a voz inconfundivelmente melancólica. — Quero ver todos aqueles lugares dos cartões. Especialmente Paris.

— Por que Paris?

— Não sei. Todos aqueles prédios e catedrais lindos...

—Você quer dizer todos aqueles cartões-postais.

— É — admitiu ela. — Todos aqueles cartões-postais. Vendem muito bem o peixe deles.

— O que você tem mais vontade de conhecer?

— Notre Dame — respondeu Lucy, sem hesitação.

— Por quê? — perguntou ele, esperando uma resposta que tivesse a ver com arquitetura ou história ou pelo menos gárgulas, mas estava errado.

— Porque — explicou ela — fica bem no centro de Paris.

— Fica?

Ela fez que sim com a cabeça.

—Tem uma plaquinha com uma estrela no chão bem na frente, que marca o lugar: Marco Zero. E, se você pula ali e faz um desejo, quer dizer que vai ter a chance de voltar lá um dia. Tem alguma coisa mágica nisso, não acha?

— Ia ser bom se todos os lugares viessem com esse tipo de garantia. — Owen inclinou-se a fim de desenhar um X entre os dois com a pedrinha, depois o esfregou com a mão e o substituiu por uma estrela torta.

— Isso quer dizer que estamos no centro exato de Nova York? — perguntou ela, indicando o rabisco, e ele se sentiu subitamente instável sob seu olhar.

— Acho — respondeu ele em voz baixa — que estamos no centro exato do mundo como um todo.

Ela estendeu a palma aberta, e ele demorou um instante para entender que estava pedindo a pedra, não sua mão. Owen a entregou, e Lucy desenhou um círculo ao redor das pontas da estrela, depois gravou as palavras Marco Zero na circunferência.

— Pronto — disse. — Agora é oficial.

—Viu? Quem precisa de Paris?

— Pelo menos hoje, ninguém — respondeu ela, devolvendo a pedra. — Mas ainda ia gostar de visitá-la mesmo assim.

— Por que eles nunca levaram você junto?

Ela deu de ombros.

— Sei lá. Acho que é difícil viajar com três filhos. Meus irmãos são sensacionais, mas são gêmeos e, quando a gente era pequeno, os dois eram um pesadelo ambulante. A primeira vez que fomos a Londres, lembro que eles ficaram correndo para cima e para baixo pelo corredor do avião, um trancando o outro no banheiro. — Havia um princípio de sorriso no rosto de Lucy, mas depois ela balançou a cabeça. — Mas não é por causa disso. Acho só que eles simplesmente gostam de viajar juntos sozinhos.

— Juntos sozinhos — repetiu Owen. — Oximoro.

— Você que é um oximoro — disse ela, revirando os olhos. — Mas, sério, é uma coisa deles. Tem a ver com o trabalho dele também, mas os dois amam fazer isso. Tem gente que faz compras. Tem gente que pesca. Meus pais viajam.

— Seu pai trabalha com o quê?

— Ele trabalha para um banco inglês. Os dois se conheceram em Londres, mas ele já trabalhou em vários lugares também: em Sydney, na Cidade do Cabo e no Rio. Quando meus irmãos nasceram, ele aceitou um emprego no escritório de Nova York, já que ele é daqui, e acho que o plano era se instalar de vez e levar uma vida calma, mas essa parte jamais aconteceu de verdade. Em vez disso, eles estão sempre pegando um avião e deixando a gente com a babá.

— Parece fascinante.

— Para eles, né? — retrucou ela. — Mas eu também teria amado ir junto. Ainda amaria hoje em dia. — Lucy agitou a mão no ar, espantando alguns mosquitos. — Às vezes fico achando que eles gostavam muito mais da vida antes de ter filhos.

Owen pensou nos próprios pais, criando raízes no momento em que descobriram que estavam grávidos.

— Provavelmente não é questão de ter sido melhor — argumentou ele. — Só diferente. Meus pais fizeram a mesma coisa, sossegaram quando cheguei na vida deles, e eram felizes. — Fez uma pausa, piscando com rapidez. — A gente era feliz.

Lucy estava sentada com os braços sobre os joelhos, e, quando se virou para olhar para Owen, a perna bateu na dele. Naquele exato instante, ele teve uma vontade súbita e incontrolável de se aproximar, acabar com o pouco espaço que havia entre os dois, e a intensidade o pegou de surpresa; parecia ter passado muito tempo desde que tinha desejado qualquer coisa.

— Sinto muito — disse Lucy, estendendo a mão para tocar a dele. — Pela sua mãe.

O calor da palma fez algo dentro de Owen rachar, aquela casca resistente de mágoa que se formara ao redor do coração, como uma camada de gelo. Lucy olhava para ele com intensidade, os olhos procurando os dele, mas Owen não conseguiu se forçar a retribuir. O estado de torpor era a única coisa que o mantinha seguindo em frente, que evitava que ele se despedaçasse diante do pai, que caía aos pedaços pelos dois.

Owen desviou o olhar para o céu.

— Elas quase parecem falsas — comentou. — Não é?

Lucy seguiu seu olhar.

— As estrelas? — perguntou, mas ele não respondeu. Pensava naquelas que havia no teto do seu antigo quarto, pecinhas de plástico que brilhavam, verdes, no escuro. A mãe as pusera ali quando era pequeno, quando Owen começara a ficar obcecado pelo céu, passando noites de verão deitado no quintal, fitando as luzes espalhadas até os olhos arderem. Deram um telescópio de presente para ele... e binóculos também; chegaram até a comprar um globo que mostrava todas as constelações. Mas, no fim, a única maneira de convencê-lo a ir para a cama eram aquelas estrelinhas plásticas reluzentes, que a mãe colara no teto.

— Não estão no lugar certo — dissera Owen na primeira noite, os olhos fixos acima ao subir na cama.

— Claro que estão — retrucara ela. — É só que estas são constelações muito raras.

Ele franziu a testa para os pais.

— Como elas se chamam?

— Bem — começara ela, sentando-se perto dele e apontando para o teto. — Aquela é a Owen Maior.

Ele deixou a cabeça tombar para o lado, descansando-a sobre o ombro da mãe, e, no escuro, sua voz era um sussurro:

— E tem uma Owen Menor?

— É claro. Bem ali. E aquele é o Cinturão de Buckley.

— Igual ao Cinturão de Orion?

— Melhor ainda — respondeu ela. — Porque você pode enxergá-lo sempre. Todas as noites.

Naquele momento, a seu lado no terraço, pôde sentir Lucy sorrindo.

— Não parecem nem um pouco falsas — disse ela. — Parecem reais. Reais de verdade. Talvez sejam a coisa mais real que já vi na vida.

Owen também sorriu, deixando os olhos se fecharem, mas ainda assim continuava a vê-las, brilhando fortes atrás das pálpebras. E, pela primeira vez em semanas, ele se sentiu aceso por dentro, mesmo na mais escura das noites.

Quando ela acordou, tudo estava embaçado. Assim que abriu os olhos, Lucy levou um braço acima do rosto para cobrir o rosto e bloquear a luz ofuscante do sol. Mas vários segundos se passaram antes de conseguir se lembrar de onde estava — lá em cima, no terraço do prédio, sob um céu caiado — e muitos outros decorreram antes de se dar conta de que estava só.

Esfregou os olhos, levantou o tronco com o apoio dos cotovelos, fitando o pedaço de toalha a seu lado onde Owen caíra no sono na noite anterior e que agora já não passava de uma marca com o formato de seu corpo, um anjo de neve de flanela quadriculada.

Não tinham planejado dormir ali, mas, à medida que a noite se aprofundava e suas vozes ficavam mais suaves, cansadas pelo calor e peso das últimas horas, se viram deitados lado a lado, os olhos fixos nas estrelas enquanto conversavam.

Owen adormeceu primeiro, a cabeça despencando para o lado, fazendo os cabelos caírem por cima dos olhos, e sua expressão parecia tranquila de uma forma que não era quando estava acordado. Os cabelos tinham um leve aroma de limão, do produto de limpeza que usavam no chão da cozinha de Lucy, e ela lhe escutou a respiração, observando seu peito subir e descer numa respiração curta.

Estando ali daquela maneira, tão perto dele, Lucy precisou lembrar a si mesma de que aquilo não era real. Não era um encontro; era um acidente. Não era romantismo; praticidade apenas. Eram só duas pessoas tentando fazer aquela noite passar, nada mais além disso.

Afinal, as horas não necessariamente resultavam em uma soma assim. O tempo não tinha automaticamente significância alguma. Há um limite do que se pode esperar de uma única noite.

Ainda assim, Lucy não esperou que ele fosse desaparecer por completo. Era verdade que não tinham feito planos para a manhã, nenhuma promessa para o dia seguinte. Não compartilharam nada além de uma toalha e um pouco de comida e luz. Mas, por alguma razão, parecera mais que isso, ao menos para ela. E agora, ao olhar ao redor do terraço — vazio, salvo por uns poucos pombos perambulando do outro lado —, não conseguia deixar de se sentir magoada pela ausência de Owen.

Ela ficou de pé, ainda apertando os olhos por causa da claridade da manhã, e andou um pouco trôpega até o peitoril. À luz do sol, a cidade parecia inteiramente diferente. O céu à direita parecia tingido de laranja, e, abaixo dele, o Central Park se estendia, uma faixa vasta, planejada e bem-cuidada de natureza selvagem, interrompida apenas por um lago ocasional, como se fossem pontos de tinta cinza-azulado em uma paleta. Lucy ficou ali, com a brisa soprando no rosto, perguntando-se se a energia tinha sido restabelecida. Era impossível saber daquela altura.

Em seu andar, quando empurrou a porta do apartamento para abri-la, a resposta ficou rapidamente clara. Prendeu o fôlego contra a massa de calor que a recebeu, tão densa que parecia quase tangível, e seguiu pelo corredor escaldante para chegar à cozinha, onde parou, olhando fixamente o lugar onde os dois tinham ficado deitados na noite anterior, com a cabeça tão perto uma da outra que seus corpos chegavam a formar uma espécie de campanário.

Em um dos azulejos cinza, algo fino e branco destacava-se mesmo sob a luz fraca, e, quando se abaixou para pegá-lo, Lucy ficou surpresa ao ver que era um cigarro. Torceu o nariz enquanto o examinava, tentando encaixar aquele novo fato — que Owen era fumante — na lembrança da noite anterior. Mais uma vez, sentiu-se agitada pela constatação de que absolutamente não o conhecia e de que, à luz do dia, as horas compartilhadas pareciam ter perdido algo.

Estava prestes a jogar o cigarro no lixo quando algo a fez parar. Era tudo que restava da noite anterior. Por isso, em vez de se livrar dele, Lucy pegou a carteira que estava sobre o balcão da cozinha, abriu o bolsinho de guardar moedas e o guardou ali dentro.

Na geladeira, havia um pedaço de papel com o número do hotel de seus pais em Paris. Àquela hora, Lucy calculava que já deviam ter ficado sabendo do que acontecera. Pegou o telefone da base fixa na parede, pronta para discar a longa sequência de números, mas só havia silêncio na linha — ficar sem energia significava ficar sem carregador, o que queria dizer ficar sem sinal —, então ela o colocou de volta no lugar com um suspiro.

A água também não estava funcionando. Ao girar a torneira, só saía um gotejar lento, que rapidamente cessou de todo. Sem eletricidade, não havia como bombear água até o vigésimo quarto andar. Ela secou a testa com as costas da mão e depois se apoiou na pia, tentando pensar no que faria em seguida.

Havia uma quietude no apartamento da qual costumava gostar quando estavam todos fora. Mas, naquele momento, sem ter sequer o zumbido dos eletrodomésticos, os enormes cômodos com teto de abóbada pareciam estranhos, como se aquela fosse a casa de outra pessoa.

Lucy nunca se importou em ficar sozinha. Com pais que viajavam tanto e irmãos que geralmente não paravam em casa estava bastante acostumada a isso. Ao contrário de Lucy, que não participava de qualquer atividade estudantil, os irmãos jogaram basquete e lacrosse e participaram do grêmio; haviam sido líderes de clubes e voluntários aos fins de semana, e até montado uma banda no ano anterior, embora o som fosse tão doloroso aos ouvidos alheios que entrava mais na categoria barulho que na de música.

Lucy, por outro lado, sempre passara despercebida em sua escola; tinha um talento especial para se fazer invisível, algo que sempre lhe pareceu uma espécie de superpoder, uma coisa exclusivamente sua. Estar só nunca fora um peso. Em vez de colocá-la para baixo, fazia com que flutuasse; quando estava sozinha, ficava mais leve. Quando era só ela com ela mesma, sentia-se irrefreável e livre.

Mas, naquela manhã, sentia-se inquieta ao andar pelo apartamento. Alguns anos antes, em seu primeiro fim de semana sem qualquer supervisão, os gêmeos tinham lançado um ao outro sorrisos idênticos no exato instante em que os pais bateram a porta ao sair.

— O que a gente faz primeiro? — perguntou Charlie, e Ben fingiu refletir, tamborilando o dedo no queixo.

— Bem, provavelmente a gente devia tomar um bom café da manhã.

— Com certeza — concordou Charlie, rindo enquanto pegava uma pizza congelada do freezer, e, depois daquilo, a coisa virou uma tradição. Pizza de café da manhã. Só porque podiam.

Agora, parada em frente ao freezer da geladeira, sentindo a última lufada de ar gelado, Lucy passou a mão pela caixa úmida e um pouco desmilinguida da pizza que havia comprado como parte dos preparativos para sua primeira vez inteiramente sozinha. Depois de um momento, ela fechou a porta outra vez, suspirando, e franziu a testa ao olhar o calendário ali. Era o primeiro dia de aula, mas a cidade ainda estava emperrada, bloqueada, às escuras, e Lucy tinha certeza de que a volta seria adiada. Não era uma ideia bem-vinda nem tampouco decepcionante; significava apenas que a contagem regressiva para o fim do segundo ano — para o fim do ensino médio, na verdade — começaria no dia seguinte, não naquele.

Lucy sempre gostou das aulas e tolerou os colegas, e as duas coisas anulavam-se uma à outra, resultando em uma atitude geralmente neutra no que diz respeito à atividade como um todo. Estudava na St. Andrews School desde o jardim de infância, e a escola sempre foi do mesmo jeito: as mesmas garotas e o mesmo uniforme. Os mesmos dramas e brigas e escândalos. As mesmas conversinhas traiçoeiras e empurrões maldosos e objetivos ilusórios. Todo ano era como uma reprise do mesmo espetáculo tedioso, todo mundo passando rapidamente, um borrão de pessoas e planos e conversas, enquanto Lucy permanecia sozinha no centro de tudo, absolutamente imóvel.

Entrou no quarto e ficou parada diante do armário aberto, a saia xadrez e blusa branca ali penduradas, passadas e prontas para serem vestidas. Mas em vez disso, com algum alívio, pegou um short vermelho e uma camiseta, subitamente desesperada por uma caminhada.

A familiar temperatura da escadaria fez seus olhos arderem, e ela desceu os degraus outra vez, passando por vizinhos cansados e suados demais para fazer mais que levantar a mão em saudação. Todos vestiam o calor como uma espécie de peso, e Lucy também não conseguia afastar a sensação de que havia algo murchando dentro de si.

A cada lance de escada, os números vermelhos destacavam-se nas portas cinza, mas foi apenas por volta do décimo sexto andar que ela se deu conta de já não ter certeza de seu destino. A intenção tinha sido ficar o resto da manhã passeando pelo bairro, mas, ao passar do décimo andar, percebeu que não estava saindo do prédio, e já estava no oitavo quando notou que, na verdade, se dirigia ao subsolo.

Descia para encontrar Owen.

Mas, quando chegou ao lobby — que ela precisaria atravessar para chegar à porta que ficava na sala das caixas de correio e que levava ao subsolo —, foi recebida por Darrell, um dos porteiros mais novos, que estava sentado atrás do balcão da entrada, ensopado de suor.

— Acho que vale avisar — disse ele, secando a testa com um lenço de papel — que lá fora está mais quente que no inferno.

Lucy parou entre o elevador e o balcão.

— Não pode estar pior que no meu apartamento — argumentou ela, lançando um olhar furtivo à sala das caixas de correio.

— Não sei, não — comentou Darrell. — Vim andando do Bronx, e...

Lucy se virou para ele com os olhos arregalados.

— Do Bronx?

— Bem, metade do caminho — admitiu ele. — O metrô ainda não está funcionando, e os ônibus passavam todos lotados, mas em uma parte do caminho eu peguei carona atrás de um caminhão de frutas.

— Então continua tudo caótico — concluiu ela, e algo em seu tom de voz fez a expressão de Darrell se suavizar.

— Não está tão ruim assim — disse ele, com um sorriso de incentivo. — Ouvi falar que a energia voltou mais ao norte do estado, e em Boston também.

Dentro da salinha, ela pôde ver a porta se abrir e prendeu o fôlego, surpresa com o quão acelerados estavam seus batimentos. Mas era apenas o faz-tudo da noite anterior, que acenou ao virar no corredor.

Lucy suspirou.

— Com sorte seremos os próximos — disse ela, e Darrell assentiu.

— Aonde você está indo agora?

— A lugar algum — respondeu ela, um pouco depressa demais, e ele riu.

— Parece bom. Não esquece de me mandar um postal.

Mais uma vez, Lucy sentou um aperto no peito e hesitou por um momento, olhando das portas de saída para a sala das caixas de correio, torcendo para que Owen saísse de lá. Seria tão melhor esbarrar com ele ali. A ideia de bater à porta dele e descobrir que ele não queria vê-la a deixava em pânico. Já conseguia até imaginar o constrangimento doloroso de um encontro assim, o rosto dele ficando vermelho enquanto inventava algum tipo de desculpa, pois era educado demais para dizer a verdade.

Afinal, tinha sido ele a ir embora de manhã.

Lucy costumava acreditar firmemente que tudo se resolvia da melhor maneira possível, e de modo geral não tinha dificuldade em ser otimista, mas naquele momento sentia as pernas perderem a força enquanto refletia a respeito do próximo passo, as bochechas corando com a ideia de aparecer na casa dele sem avisar. Algo a respeito de Owen a deixara confusa, retorcendo-a em nós de incerteza, e, antes que tomasse uma atitude da qual pudesse se arrepender, seguiu para as portas giratórias que davam para a rua.

Lá fora, ficou claro que a celebração da noite anterior havia oficialmente terminado e que restava apenas a ressaca. As ruas, que tinham lembrado uma grande festa horas antes, agora estavam lotadas de pessoas suadas e de aparência péssima, todas se abanando com jornais do dia anterior.

Enquanto andava, Lucy viu algumas crianças correndo atrás umas das outras na calçada, mas, fora isso, todo mundo parecia apático e derrotado pelo clima. Havia policiais estacionados nos cruzamentos maiores a fim de direcionar o trânsito, mas era uma atividade um tanto aleatória, lenta e desgastante. Toda a energia e a força pareciam ter sido drenadas da cidade.

Ela apertou o passo pela rua, sem direção específica, como fizera milhares de vezes antes. A sorveteria da noite anterior estava fechada, como a maioria das outras lojas, de portas baixadas e em silêncio. Alguns quarteirões à frente, ela passou pela escola, uma imponente construção de pedra, em cuja porta uma placa escrita a mão anunciava que as aulas recomeçariam no dia seguinte se a energia já tivesse voltado. Embora não houvesse como determinar se o recado tinha sido escrito naquele dia ou no anterior.

Finalmente, depois de ter vagado por quase todo o bairro, e sem ter mais aonde ir, começou o caminho de volta para casa.

Enquanto subia as escadas, pensou em voltar ao terraço, para o caso de Owen estar lá, e a ideia a impulsionou por mais seis andares antes de voltar atrás pela mesma razão que a fizera fugir mais cedo.

Lucy morou a vida inteira em Nova York. Já tinha se perdido inúmeras vezes à noite, sobreviveu a dois assaltos, e uma vez quebrou o braço enquanto escalava as pedras no Central Park. Mas foi Owen — que não tinha absolutamente nada de assustador, que, na verdade, não tinha sido nada além de gentil — quem finalmente conseguira transformá-la em uma covarde.

De volta ao apartamento, fechou todas as cortinas e tentou cochilar no sofá, mas o calor opressivo era sufocante. Muito desperta e deprimida, folheou o exemplar já desgastado de *O apanhador no campo de centeio* — o mais completo guia de como se perder em Nova York —, mas as palavras nadavam diante de seus olhos, embaçadas, como todo o resto, por conta do clima quente. Acabou desistindo e voltou ao chão da cozinha, que estava apenas minimamente mais frio. À medida que o fim de tarde começava a mergulhar na escuridão, a luz na cozinha foi ficando mais fraca, e ela pressionou os braços e pernas desnudos contra os azulejos, tentando não pensar no fato de que tinha sido ali onde deitaram na noite anterior.

Ficou imaginando se existiria uma palavra para solidão que fosse um pouco menos abrangente. Porque não era exatamente solidão; não estava se sentindo abandonada, vazia, nem desamparada. Era mais específico que isso, como a toalha no terraço aquela manhã: ali, na cozinha, também havia a marca no formato de Owen.

Caiu no sono, o rosto espremido contra os azulejos, e, quando acordou, foi novamente para encarar um borrão de luz. Mas, dessa vez, vinha da lâmpada no teto, que irradiava ofuscante acima dela, forte e antinatural e clara demais.

Sentou-se tão rápido que sentiu tontura. Girou o corpo e constatou que a energia voltara por inteiro: as luzes verdes piscantes do relógio do micro-ondas, os números vermelhos na secretária eletrônica, o rodopiar do ventilador no teto e, para além da porta, as lâmpadas que tinham se acendido no restante do apartamento.

Todos os relógios estavam errados, então Lucy não fazia ideia de que horas eram, mas ficou de pé em um pulo e foi de cômodo em cômodo, saudando cada aparelho como um velho amigo. Até o ar-condicionado estava funcionando de novo, e o ar estagnado já parecia mais fresco, tudo conspirando para tornar o apartamento novamente reconhecível.

Em seu quarto, Lucy conectou laptop e celular ao carregador, e, enquanto os esperava carregar, correu para o banheiro a fim de testar a água, que gotejou com lentidão, mas o suficiente para permitir que lavasse o rosto. Ela olhou ao redor, sentindo-se um pouco tonta, pensando no que fazer primeiro: tomar uma chuveirada, entrar em contato com os pais ou simplesmente ficar sentada em frente ao ventilador, que de repente tornara-se um luxo.

Mas, ao sair do banheiro, parou diante das janelas da sala de estar, onde as venezianas continuavam fechadas. Lucy foi até elas e pegou a cordinha, puxando alternadamente com as mãos enquanto o horizonte revelava-se centímetro a centímetro, aceso como uma colcha de retalhos brilhante, feita de janelas iluminadas; uma ode quadriculada ao poder da eletricidade.

Lucy ficou ali por um longo momento, observando a cena com atenção, a cidade quente e viva outra vez, como sempre o fora em sua memória. Mas, quando olhou para cima, ficou surpresa ao sentir uma pontada de dor no peito. Bem acima dos edifícios, o céu mudara, e então só restava uma escuridão profunda e angustiante, como se a versão da linha do horizonte da noite anterior tivesse sido virada de ponta-cabeça. E as estrelas, todas elas, haviam desaparecido.

Owen estava no meio da Broadway quando as luzes voltaram.

A sacola plástica que carregava tinha acabado de rasgar enquanto atravessava a rua, e as três garrafas de água morna, que ele finalmente encontrara em um carrinho de cachorro-quente perto do parque, foram rolando em direção ao meio-fio. Correndo para pegá-las, olhou de relance para o lado, para a ruela obscurecida da avenida, e, no instante em que endireitou o tronco, aconteceu.

Foi como se tivessem apertado um interruptor. Rápido assim, a cidade estava na tomada outra vez. Owen ficou ali parado, piscando, enquanto postes de luz voltavam à vida, as janelas e os sinais de trânsito ao longo da extensão da Broadway se acendiam um após outro, novamente banhando a rua com seu brilho artificial.

Uma pausa quase reverencial se fez enquanto todos encaravam a cena, boquiabertos, e em seguida a multidão cansada do calor recomeçou a se mover, e um viva sonoro ressoou. As pessoas urravam e batiam palmas, como se tivessem recebido chuva depois de uma prolongada seca, e até mesmo os policiais nas esquinas, com os semblantes sérios, não conseguiram evitar um sorriso, os olhos percorrendo os vermelhos e verdes de volta aos sinais de trânsito.

Algumas pessoas ultrapassaram Owen, correndo, ansiosas para chegar em casa, e um homem, com um cachorro enfiado debaixo do braço, fez uma dancinha na esquina. Todos tinham a mesma expressão estampada no rosto, algo entre alívio e assombro, e todos piscavam; em pouco mais de 24 horas, haviam se desacostumado com a claridade da própria cidade e agora, confrontados com tamanha intensidade, cobriam os olhos com as mãos, como se estivessem mirando diretamente o sol.

Owen colocou as garrafas d'água sob o braço, deixando a multidão passar por ele em ondas. Pensou no que Lucy dissera na noite anterior, sobre como se podia estar cercado de tanta gente e continuar inteiramente só.

Agora via a verdade por trás daquilo, mas pareceu-lhe mais solitário do que tinha imaginado, e levantou os olhos para o prédio na esquina da Broadway com a 72nd Street, desejando ser outra pessoa, o tipo de cara que subiria correndo 24 andares de escada só para vê-la outra vez, ainda que por um minuto.

Não tinha sido sua intenção abandoná-la de manhã. Mas, quando acordou com o sol no rosto e Lucy a seu lado, suas pálpebras tremelicando durante o sono, Owen foi tomado por uma preocupação repentina com o pai, que já poderia ter voltado àquela altura e encontrado um apartamento vazio, sem qualquer ideia de aonde seu filho teria ido em uma noite tão confusa e caótica.

Seu plano era correr até o subsolo, dar uma olhada no apartamento, deixar um recado para o pai, caso ainda não tivesse chegado, e voltar a subir os 42 andares até o terraço antes que Lucy acordasse. Mesmo enquanto enfrentava o longo caminho de degraus até lá embaixo, estava pensando naquele espaço de toalha, onde se deitaria outra vez e esperaria os olhos dela se abrirem para poderem começar o dia juntos.

Mas, quando chegou ao subsolo, encontrou o pai caído no corredor do apartamento, pegajoso e trêmulo apesar do calor. Havia uma fina camada de suor reluzente em sua testa, e seus olhos estavam brilhantes e febris.

O coração de Owen já batia forte no peito quando ele deslizou para o chão.

— Pai? — chamou, com a voz cheia de pânico, sacudindo-o de leve. — Você está bem?

O pai assentiu e tentou abrir um sorriso fraco.

— Só um pouco cansado — explicou, com a língua pesada demais dentro da boca. — Vim andando...

— Veio andando? De lá até aqui?

Ele engoliu em seco, como se estivesse juntando forças para falar, mas mudou de ideia e simplesmente fez um aceno afirmativo de cabeça.

— Tudo bem — disse Owen, estupidamente repetindo as palavras enquanto tentava decidir o que fazer. — Tudo bem. Estou aqui.

O pai murmurou alguma outra coisa, mas as palavras pareciam arrastadas, e seu rosto tinha uma tonalidade acinzentada. Devia ter andado a noite toda, vindo do extremo oposto do Brooklyn; estava claramente desidratado e provavelmente com insolação... se não fosse algo pior. Os pensamentos de Owen estavam lentos e confusos. A água nos canos não tinha pressão, não dava para refrescá-lo. Desesperado, olhou ao redor do apartamento sem saber o que procurava exatamente; algo que pudesse ajudar, que melhorasse a situação.

— Olhe, pai — disse Owen, agachando-se para que seus olhos ficassem na mesma altura. — Vou levá-lo para a cama, depois vou sair para comprar água, ok?

— Ok — sussurrou o pai, por entre os lábios rachados.

— Volto já — disse Owen para confortá-lo. — Está tudo bem agora. — Apoiou o peso do corpo nos calcanhares, de cócoras, balançando a cabeça. — Não acredito que veio andando de lá até aqui.

— Para voltar para casa.

Owen inclinou a cabeça para o teto, tentando engolir o nó na garganta. Mas tudo em que conseguia pensar era: *esta não é nossa casa.*

— Ok — disse depois de um momento, colocando a mão sob o braço do pai, envolvendo suas costas. — Vou contar até três.

Depois de conseguir levar o pai para o quarto, suportando a maior parte de seu peso enquanto iam trôpegos até o cômodo, ajudou-o a se deitar sobre as cobertas e prometeu que voltaria logo, pegando as chaves e correndo para o térreo. Pensou em pedir ajuda a um dos porteiros, mas, depois do desaparecimento do pai no meio de uma das maiores crises que a cidade já vira em anos, decidiu que seria melhor não chamar mais atenção.

Passou furtivamente pelo saguão, depois correu para aquele mesmo armazém da noite anterior, mas a água tinha acabado, assim como nas duas outras lojas que Owen tentou em seguida. Seu coração martelava no peito enquanto pensava no pai. Não sabia muito a respeito de insolações, salvo pela importância de hidratar a pessoa, e, enquanto ia de loja em loja sem ter sorte, sentia o pânico crescendo dentro dele. Finalmente, encontrou um vendedor de pretzel que ainda tinha duas garrafas d'água sobrando, e Owen praticamente atirou a nota de cinco dólares no homem antes de voltar correndo pela rua.

Cuidou do pai o dia inteiro. Ficou sentado em uma cadeira ao lado da cama, mantendo uma compressa em sua testa, abanando o ar abafado com uma antiga edição da revista *Sports Illustrated*. O pai acordou apenas uma vez, e Owen o ajudou a tomar alguns goles de água. Mas voltou a cair no sono quase imediatamente, e não havia nada que Owen pudesse fazer a não ser ficar ali sentado, desamparado, observando o pai. Já estava quase na metade da tarde quando a cor começou a retornar às bochechas dele, e Owen finalmente permitiu-se recostar com um suspiro, pela primeira vez se dando conta de como tinha passado o dia inteiro tenso.

Quando o crepúsculo se infiltrou pela janela, mergulhando o cômodo em tons azulados, Owen decidiu que era seguro arriscar outra saída em busca de água, e deu voltas pela vizinhança pelo que pareceu uma eternidade antes de encontrar um vendedor de cachorro-quente que cobrava dez dólares por garrafa.

Naquele momento, estava parado diante do prédio, fazendo malabarismo com as garrafas nos braços e observando o gigantesco relógio acima de uma loja de departamento, que acabara de voltar à vida com todo o resto; o tiquetaquear lento destoando da urgência que sentia enquanto esperava o sinal fechar.

A portaria continuava insuportavelmente quente, mas havia algumas pessoas ao redor do balcão na entrada. Owen abaixou a cabeça e se apressou em direção à sala das caixas de correio, torcendo para passar despercebido, ansioso para retornar para casa e para o pai. Mas, pouco antes de desaparecer porta adentro, foi impedido pelo som de seu nome sendo chamado.

— Owen Buckley!

A primeira pessoa que invadiu seu pensamento, estranhamente, foi Lucy. Que algo pudesse ter acontecido a ela — não devia tê-la deixado no terraço, devia ter voltado, como desejou desde o início —, e o peito se encheu de medo. Mas, quando se virou, viu que não tinha nada a ver com aquilo, seus ombros caíram, relaxados.

Andando depressa na direção de Owen estava Sam Coleman, o primo de segundo grau do pai e dono do edifício, o parente que o contratara.

A única vez em que Owen o vira tinha sido no funeral da mãe, onde, após a cerimônia, em meio aos vários apertos de mãos e beijos, os abraços e condolências, notara um homem entregando um cartão de visita ao pai. Ele o tinha aceitado com dedos dormentes, apáticos, assentindo mecanicamente para o homem, e Owen o observou guardar o cartão no bolso do terno. Só algumas semanas depois ele tocou no assunto.

— Não sei se você conheceu meu primo Sam no... — Deixou a frase morrer, incapaz de proferir a palavra *funeral*. Nos dias anteriores ao evento, e também nos subsequentes, tinha de alguma forma conseguido evitá-la, fazendo rodeios, a palavra um buraco negro que se abrira bem no meio de suas vidas.

Owen balançou a cabeça. Estavam sentados à mesa da cozinha, uma travessa de comida entre os dois, uma das dúzias que havia empilhadas tal qual tijolos na geladeira.

— Ele me ofereceu um emprego. Em Nova York — revelou o pai, levantando os olhos do tampo da mesa, sobre a qual uma coluna de luz, vinda da janela, destacava uma camada fina de poeira. A casa já não parecia a mesma em que viviam dez dias antes.

— Nova York?

O pai assentiu.

— Ele é dono de alguns prédios lá — explicou o homem. — Quer que eu seja o administrador de um deles.

— Por quê? — perguntou Owen, e o outro ficou em silêncio por um momento. Não era uma pergunta necessária. Ele já estava desempregado havia quase um ano, um empreiteiro em uma cidade onde não havia nada novo a ser construído. Aceitava trabalhos como faz-tudo aqui e ali, o bastante para mantê-los, mas não era nada permanente. Já precisava de emprego muito antes do acidente e ainda precisava depois dele.

— Porque — respondeu o pai, baixinho. — Porque não sei se a gente vai conseguir ficar aqui.

Não era a resposta que Owen queria; sequer era a resposta para a pergunta certa. Não sabia ao certo se o pai estava se referindo a questões financeiras ou emocionais, se tinha refletido bem a respeito do assunto, ou se aquela era apenas a primeira vez que o dizia em voz alta, e não tinha certeza de como ele próprio se sentia em relação àquilo.

Mas, mesmo assim, Owen compreendeu.

—Vamos nessa, então — disse ele, inclinando-se para a frente. — A gente pega o carro e vai, que nem você e mamãe costumavam fazer.

Os olhos do pai piscaram com dor ao lembrar-se, e ele balançou a cabeça.

— Não é simplesmente uma aventura, O — disse. —Temos que ser lógicos. Não tem emprego para mim aqui. Se a gente vender a casa... — Fez uma pausa, a voz falhando, depois se forçou a continuar. — Vamos ter dinheiro para o que vier depois. Mas quem sabe quanto tempo isso vai demorar, e, por enquanto, ele está oferecendo um apartamento com o trabalho. E simplesmente não consigo...

— Ficar aqui — concluiu Owen, soltando o ar e levantando os olhos para encontrar os do pai. — Eu sei — disse, por fim. — Eu também não.

Era verdade. Muitas coisas tinham mudado. A mãe se fora, e a casa já não parecia mais pertencer a eles. Até mesmo seus dois melhores amigos estavam diferentes. No funeral, Owen viu quando os dois — que haviam dito todas as palavras certas e dado todo o apoio — começaram a rir incontrolavelmente quando um deles tropeçou no próprio pé, girando os braços como um moinho de vento antes de conseguir recuperar o equilíbrio. Estavam se esforçando para se segurar, a risada ameaçando explodir, e, do outro lado do gramado, Owen ficou ali — sozinho e deslocado, solene, arrasado e inevitável, infinita e profundamente triste —, e foi naquele instante que sentiu as primeiras alfinetadas de dúvida de que as coisas um dia voltariam à normalidade.

Tinham sido sempre os três: Owen, Casey e Josh, um time unido, uma unidade sólida. Cresceram juntos brincando de esconde-esconde e depois pega-pega, futebol e futebol americano; tinham combinado de estudar juntos mil vezes, e encontrado mil jeitos de evitar sequer tocar nos livros; tinham conversado sobre garotas e esportes e o futuro; provocavam uns aos outros sem pena e estavam sempre presentes para apoiar uns aos outros das maneiras mais surpreendentes. Mas, naquele momento, tudo parecia diferente. Os dois estavam lá longe, e ele, ali, o espaço entre os três já grande demais para ser superado.

E o que aconteceu foi que Owen e o pai partiram antes mesmo de ele sequer ter tido a oportunidade de tentar. Seus melhores amigos tornaram-se apenas mais dois itens em uma lista de coisas que tinham deixado para trás.

Agora, seus joelhos pareciam fracos enquanto assistia a Sam aproximar-se, vindo do outro lado do lobby. Era baixo e moreno e tinha ombros largos, o oposto de Owen e seu pai em todos os sentidos possíveis. Estendeu a mão quando chegou perto o bastante, e Owen retribuiu o gesto com desconfiança.

— Bom vê-lo outra vez — cumprimentou o homem, muito embora não tivessem realmente se conhecido ainda. — Que noite, hein? — Não esperou a resposta. — Estou fazendo a ronda hoje, dando uma olhada em todos os meus prédios. É óbvio que o acontecimento causou uma série de probleminhas. Sabe se seu pai está aí, por acaso?

Owen abriu a boca, depois voltou a fechá-la, incerto a respeito do que dizer. Mas não teve importância. Sam seguiu adiante sem lhe dar a chance.

— Porque, olhe, tenho uma penca de problemas aqui, coisa demais para os porteiros darem conta sozinhos. — Estendeu a mão gorda e a pousou no ombro magro de Owen. — Sei que vocês estão passando por um momento difícil, mas o objetivo de contratar um administrador é justamente saber que tem alguém para administrar o prédio, sabe como é? E, num dia como este, não pega muito bem esse administrador não ser encontrado em lugar algum.

— Acho que talvez ele tenha avisado que estava...

— Doente? — perguntou Sam, com sobrancelhas arqueadas. — Não.

Owen balançou a cabeça.

— Então tirou o dia de folga...

— Depois de umas poucas semanas no emprego? — perguntou o homem, depois abriu um sorriso que mais parecia ser de deboche. — Acho que não. Eu de jeito algum teria permitido, mesmo se ele tivesse se dado o trabalho de perguntar. Coisa que ele não fez.

— Sinto muito mesmo...

Sam gesticulou com a mão no ar, como se as palavras não tivessem importância.

— Ele já voltou, ou ainda está tomando uns drinques na beira da praia?

Owen olhou para George, que estava no balcão, e deu de ombros, impotente.

— Já voltou — respondeu Owen entre dentes. — Mas não está se sentindo bem.

— Bem, mande um recado meu para ele, sim? — Sam inclinou-se mais para perto. — Diz que a água voltou, mas a pressão, não. E como ele já está por um fio — disse Sam, indicando um mínimo espaço entre o dedo polegar e o indicador —, pode ser que queira dar um jeito nisso hoje. Ok?

Não havia mais o que fazer senão assentir. Sam deu um tapinha no ombro de Owen antes de girar nos calcanhares e seguir para o balcão, e, assim que o fez, Owen passou depressa pela porta, descendo as escadas, engolindo a raiva que sentia do sujeito e a frustração que sentia em relação ao pai.

Era impossível saber no que o pai estivera pensando, tirando o dia de folga daquele jeito sem sequer pedir e, ainda por cima, poucas semanas depois de ter conseguido o emprego. Foi uma estupidez e completamente impensado.

Mas, quando abriu a porta do apartamento, seus olhos recaíram sobre o balcão da cozinha, onde vira o buquê de flores duas noites antes, e algo na lembrança fez com que sentisse vontade de chorar.

Pensou no que Sam havia dito. O pai jamais teria conseguido o dia de folga, mesmo que tivesse pedido.

Mas Owen entendia por que precisou ir mesmo assim.

Foi pela mãe; para visitar o lugar onde se conheceram, a madeira áspera do calçadão sob seus pés, e o cheiro salgado do oceano às costas. Tinha ido para reviver aquele dia. E para dizer adeus.

Tinha ido até lá por ela.

E depois fizera todo o caminho de volta a pé por *ele*.

Ao fim do corredor, Owen ouviu o pai chamar seu nome com a voz rouca. Ao chegar no quarto, viu que o pai estava sentado, recostado em alguns travesseiros. Ao ver o filho, estendeu a mão e acendeu a lâmpada do abajur no criado-mudo com um sorrisinho.

—Ta-dá! — exclamou o pai. — Eletricidade.

Por um instante, Owen pensou em não contar sobre a conversa com Sam, em deixar aquela noite passar sem consertar as bombas d'água. Sabia o que aquilo significaria: teriam que sair do prédio. Provavelmente teriam que sair até de Nova York. Os dois podiam seguir de carro para o oeste, encontrar um lugar que tivesse mais a ver com eles, um lugar com mais céu e menos gente. Talvez pudessem até refazer a rota que o pai e a mãe traçaram tantos anos antes. Talvez assim Owen pudesse ser capaz de dizer adeus também.

Mas, parado à soleira da porta, sabia que não podia. Tinha que dar uma chance àquilo, ao menos pelo pai. Era o que a mãe teria desejado. E era a coisa certa a fazer.

Além disso, depois daquela última noite, Owen já não tinha tanta certeza de que estava realmente pronto para dar as costas a Nova York. Ao menos não ainda.

Em vez disso, arrastaria a pesada caixa de ferramentas vermelha até a casa de máquinas, onde o pai se sentaria no chão de concreto com um copo d'água e mostraria a Owen o que fazer. Juntos, encontrariam uma maneira de fazer o encanamento funcionar. Encontrariam uma maneira de fazer aquela situação como um todo funcionar.

Owen entrou no quarto, parando na piscina de luz que a lâmpada formava, e entregou ao pai uma das garrafas d'água.

— Então — disse, com a voz cheia de energia. — Agora que a luz voltou, o que é que você acha de fazer uma mágica e conjurar um pouco de água também?

7

Nos dois dias seguintes, Lucy se obrigou a sair da cama e ir à escola. Passou pelas aulas e tolerou as colegas. Procurou Owen de manhã e depois também à tarde. E, sempre que não o encontrava, subia para o apartamento, tentando não ficar decepcionada, e jantava sozinha.

Então, no terceiro dia, George bateu à porta a fim de ajudá-la a carregar a mala até a saída do edifício e chamar um táxi para levá-la ao aeroporto.

Pouco antes da meia-noite do dia em que a energia voltou, os pais finalmente entraram em contato. Lucy já estava dormindo e, quando pegou o telefone e viu uma confusão de números longa demais para ser local, atendeu.

Era manhã em Paris, e os pais estavam cada um em uma extensão diferente, bem acordados e atropelando-se um ao outro.

— Lucy. — Não parava de repetir o pai. — Luce, você está bem?

— Estou bem — respondeu ela, ainda grogue, sentando-se na cama. — Só com sono.

— A gente tentou ligar mil vezes — dissera a mãe, o rápido e distinto sotaque habitual suavizado pela preocupação. — Você nos deu um susto tão grande.

— Não conseguia completar a chamada — explicou Lucy, já desperta. — As linhas estavam todas ocupadas. Mas não foi nada. Estou bem.

— Escute — falou o pai, com a voz apressada e cheia de pragmatismo. — Queremos ouvir a história toda. Mas, primeiro, você precisa saber que liguei para a companhia aérea...

Lucy esperou que lhe comunicassem que estavam voltando mais cedo, que tinham lutado com unhas e dentes por um voo para casa. Tinha ouvido no jornal mais cedo que os aeroportos estavam todos lotados de gente que ficou presa na cidade desde que a eletricidade caiu, sobrevivendo à base de pretzels e dormindo nos portões de embarque, e que levaria dias até a programação de voos retornar à normalidade. Mas o pai devia ter encontrado uma saída, com certeza ele conhecia o tipo de pessoa que podia ajudar, ou ao menos o tipo de pessoa que conhecia outra pessoa, e Lucy sentiu uma onda súbita de gratidão pelos pais, que deviam ter passado todo aquele tempo tentando voltar para casa e para a filha.

— E coloquei você em um voo para Londres na sexta — continuou o pai, e a boca de Lucy se abriu enquanto pressionava o telefone com mais força contra a orelha. — Sei que as aulas já começaram, mas ninguém consegue dar tanta matéria assim na primeira semana, não é?

— Londres? — repetiu ela, a voz falhando.

— Isso, Londres — afirmou o pai com impaciência, como se fosse uma pergunta ridícula. — Sua mãe e eu saímos daqui amanhã, e você vai nos encontrar lá na sexta.

Lucy estava indecisa entre simplesmente concordar (para o caso de mudarem de ideia) e a vontade imensa de fazer milhares de questionamentos. — Hmm, por quê...?

— Queremos ver você, querida — dissera a mãe. — Queremos ter certeza de que está tudo bem.

— Mas eu estou bem — repetiu ela. — Eu só...

—Voltar para casa estava fora de questão — cortou o pai, pragmático outra vez. — Por isso queremos que nos encontre lá.

Lucy teve vontade de rir. Na escala de emergências globais, nada podia ter lhe dado um sentido mais agudo e preciso do lugar que o blecaute conseguira ocupar: nem tão urgente assim a ponto de os pais interromperem a viagem, mas alarmante o bastante para comprarem uma passagem de avião para ela.

Discutiram os detalhes e combinaram o restante dos planos. Lucy perderia dois dias de escola, mas teria uma experiência cultural, o que parecia ser justificativa mais que suficiente. Pensou nas viagens anteriores que fizera, uma quando tinha 5 anos, e a outra, quando tinha 8. A primeira fora durante o Natal; visitaram a avó na majestosa casa onde a mãe crescera, e todos fizeram um tour juntos pela cidade: as edificações ornadas do parlamento e o gigante relógio que se avultava acima deles, a Oxford Street, com suas guirlandas e coroas, e a St. Paul's Cathedral, onde Lucy cantara canções natalinas, a voz um pouco esganiçada, como a de um passarinho, junto à voz mais melódica da mãe.

Visitaram a cidade novamente três anos mais tarde, pouco depois do falecimento da avó, uma viagem mais sóbria, que ela passou quase inteiramente na sala da antiga casa da família, fazendo acenos de cabeça para estranhos trajados de preto e jogando baralho no chão com os irmãos.

Ainda assim, ela amara o lugar. Foi o que tinha — mais até que os cartões-postais — acendido a fagulha da obsessão por viajar. Quando era pequena, achava que o mundo inteiro, ou ao menos todas as cidades nele, seriam idênticas a Nova York: verticais e pontiagudas e imponentes. Não tinha outra base de comparação, e simplesmente parecida lógico que uma cidade fosse uma cidade, assim como uma fazenda era uma fazenda, e uma montanha, uma montanha. Mas Londres era completamente diferente do que imaginara; era suntuosa e cheia de charme, imponente e encantadora, e ela caíra sob seu feitiço desde o momento em que pusera os pés lá.

Por isso estava animada com a expectativa de voltar. Não era Paris nem Cape Town. Não era Sydney ou o Rio de Janeiro. E não era nada de novo.

Mas era definitivamente Algum Lugar.

E não havia ninguém a quem quisesse contar mais que a Owen. Mas ainda não tinha reunido a coragem para bater à porta de seu apartamento, no subsolo. E, por mais frequentes e demoradas que fossem suas passagens pela portaria, onde ficava de conversa fiada com os porteiros, ainda assim não tinham se esbarrado.

Mesmo naquele momento, parada na calçada enquanto George tentava chamar um táxi, não pôde deixar de olhar uma última vez para trás, para o saguão do prédio, torcendo para que Owen aparecesse. Mas não havia sinal dele, e tinha sido assim pelos últimos três dias.

Era quase como se ela o tivesse inventado inteiramente.

No aeroporto, sentou-se junto ao portão de embarque e assistiu pelo vidro aos aviões decolando, tentando decidir se era nervosismo ou empolgação o que fazia seu estômago se revirar daquele jeito. Ela queria viajar, é claro, mas não estava acontecendo como tinha imaginado: sendo obrigada, em vez de convidada, convocada, não resgatada.

No avião, afundou na poltrona, olhando para fora da janelinha enquanto os demais passageiros embarcavam. Seus pensamentos flutuaram até Owen outra vez, a maneira como seus olhos tinham brilhado quando falara a respeito de viajar pelo país, e estava tão concentrada naquilo, tão perdida nas lembranças que, quando alguém se sentou pesadamente a seu lado e Lucy virou-se para descobrir que não era ele — que era, na verdade, um senhor inglês de bochechas rosadas e pelos no nariz —, ficou mais surpresa que logicamente faria sentido ter ficado.

Dormiu por toda a travessia do Atlântico, a noite passando enquanto o oceano deslizava sob a aeronave, e, quando despertou, descobriu que tinham encontrado o dia, a luz invadindo as janelas ovais por toda a extensão do avião. Esfregou e semicerrou os olhos para as nuvens, que rolavam por cima da cidade, e para a leve cortina de chuva, cujas gotas se instalavam na lataria à medida que aterrissavam.

Havia um carro a aguardando na área de desembarque. Lucy sentou-se no banco de trás e tentou manter abertos os olhos colados de sono enquanto deslizavam pelas chuvosas ruas londrinas. Deu-se conta do quanto tinha esquecido naqueles últimos oito anos; tinha se passado metade de uma vida desde que estivera ali, e só naquele instante conseguiu se recordar dos detalhes excêntricos do lugar: as portas coloridas e as placas pintadas nos pubs, as rotatórias e os postes de luz, as edificações que ficavam coladas lado a lado ao longo das vias sinuosas.

A casa da família na cidade tinha sido vendida havia muito, então seus pais ficavam no Ritz sempre que voltavam. Ao pararem à entrada, Lucy não pôde deixar de fitar com olhos arregalados a antiga construção, vestida como que em uma renda de luzes, e um carregador de malas surgiu, do nada, a fim de ajudá-la com a bagagem. Quando disse ao homem no balcão da recepção que procurava os pais, ele lhe deu o número do quarto e apontou para uma porta atrás dela.

—Virando ali, o elevador fica logo adiante — instruiu, e Lucy sorriu durante toda a subida até o sexto andar, perguntando-se se haveria alguma diferença entre ficar presa em um elevador inglês e um norte-americano.

Lá em cima, bateu à porta do quarto dos pais. Quando abriram, estavam os dois parados, como se estivessem à espera; a mãe, alta e esbelta, de cabelos tão escuros quanto os de Lucy, e o pai, de cabelos cor de areia e enorme, de óculos e com um penteado que lhe dava a impressão de ser tão sério quanto de fato era. Os dois costumavam ser pessoas reservadas, pouco inclinadas a grandes demonstrações de afeto, mas, antes mesmo de a porta ter se fechado, Lucy viu-se envelopada em um abraço, presa entre os dois de uma maneira que pareceu tão segura, tão avassaladora, e, acima de tudo, tão surpreendente que começou a chorar, mesmo sem querer.

— Desculpe, desculpe — pediu a mãe, liberando-a e a fitando com preocupação. — Se tivéssemos sabido...

— Não, tudo bem — disse Lucy, secando os olhos. — Não foi nada de mais, mesmo. Nem sei por que estou chorando. Eu só... Acho que estou só feliz de poder ver vocês.

—Também estamos — afirmou o pai, trazendo a mala da filha para dentro e fechando a porta. — Por conta do... Bem, por conta de alguns compromissos já agendados, não podíamos voltar. Mas ficamos péssimos pensando que você teve que passar por uma dificuldade dessas sozinha, e queríamos muito vê-la.

Lucy sentiu-se um pouco tonta com toda a atenção.

— Está tudo bem — garantiu a menina, pelo que lhe pareceu a milésima vez, enquanto a mãe a guiava até a cama, onde se sentaram na beirada, os joelhos se tocando.

— E como foi? — perguntou o pai, trazendo uma cadeira para perto. Quando se sentou, cruzou as pernas e lançou um longo olhar à filha, o mesmo que já o vira lançar a advogados e banqueiros quando eram convidados a jantar com eles; era um olhar que significava que Lucy tinha toda a sua atenção e concentração, e não era algo que costumava ver.

— Foi escuro — respondeu ela, e a mãe riu. — Eu estava no elevador quando aconteceu, na verdade.

— Ficamos sabendo — disse o pai. — Os gêmeos nos contaram.

Lucy telefonara para os irmãos no dia seguinte ao blecaute, primeiro Charlie, depois Ben, e contou a respeito de ter escalado o elevador para sair, e subido e descido as escadas; contou a eles sobre a correria dos porteiros com lanternas e sobre a multidão andando pelas ruas; contou do sorvete grátis e das estrelas no céu e do calor. Mas não contou sobre Owen. Em parte por autopreservação — pois sabia que Ben passaria o resto da vida implicando com ela e que Charlie adotaria uma postura de irmão superprotetor —, mas em parte por instinto também. Seria o mesmo que assoprar as velhinhas do bolo de aniversário e imediatamente depois anunciar o que tinha desejado; sendo lógico ou não, dizer em voz alta parecia diminuir as chances de aquilo tornar-se realidade.

— Foi horrível? — perguntou a mãe, os olhos arregalados de preocupação.

— Não foi tão ruim assim — assegurou-lhe Lucy, com um sorriso, torcendo para que não tivessem notado o rosa que invadira suas bochechas. — A gente só ficou preso lá dentro por, sei lá, uma meia hora. — Fez uma pausa, dando-se conta pela primeira vez de que era mesmo verdade: não deviam ter se passado mais que 30 minutos. Como podia ter parecido tão mais que aquilo? — A pior parte foi o calor — continuou. — *Isso*, sim, foi bem horrível.

Os dois assentiram, como se quisessem saber mais, porém ela pensou ter notado o pai olhar furtivamente para o relógio, e a mãe começara a balançar o pé do jeito como às vezes fazia quando os convidados em seus jantares continuavam lá, mesmo depois das xícaras de café terem sido recolhidas.

— Mas vocês tinham que ter visto — insistiu Lucy. — A cidade inteira simplesmente apagou. E todas as ruas ficaram completamente lotadas de gente. Foi inacreditável.

Dessa vez, o pai sequer se deu ao trabalho de disfarçar quando olhou para o relógio, e a mãe pigarreou.

— Olhe, querida — disse ela. — Queremos ouvir a história toda no jantar hoje, mas achamos que você ia querer tirar um cochilo quando chegasse e combinamos de sair um pouquinho.

— Ah! — exclamou Lucy. — Para onde?

O pai olhou para cima, o rosto a própria imagem da confusão.

— Como assim?

— Assim — disse Lucy, arqueando as sobrancelhas. — Aonde vocês vão?

— Fizemos planos para hoje antes de sabermos que se juntaria a nós — explicou a mãe, olhando de soslaio para o marido. — Vou dar um jeitinho no cabelo no salão, e seu pai marcou uma... reunião.

Lucy voltou-se para ele, que parecia repentinamente muito interessado nos próprios sapatos.

— Bem, e onde é? Quem sabe não vou junto, exploro um bairro novo...

O pai tossiu, o rosto ficando vermelho.

— Achamos que você estaria cansada.

— Dormi no avião — explicou Lucy, e os dois trocaram um olhar. — Ok, agora é sério — continuou ela, virando-se de um para o outro. — O que está acontecendo?

— Nada — começou o pai, mas a mãe revirou os olhos.

— Vamos contar a ela de uma vez.

— Contar o quê? — perguntou Lucy, ansiosa de súbito.

O pai brincava com a aliança, um hábito nervoso que tinha.

— Íamos esperar até a hora do jantar...

— Olhe — disse a mãe, tomando as mãos de Lucy nas suas. — Você sabe como sinto falta daqui.

Lucy assentiu, franzindo o cenho.

— E sabe que sempre planejamos voltar a morar fora quando vocês três estivessem na faculdade, não é?

Era verdade. Desde que Lucy era pequena, a mãe sempre falara do sonho que tinha de voltar a viver na Inglaterra. Jamais se sentira em casa em Nova York, onde achava os verões quentes demais e as pessoas grosseiras demais, o lixo visível demais e a cultura limitada demais. Era apenas questão de tempo até voltar para Londres, onde os pais tinham se conhecido havia tantos anos, e Lucy e os irmãos sempre estiveram cientes disso. Mas os pais tinham prometido que só aconteceria quando todos fossem para a faculdade. Mas agora a mãe lançava a Lucy um olhar de súplica; mas se buscava compreensão ou perdão, não saberia dizer.

— Bem — continuou ela, um pouco alegremente demais. — Uma oportunidade apareceu um pouco mais cedo que prevíamos.

— Me ofereceram trabalho no escritório daqui — acrescentou o pai, os olhos brilhando sob os óculos. — Tinha ouvido uns boatos, mas é um cargo muito, muito alto, então não achei que teria chance...

— Mas parece que tem — concluiu a mãe, olhando com orgulho para o marido. — E não vai demorar muito para ficarmos sabendo com certeza.

— Isso — concordou ele. — Só mais algumas reuniões hoje, e saberemos...

Lucy encarou o pai.

— Quer dizer que pode ser que a gente tenha que se mudar para Londres?

— Isso — afirmou ele, radiante.

— Ano que vem?

A mãe balançou a cabeça em negativa.

— Mês que vem.

— Mês que vem? — repetiu a filha, um pouco chocada. Podia sentir que a voz tinha subido uma oitava e que os olhos tinham se arregalado, mas não pôde reprimir a reação. *Mês que vem,* pensou, assombrada pela proximidade.

— Não seria... — começou o pai, mas Lucy o interrompeu.

— E o apartamento?

— Bem, vai continuar sendo nosso, é claro — garantiu ele. — Caso voltemos para o verão, ou os gêmeos acabem conseguindo estágios por lá...

Lucy observou o pai fixamente.

— E a escola?

— Já andei dando uma olhada — disse a mãe, com um esboço de sorriso. — Parece que elas existem por aqui também. E como você nunca foi realmente *apaixonada* pela sua antiga escola...

Tinha razão, é claro, mas Lucy ainda não sabia ao certo o que dizer. Depois de passar 16 anos inteiros em Nova York, o que ela amava ou deixava de amar quase não tinha importância; a cidade era parte dela, e ela era parte da cidade. A ideia de que poderia vir a morar em Londres dentro de poucas semanas a atingiu como algo absurdamente inimaginável. Abriu a boca, depois voltou a fechá-la, piscando.

— Sei que é muita novidade ao mesmo tempo — disse a mãe, com gentileza, a testa franzida ao olhar para o marido. Ele inclinou-se para a frente, juntando as mãos.

— E não tem nada certo ainda — acrescentou ele. — Mas estamos na torcida por ter motivos para comemorar...

— Londres — repetiu Lucy, e a mãe sorriu encorajadoramente.

—Você adora Londres.

—Também adoro Nova York.

O pai fez um aceno de mão, como se não fosse aquela a questão.

— Já esgotamos tudo o que Nova York tinha a oferecer. Está na hora de mudarmos um pouco, não acha?

— Não sei — respondeu Lucy, atrapalhando-se com as palavras. — Eu...

— Por que não retomamos o assunto mais tarde, no jantar? — sugeriu o pai, batendo nos joelhos e se levantando. — Você pode tirar um cochilo enquanto sua mãe faz o cabelo, e depois vocês podem se encontrar e fazer compras ou algo assim.

— Não estou com... — Lucy estava prestes a dizer *cansada*, mas não adiantaria. O pai ficou lá, alisando a gravata, enquanto a mãe se levantava e pegava a bolsa. —Tudo bem.

Saíram em meio a muito barulho e lembretes de que ela poderia ligar para a recepção se precisasse de qualquer coisa, assim como tinha toda a liberdade para fazer qualquer pedido ao serviço de quarto se estivesse com fome; deixaram dinheiro e prometeram que não demorariam; aconselharam-na a não pensar demais a respeito do que tinham discutido até estar tudo decidido. Então partiram, e Lucy ficou sozinha outra vez.

Londres, pensou, a palavra afundando dentro dela.

Esperou apenas alguns minutos antes de pegar a própria bolsa e sair, inquieta demais para ficar ali. Enquanto caminhava, a cabeça rodava com força, e ela se viu encarando tudo com olhos arregalados: os edifícios de colunas brancas e os cruzamentos cheios de faixas, as farmácias e os estandes de fruta, os cafés e os pubs — de repente, o mundo inteiro era visto através de uma nova lente.

Era tudo tão diferente ali; justo o que, apenas algumas horas antes, fora motivo de empolgação. Mas, naquele momento, parecia tão desconhecido e estranho: os nomes de ruas incomuns e as construções atarracadas; as lojas não tinham nada de familiares, o trânsito seguia na direção errada. Estavam apenas na primeira semana de setembro, mas todos já usavam casacos de inverno.

Lucy não tinha certeza de onde estava, mas continuou em frente, ansiosa demais para fazer qualquer outra coisa que não caminhar. Uma neblina baixa pairava acima das ruas, deixando tudo úmido e um tanto prateado. Puxou as mangas do moletom de capuz para esconder as mãos, e continuou.

Foi apenas quando se viu próxima de Piccadilly Circus — os enormes telões e placas elétricas acesos em meio à névoa — que parou. Era a primeira coisa que lembrava Nova York, e Lucy ficou ali, no meio da calçada, pensando na Times Square, o pânico se dissipando um pouco. Inspirou fundo enquanto sondava a praça. Havia aglomerados de turistas olhando vitrines, outdoors de cores vivas, uns poucos pombos ciscando perto de uma fonte e, claro, os gigantescos edifícios de pedra que formavam uma espécie de caverna ao seu redor.

Era lindo, de certa forma. À própria maneira. E voltou a pensar — *Londres* —, mas dessa vez havia uma leveza na ideia. A palavra era como um suspiro, uma possibilidade.

Quase prestes a se virar e retornar ao hotel, avistou uma pequena loja de *souvenirs* logo à frente, as vitrines cheias de pequeninos ônibus vermelhos e xícaras de chá com imagens da rainha. Foi até lá para poder olhar melhor, atraída pelo mostruário de cartões-postais disposto logo ao lado da porta; girando-o, fez as imagens rodopiarem com ele em um borrão de cor: o Palácio de Buckingham e a Abadia de Westminster, o Big Ben e uma série de cabines telefônicas vermelhas.

Finalmente, chegou a uma fotografia aérea, a cidade se espalhando a distância, o rio Tâmisa trançado através dela, como uma fita cinzenta, e lá no topo, escrito em negrito com letras azuis, as palavras: *queria que você estivesse aqui.*

Dentro da lojinha, deslizou uma nota de 5 libras pelo balcão.

—Vou levar este — anunciou, balançando o cartão. — E selos também.

A funcionária, uma jovem de cabelos roxos e piercing no nariz, revirou os olhos ao vê-lo.

— Queria que você estivesse aqui — leu a jovem, estourando a bola do chiclete que mascava. — Sei.

Lucy se limitou a sorrir.

— Me empresta uma caneta também?

Depois de ter escrito a mensagem, voltou à rua. A neblina começara a subir, filtrando o sol de maneira irregular. Segurou o cartão-postal com firmeza, passando o dedo polegar pelas bordas enquanto procurava uma caixa de correio. Já estava na metade do caminho para o hotel quando finalmente encontrou uma, e foi então que se deu conta do porquê demorara tanto. Vinha buscando o conhecido tom de azul. Mas, em Londres, as caixas de correio — da mesma forma como os ônibus e as cabines telefônicas — eram de um vermelho reluzente.

Por um instante, ficou parada, o pequeno pedaço de cartolina na mão, acima da portinhola aberta. Estava pensando na saleta onde ficavam as caixas de correio em seu edifício nova-iorquino, a parede de quadrados metálicos gravados com números e, logo ao lado dela, a porta que levava ao subsolo. Mas o que estava imaginando de fato era Owen — a cabeça loura abaixada acima do cartão, com um sorriso ao ler suas palavras —, e, mesmo sem ter tido a intenção, ela notou que sorria também.

No instante em que o sol saiu de trás das nuvens, Lucy soltou o cartão lá dentro.

No domingo, Owen e o pai pegaram o metrô para a Times Square.

— Um dia de folga para comemorar sua sobrevivência à primeira semana de aula — disse o pai, cheio de alegria e energia ao saírem do subsolo, vendo-se imediatamente cercados por um mar de turistas cujos rostos escondiam-se atrás de mapas ou câmeras.

— Sendo "sobrevivência" a palavra-chave aqui — retrucou Owen, entre dentes, embora aparentemente alto o bastante para fazer o pai revirar os olhos.

— Não pode ser tão ruim — ponderou, inclinando a cabeça para trás a fim de observar todos os telões piscantes ao redor. Havia telas de TV imensas e letreiros anunciando as cotações da bolsa, outdoors e anúncios iluminados de maneira que, mesmo no meio do dia, a estranha paisagem elétrica irradiava um brilho meio branco.

— Na verdade, é, sim — garantiu Owen, sem olhar para o pai. A multidão de turistas movimentou-se, topando com ele, que foi obrigado a dar um passo à frente quando foi empurrado.

— Você tem que parar de se comportar como um bicho do mato — disse o pai, dando tapinhas em suas costas. — Você é um nova-iorquino agora.

— Até parece — resmungou Owen em voz baixa, mas se o pai o ouviu, não deu sinal. Em vez disso, olhou para a esquerda e para a direita antes de seguir adiante.

— Por aqui — chamou o homem, começando a andar pela Broadway com toda a confiança de alguém no caminho certo.

— Aonde a gente está indo?

— Tanto faz — respondeu o pai, a voz alegre. — Vamos olhar os telões. Absorver tudo. Curtir a cidade. Conhecer o lugar. Aproveitar ao máximo.

Pararam em um cruzamento para deixar um ônibus de turismo vermelho passar, e Owen apontou para o veículo.

— Era para eles que você devia estar trabalhando.

— Pode ser que eu tenha a chance — argumentou o pai, mas, para o alívio de Owen, ainda estava sorrindo.

Desde aquela noite em que a energia voltara, ele desempenhou suas funções de administrador com uma obstinação quieta, que não era de seu feitio. Mesmo tendo ficado tantos meses desempregado, sempre começava as manhãs proclamando que aquele poderia ser "O" dia, aquele em que tudo mudaria. Acreditava em novos começos e segundas chances, e, mesmo durante a agonia de seu luto naquele verão — uma névoa de tristeza tão espessa que não o deixava enxergar em volta —, ainda se animara com a perspectiva de encontrar um novo emprego. Queria voltar a trabalhar. Não importava se seria na construção de casas ou no conserto de ralos entupidos; o trabalho sempre fora um elixir. Mas naquela semana parecera apenas mais um fardo.

Não era difícil adivinhar o que havia acontecido. Owen não tinha dúvidas de que Sam Coleman entrara em contato, e odiava pensar na possibilidade daquele homenzinho atarracado ter gritado com o pai, advertindo-o da mesma forma como fizera com ele na portaria. Conseguiram colocar as bombas d'água para funcionar naquela mesma noite, os dois agachados no chão da casa de máquinas até tarde da noite, o pai segurando a lanterna enquanto Owen usava a chave inglesa com os dentes trincados, seguindo as instruções o melhor que podia. Mas estava ciente que não terminaria ali e, observando o pai naquele momento — com o rosto iluminado pelo brilho dos outdoors —, entendeu que nem tudo seria tão facilmente consertado.

— O que fazemos primeiro? — perguntou o pai, quando o sinal ficou verde e foram arrastados até o outro lado da rua por uma torrente de pessoas.

Owen deu de ombros.

— O que você quiser.

— Ah, vamos lá — disse ele, olhando ao redor. — A gente podia assistir a um show?

— Hmm...

— Ou a uma peça?

Owen fez uma careta.

— Está bem! — exclamou o pai, com um grunhido exagerado. — Então escolhe você.

Estava prestes a recusar. Estava prestes a lembrar que aquela excursão não tinha sido ideia sua. Estava prestes a sugerir que simplesmente voltassem para casa. Mas se aproximavam de uma enorme loja de *souvenirs*, a vitrine inteiramente ocupada por coroas de espuma verde como a da Estátua da Liberdade, canetas e lápis e pesos de papéis da Big Apple, camisetas dos Yankees e outras com os dizeres I ♥ NY, como aquelas sobre as quais tinha reclamado com Lucy.

—Vamos olhar ali — pediu Owen, virando para a direita, e, embora tenha lhe lançado um olhar confuso, o pai o seguiu sem fazer comentários.

Lá dentro, a loja estava lotada de gente, e, enquanto o pai se distanciava para olhar um mostruário de antigas fichas do metrô, Owen passou por uma família que experimentava camisetas iguais e abriu caminho até a enorme vitrine de cartões-postais.

Durante a semana inteira, procurou por Lucy. Todos os dias pensou em bater à sua porta. Em um primeiro momento, porque queria pedir desculpas por ter ido embora do terraço naquela manhã. E depois, simplesmente porque estava ansioso para vê-la outra vez. Mas algo sempre o impedia. Não conseguia se livrar da preocupação de que aquela noite não tinha significado o mesmo para ela. Para Owen, tinha sido como uma espécie de oásis — não só o elevador, e não só o terraço, mas o simples fato de ter estado com ela. E assim que avistou a lojinha, foi como voltar no tempo, estava outra vez deitado no piso da cozinha, falando sobre lugares distantes.

Enquanto passava os olhos pelos cartões, chegou a um cuja série de letras, em um cor-de-rosa chamativo, formavam a frase *Queria que você estivesse aqui* em uma faixa atravessando o céu de Manhattan. Sentiu uma estranha onda de eletricidade ao vê-lo. Tinham rido juntos do slogan naquela noite, da pouca sinceridade da expressão, mas, parado ali, não conseguia se lembrar do motivo pelo qual tinha achado a mensagem tão ridícula apenas poucos dias antes.

Queria que você estivesse aqui, pensou, fechando os olhos por um momento.

Quando voltou a abri-los, encontrou um funcionário na sua frente, um homem mais velho, com costeletas desgrenhadas e expressão entediada.

— Posso ajudar? — ofereceu ele, sem parecer particularmente entusiasmado com a ideia.

— Vou levar esse — avisou Owen, surpreendendo a si mesmo. — E tem selos também?

Atrás de um oceano de táxis amarelos e maçãs vermelhas em miniatura, podia ver o pai caminhando em sua direção. Antes de refletir melhor, pegou uma caneta no formato do Empire State Building e rabiscou algumas palavras no verso do cartão, pegou o selo e deixou dois dólares no balcão, agradecendo ao funcionário.

— Encontrou alguma coisa? — perguntou o pai ao juntar-se a ele, mas Owen balançou a cabeça.

— Tudo aqui é para turistas — explicou o garoto, dando de ombros. — A gente mora aqui.

Embora tivesse tentado esconder, Owen viu o sorrisinho que se esboçou no rosto do pai e ali permaneceu até saírem da loja e retornarem à rua. Voltaram pela Broadway, caminhando em direção à luz, como duas mariposas, mas pouco antes do cruzamento seguinte, Owen hesitou, deixando o pai — que não pareceu notar sua ausência — continuar sem ele. Viu uma caixa de correio azul, ao lado de um poste perto da beira da calçada, e, antes que pudesse pensar melhor, aproximou-se, abriu a portinhola e deixou o cartão flutuar para dentro.

Mais tarde, pegaram o metrô para casa, cansados e queimados de sol. Enquanto andavam os últimos quarteirões, Owen notou, pela primeira vez, uma ponta de frescor no ar, um indício antecipado da mudança de estações. A primeira coisa em que pensou foi no seu lar — não bem a casa na Pensilvânia em si, mas sua mãe —, e a segunda, claro, foi que ele não existia mais. Não da maneira como se recordava.

A seu lado, o pai também parecia perdido em devaneios, mas, quando Owen olhou para ele, o homem ofereceu um sorriso.

— Não foi um dia ruim, hein? Quem sabe podemos fazer alguma coisa à noite também. Assistir a um musical ou coisa assim? — Riu da expressão no rosto do filho. — Estava só brincando. Talvez um filminho... Ou, ei, que tal o planetário? Isso deve ser mais sua cara mesmo...

Ao se aproximarem das portas giratórias, Owen ficou momentaneamente sem palavras. Não sabia se deveria ser cauteloso ou ter esperança. Desde que tinham se mudado, todas as noites o pai simplesmente desaparecia depois do jantar, trancando-se no quarto. Sempre fora uma pessoa diurna, de modo que ir para cama cedo não era incomum, mas, desde o acidente, parecia que tudo o que fazia era dormir, como se dormir fosse uma espécie de droga que não conseguia parar de usar. Durante a última semana, a coisa ficou ainda pior por conta dos efeitos da insolação. Owen, portanto, tinha presumido que aquela noite não seria diferente.

Mas agora parecia possível que o pai estivesse despertando outra vez.

Enquanto entravam — o pai primeiro, seguido por Owen no segundo compartimento das portas —, ele preparava sua resposta. "Maravilha", diria ele ao passarem para o outro lado. "Eu adoraria."

Mas, ao colocarem os pés para fora do carrossel e dentro do saguão, Owen topou com o pai, imóvel diante das portas. Owen espiou pela lateral e viu as costas largas de Sam Coleman, que estava debruçado sobre a escrivaninha, conversando com um homem de camiseta azul e boné com as letras EMK Encanadores.

Por um momento, Owen considerou a ideia de sair de fininho. Pensou em arrastar o pai pela portinha da sala das caixas de correio e descer direto para o apartamento, onde poderiam pedir uma pizza, assistir a um filme e agir como se nada tivesse acontecido: o acidente, a mudança, o blecaute, a viagem a Coney Island e suas consequências tristes e cansativas.

Em vez disso, apenas assistiu ao pai endireitar a postura e erguer o queixo.

— Tudo bem aí, Sam? — perguntou em voz alta, e os dois homens viraram-se em sua direção.

Sam sorriu, um sorriso que parecia o oposto da ideia de sorrir, e o encanador baixou a prancheta.

— É ele? — perguntou o último, e Sam assentiu, dando um passo à frente.

— E aí, família Buckley — cumprimentou o primo, cheio de dentes e simpatia. — Como é que vocês vão?

— Bem — respondeu o pai brevemente. — O que está acontecendo?

As sobrancelhas de Sam levantaram-se, como se estivesse surpreso pelo fato do outro não estar no clima para conversa mole.

— Você tem um verdadeiro dom para escolher os dias de folga — comentou Sam, com uma risada curta. — Tivemos um probleminha com os canos esta tarde. — Virou-se para Owen. — Espero que vocês não fiquem enjoados em alto-mar, porque vão praticamente precisar de um barco para descer.

— Já resolvemos tudo — disse o bombeiro, olhando para a prancheta. — Vai ficar tudo bem.

Sam assentiu.

— É. Ele já resolveu tudo. Mas eu realmente gostaria de saber por que foi que ele descobriu que a válvula ainda estava frouxa na bomba.

Owen tinha ficado ali parado, ouvindo com os punhos cerrados, mas, naquele instante, seu coração afundou no peito. Lançou um olhar nervoso para o pai e viu que seu rosto tinha perdido toda a cor. Mas ele não moveu um músculo sequer; ficou completamente imóvel, os olhos fixos no primo.

— Acho que não devo ter apertado o suficiente — explicou ele, as palavras lentas e calculadas.

— Bem, alguém com certeza não apertou mesmo — concordou o bombeiro, olhando para cima. — Não foi muito inteligente.

— Não, não foi — acrescentou Sam. — Nem muito barato.

O encanador balançou a cabeça e deu um assovio baixo.

Owen deu um passo à frente.

— Olhe — começou o garoto, mas o pai levantou a mão, e ele parou, caindo abruptamente em silêncio.

— A culpa foi minha — garantiu o pai a Sam, que balançava cabeça.

— Pode apostar que foi — concordou Sam, o sorriso falso desaparecido do rosto. — E, veja bem, sei que você é da família, e sei que está passando por um mau bocado agora, mas não posso admitir esse tipo de trabalho desleixado em um de meus prédios, especialmente não depois do que aconteceu no outro dia.

O pai não respondeu, mas manteve a postura ereta enquanto ouvia.

— Isso não me deixa feliz, Patrick — censurou Sam. — Não me deixa nada feliz. Mas tenho que encontrar alguém em quem eu possa confiar.

— Eu entendo — garantiu o pai, com a voz firme.

Sam massageou a nuca, os olhos voltando-se para Owen.

— Podem levar o tempo que precisarem para sair do apartamento, ok? Todo o tempo que precisarem.

— Bondade sua — disse o pai. — Mas teremos saído até o final da semana.

— Ok — respondeu Sam.

— Ok — replicou o pai.

— Ok — disse o encanador, destacando um recibo e o entregando a Sam.

Owen continuava fitando apaticamente a cena diante dele, mas, quando o pai começou a cruzar o lobby em direção à porta do subsolo, voltou à vida e correu atrás dele.

O pai não disse mais nada enquanto desciam as escadas, nada enquanto abria caminho pelos corredores de concreto, baixando a cabeça sob os canos que atravessavam o teto de um extremo a outro, como um labirinto. Somente quando já estavam dentro do apartamento, a porta fechada atrás deles, que soltou um longo suspiro, os ombros caindo. Recostou-se contra a parede, no mesmo ponto em que ficara caído quando tinha voltado de Coney Island na outra noite, visivelmente abalado.

Owen foi o primeiro a falar.

— A culpa foi minha. Não fechei a válvula direito.

O pai deu um sorriso cansado.

— Eu devia ter lembrado você disso.

— Você estava doente.

— Não importa. Você não tinha como saber fazer uma coisa daquelas. Era meu trabalho e minha responsabilidade. Então a culpa foi minha.

— É, mas...

— Ei — disse Patrick, lançando um olhar penetrante para Owen. — Está tudo bem. A gente vai ficar bem.

Owen não respondeu, apenas assistiu enquanto o pai tomava impulso para descolar da parede e ia até a cozinha, onde abriu uma das gavetas e pegou um maço de cigarros. Segurou-o por um momento, apenas observando, depois abriu a tampa com grande cuidado. Mas, quando viu que só restava um, recolocou-o na gaveta.

Olhou para Owen, que ainda estava à porta, e seu rosto não exibia expressão alguma.

— Vou deitar um pouquinho. Vamos dar um jeito nisso mais tarde, ok? Me acorde quando quiser jantar...

O filho fez um aceno de cabeça, depois recuou para o corredor, para seu próprio quarto, onde procurou por uma pilha já crescida de roupa limpa, tirando de lá os shorts que tinha usado uma semana antes, no dia que as luzes tinham se apagado. Enfiou a mão em um dos bolsos, depois no outro, depois virou-os pelo avesso. Mas o cigarro — o de sua mãe — não estava mais ali.

Sentado à beirada da cama, sentiu uma grande onda de cansaço e, em vez de lutar contra ela, deixou que ela o carregasse para o mar. Encolheu-se de lado e fechou os olhos, e sabia que não acordaria o pai mais tarde, que o deixaria dormir, e que ele próprio também dormiria. Com sorte, o dia seguinte seria melhor.

De manhã, quando a coluna de sol invadiu o quarto pela janelinha, ele se arrastou para fora da cama, saindo para o corredor, onde encontrou o pai debruçado sobre um mapa, no balcão da cozinha. Estava meio esmaecido, as beiradas insistiam em começar a se enrolar, e havia pequenas rachaduras onde tinha sido dobrado.

— Quantos anos tem essa coisa? — perguntou Owen, sufocando um bocejo.

— Mais que você — respondeu o pai, sem desviar o olhar. Corria um dedo pela linha da estrada, e, quando inclinou-se para o pai, o garoto viu em que direção se movia: oeste.

— A Califórnia já era um estado naquela época? — brincou, e o pai o encarou, mas havia um quê de bondade nele, quase alegria, e Owen sentiu que algum tipo de véu tinha sido erguido na noite passada, um peso que os dois vinham carregando.

— Estive pensando que a gente podia fazer uma viagem de carro.

— Ah, é?

— É — disse, sorrindo. — Pensei em pegar a estrada e ver até onde chegamos.

Owen tentou esconder o sorriso, mas falhou miseravelmente.

— Parece um plano bem bom.

— Tudo bem por você, então? — perguntou o pai. — Não ficarmos nem voltarmos pra Pensilvânia?

— Concordo, sim — afirmou Owen, com um aceno positivo e decidido, e a palavra ecoou em seus pensamentos: *sim, sim, sim*. O peito parecia leve e expandido, o coração flutuando à menção do plano. Parecia tão razoável, tão óbvio (que eles seguissem para o oeste, que seguissem adiante, pois aonde mais iriam?) que quase parecia mentira, como se, a qualquer instante, o pai pudesse dizer que tinha sido tudo uma brincadeira de péssimo gosto.

Mas não disse. Em vez disso, dobrou o mapa, lançando ao filho um olhar questionador.

— Você vai perder aula...

— Vou sobreviver — garantiu Owen, indicando o mapa com a cabeça. — Pode usar isso daí para me ensinar geografia.

— Sério — cortou o pai. — Não quero que se atrase por causa disso.

— Já tenho créditos mais que suficientes para me formar se quisesse — garantiu Owen. — E posso mandar meus pedidos de matrícula da estrada mesmo. Não vai ter problema. Juro.

O pai abriu um sorriso que não chegou a alcançar seus olhos; permaneciam solenes.

— Então vamos nessa.

Owen assentiu.

— Vamos nessa.

— Ok — concordou o pai, e pegou a caneca de café, empurrando outra na direção do filho. Ergueram-nas ao mesmo tempo, o tilintar do brinde de cerâmica ecoando pela cozinha escura e pelos corredores do pequenino apartamento.

Envolto em uma névoa, Owen flutuou pelo dia de aula, perdido em devaneios sobre a estrada que tinham pela frente. Podiam terminar em Chicago ou no Colorado ou na Califórnia. Não importava. Seria um novo começo. Não no calabouço de um grande castelo urbano qualquer, mas no oeste, onde havia mais montanhas que pessoas, e o céu era tomado por estrelas.

Depois da escola, voltou caminhando para casa com a cabeça ainda cheia, os pensamentos a vários fusos horários dali. Atravessou o saguão da portaria e correu pela sala das caixas de correio, ansioso para chegar lá embaixo e descobrir que outros planos o pai teria feito enquanto esteve fora. Fez uma pausa apenas para abrir a caixinha de correio que pertencia ao apartamento do subsolo. Jogou dois catálogos e um envelope cheios de cupons de desconto direto na lixeira e estava prestes a fechar a portinha quando notou algo escondido no fundo.

Mesmo antes de pegá-lo, já sabia o que era. Não sabia de onde era, ou o que diria, mas sabia que era dela. Simplesmente sabia.

A frente exibia uma vista aérea de Londres, e ele a fitou, assombrado com o fato de que ela poderia estar do outro lado do oceano sem ele sequer ter ficado sabendo. Ainda estava intrigado com aquilo quando virou o cartão, e seu coração começou a bater tão rápido quanto as asas de um beija-flor.

Lá, no verso, estavam as exatas mesmas palavras que escrevera no dia anterior.

Queria mesmo.

Ele piscou, estupefato, e sentiu a boca se esticar em um sorriso vagaroso.

Lucy também lhe enviara um cartão-postal, e com exatamente a mesma mensagem que o dele. Parecia impossível, mas lá estava, e no tempo em que ficou imóvel naquela salinha, fitando a cartolina com olhos arregalados, boquiaberto, sentiu a presença de alguém à porta.

— Foi por causa do que está escrito na frente — explicou ela, e Owen demorou um tempo para tirar os olhos da mensagem em sua mão. Quando finalmente levantou o rosto, lá estava ela, apoiada no puxador da mala, as bochechas coradas e os

olhos brilhantes. — Aquilo do "queria que você estivesse aqui".
— Balançou a cabeça, e alguns fios de cabelo se libertaram do rabo de cavalo. — É idiota. Não achei... Achei que eu não estaria aqui quando você o recebesse.

— Não — retrucou ele, segurando o cartão no ar como um bobo. — Foi ótimo. Mesmo. Obrigado.

— Acabei de voltar, na verdade — disse Lucy, apontando para a bagagem. — Meus pais me fizeram passar alguns dias lá depois do blecaute.

— Procurei você — confessou ele, depois sacudiu a cabeça, desejando poder pensar em algo melhor a dizer, desejando que sua mente alcançasse seu coração, que batia com força dentro do peito. — Acho que está aí o motivo pelo qual não te encontrei.

Ela assentiu.

— Acho que sim.

— Escute, foi mal por... por aquele dia no terraço — desculpou-se ele, depressa. — Eu ia voltar, mas aí...

— Não, tudo bem — garantiu Lucy. — Não esperei que...

— É que meu pai...

— Não tem problema — afirmou ela, as palavras dos dois cortando o ar como espadas em um duelo.

Owen olhou para o cartão-postal, para as letrinhas de forma escritas no verso. Depois o virou outra vez, e as palavras rolaram dentro de sua cabeça: *queria que você estivesse aqui.*

Ele quis. E queria. E agora estava partindo.

Levantou os olhos para encontrar os dela, inspirando fundo.

— Na verdade, tem uma coisa... — começou a dizer, mas ela já estava falando também.

— Preciso contar uma coisa. — Lucy começou a dizer, a boca retorcendo para um lado, e Owen assentiu. — Acho... — Lucy fez uma pausa e recomeçou: — Acho que a gente vai se mudar, provavelmente.

Owen encarou-a fixamente.

— É?

— Não é certeza ainda, mas parece que sim.

— Para onde?

— Para Londres. Meus pais ainda estão lá, resolvendo os detalhes.

— Uau! — exclamou Owen, balançando a cabeça de um lado a outro. — Isso é... Uau!

— Eu sei. É loucura. E vai ser muito rápido.

— Rápido quanto?

— No mês que vem, provavelmente — respondeu ela, e Owen deve ter feito expressão de surpresa, pois ela apressou-se em continuar: — Mas não vamos vender o apartamento, e meu pai prometeu que podemos voltar para passar o verão, ou pelo menos parte dele. Então quem sabe...

Owen forçou um sorriso.

— É. Quem sabe.

Lucy soltou um suspiro.

— Ainda não sei realmente como me sinto quanto a isso.

Ele assentiu, entorpecido; não sabia bem por que aquela notícia o atingiu com tanta força, por que se sentia como se tivesse sido deixado para trás... Se ele mesmo também estava partindo.

— Bem — disse ele — é bem mais perto que Paris.

— E Roma.

— E Praga.

Ela sorriu.

— Então você está querendo dizer que eu não deveria fazer o tipo forasteira-mal-humorada.

— Que nada — afirmou ele, virando o cartão-postal nas mãos como se fosse um cata-vento. — Pode vir reclamar para mim quando quiser.

— Pode ser que eu aceite — disse ela, e Owen inspirou fundo, tentando encontrar uma maneira de contar sua novidade, explicar que também estava indo embora, que tinham se encontrado outra vez apenas para ser zunidos em direções opostas, como num jogo de pinball.

Mas não conseguiu encontrar as palavras. E, portanto, ficaram os dois ali parados, encarando-se, o cômodo repentinamente tão silencioso quanto o elevador tinha ficado naquele dia, tão confortável quanto o chão da cozinha, tão remoto quanto o terraço. Porque é isso que acontece quando se está com alguém assim: o mundo se encolhe e toma a proporção correta. Moldando-se para comportar apenas as duas pessoas, e nada mais.

Finalmente, uma mulher com um bebê encaixado no quadril contornou a bagagem de Lucy, fazendo a chave ranger na fechadura de sua caixa de correio, e os dois deram um passo para o lado a fim de abrir espaço para ela. Quando a mulher foi embora, o encanto tinha sido quebrado.

— Então — retomou Lucy, girando a bolsa de modo que ficasse virada na direção contrária. — Preciso subir para desfazer a mala. — Usou a cabeça para indicar o cartão que ele ainda segurava com força. — Sei que é meio brega...

— Não, é sensacional — replicou Owen, e uma risada escapou de sua garganta. — Na verdade, você devia ficar de olho em sua caixa de correio também.

Ela inclinou a cabeça para o lado, encarando-o como se não estivesse realmente acreditando.

— Sério?
— Sério.
— Ok, então — disse ela, com um sorriso.

Ele assentiu.

— Ok, então.

Assistiu enquanto ela puxava a mala de volta para o lobby e até os elevadores, o lugar onde se conheceram. Assim que apertou o botão, a porta se abriu com seu característico *ding* agudo, mas, quando a garota estava prestes a entrar, ele gritou:

— Lucy!

Ela girou nos calcanhares, olhando para ele cheia de expectativa. Atrás dela, as portas fecharam-se outra vez, e Owen correu até lá sem qualquer plano formado, tampouco palavras em sua cabeça, sem um discurso brilhante nem ideia do que diria em seguida. Mas algo urgente pipocou dentro dele ao vê-la se afastar, algo desesperado e verdadeiro.

— Se você vai sugerir pegar as escadas... — provocou ela, mas ele limitou-se a balançar a cabeça.

— Eu só queria dizer... — Owen deixou a frase inacabada, olhando desamparado para Lucy. Queria lhe contar que também estava indo embora, até mais cedo que ela, e que aquele poderia ser um adeus. Queria dizer *vamos manter contato,* ou *tomara que a gente se veja de novo,* ou *vou sentir saudades.* Mas nenhuma das opções parecia certa. Em vez disso, ficou parado, a língua presa, incapaz de dizer qualquer palavra.

Mas não tinha importância. Depois de um instante, ela se inclinou e pousou a mão no ombro de Owen e depois, para surpresa dele, ficou nas pontas dos pés e o beijou. Os olhos do garoto se arregalaram quando os lábios dos dois se encontraram, e a proximidade dela fez seu mundo ficar todo embaçado, até que, de repente, não estava mais; de uma só vez, tudo voltou a entrar em foco, e a coisa mais clara — mais verdadeira de todas — era Lucy diante dele. E ele fechou os olhos e correspondeu ao beijo.

Cedo demais, Lucy se afastou, e, quando ela deu um passo para trás, Owen viu que estava sorrindo.

— Não se preocupe — disse ela, antes de passar pelas portas abertas. — Mando um cartão-postal para você.

PARTE II
Lá

Restava apenas um pedaço de pizza na mesa entre eles, e não era nenhum grande prêmio. O queijo perdera a batalha contra a gravidade, tendo escorrido todo para a lateral, e parecia brilhante com um filme de gordura. Ainda assim, Owen recusava-se a ceder, os olhos lacrimejantes enquanto encarava o pai cujo rosto estava contorcido pela concentração. Alguns segundos mais se passaram, e, finalmente, meio engasgando e meio rindo, o pai fechou os olhos e abriu-os novamente.

— A-há! — exclamou o filho, pegando o pedaço, que deixou cair no prato. Piscou algumas vezes também. — Acho que você nunca conseguiu me vencer. Precisa arrumar um jogo novo.

O pai recostou-se na cadeira e esfregou os olhos.

— Que tal queda de braço?

— Não é justo — retrucou Owen, enquanto mastigava. Mesmo depois de meses sem emprego, os braços do pai ainda exibiam músculos de tanto trabalhar em canteiros de obra. Os de Owen eram alarmantemente magricelos em comparação.

O pai abriu um sorrisinho.

— Então talvez a gente precise de um terceiro jogo para decidir que jogo a gente usa para decidir as coisas.

— A pizza estaria fria quando a gente se decidisse.

— Quem sabe isso já seria um avanço — brincou Patrick, deixando os olhos vagarem pelo espaço, que era repleto de toalhas de mesa quadriculadas e iluminado por dúzias de velas irregulares, em jarrinhos cobertos de cera. Do outro lado das grandes janelas, que tomavam todo o comprimento do restaurante, as ruas de Chicago eram sombrias e cinzentas, as calçadas, escorregadias da chuva que caíra à tarde.

Owen terminou o pedaço e lambeu os dedos, seguindo o olhar do pai até uma mesa de canto, logo abaixo de um pôster antigo, que anunciava refúgios italianos ideais para uma viagem romântica.

— Era ali que vocês sentavam? — perguntou. — Você e mamãe?

Patrick assentiu.

— Parece igual.

— Aposto que ela sempre ganhava o último pedaço também — provocou Owen, tentando puxá-lo de volta ao presente, e, para variar, funcionou. O pai riu, virando-se outra vez.

— Acha que eu não conseguia vencer nem minha própria esposa num desafio de quem pisca primeiro?

Owen balançou a cabeça.

— Acho.

— Então está correto — respondeu o homem, com um sorriso.

Depois, saíram para a gelada noite de Chicago, erguendo os colarinhos para barrar o vento que vinha do lago. Estavam lá desde o começo da tarde, vagando pela Michigan Avenue, a cabeça deles tombadas a fim de enxergar toda a linha do horizonte recortada que os prédios formavam, até que começara a chover, e então os dois se amontoaram sob um andaime para esperar a chuva cessar, comendo pipoca morna e assistindo ao mundo se encharcar.

Tinha sido dessa forma em outras cidades também, primeiro na Filadélfia, depois em Columbus e Indianópolis. Chegavam à tarde e perambulavam pelas ruas das cidades, até que a noite caía e eles deixavam as luzes para trás, em busca de algum hotelzinho remoto na periferia, que se encaixasse no orçamento esquálido.

Aquela era apenas a quarta noite desde que deixaram Nova York, mas Owen tinha a impressão de que muito mais tempo havia se passado. Não tinham pressa, movimentando-se pelo país com a única preocupação de encontrar uma escola para levá-los adiante, embora até mesmo esse objetivo parecesse um pouco insubstancial. Owen sempre estivera muito adiantado em relação à turma, especialmente em matemática e ciência, e os dois sabiam que duas semanas não fariam muita diferença a longo prazo.

Mas não era apenas o ritmo que lhes dava a sensação de estarem em suspensão, como se fizessem pouco mais que apenas fluir com a maré. Era também o sentimento estranho de que tinham sido soltos no mundo com nada — nem ninguém — que pudesse freá-los outra vez.

Owen compreendia agora que as palavras em todos aqueles espelhos retrovisores laterais estavam erradas. Os objetos refletidos *não* estavam mais perto que aparentavam. Nem um pouco. Até então, tinham colocado 1.287 quilômetros entre eles e Nova York, mas podiam muito bem ter sido um milhão.

Caminharam de volta ao carro em silêncio, passando pelas águas salobras do rio Chicago, sob edifícios envidraçados que refletiam as luzes da cidade. Ainda estavam a alguns quarteirões quando passaram por uma lojinha de lembranças, as vitrines recheadas da mercadoria de praxe — específicas de Chicago, mas ainda assim, genéricas de alguma forma —, e, antes mesmo que Owen tivesse a chance de parar, o pai girou, com um sorriso largo.

— Me deixe adivinhar...

Owen ficou eriçado.

—Vai ser rápido — prometeu o garoto, mas o pai já tinha levantado as mãos em defesa.

— Claro. Sem pressa, Romeu.

— Não tem nada a ver — insistiu Owen, puxando a porta para abri-la, mas, enquanto seguia para o mostruário de cartões-postais, se deu conta de que não tinha tanta certeza. Basicamente tudo o mais em seu espelho retrovisor já desaparecera àquela altura. Mas, por algum motivo, Lucy permanecia; a única coisa firme em meio a toda aquela areia movediça.

Pensava nela enquanto o mostrador dos cartões: o esmalte descascando nos dedos dos pés, a maneira como os cabelos caíam por cima dos ombros, a pequena curvinha arrebitada em seu nariz, que parecia segurar as sardas antes que pudessem escorregar para longe.

Só a vira uma vez mais antes de partir, apenas dois dias depois do encontro perto das caixas de correio. Depois de passar a manhã arrumando as malas — enfiando e apertando tudo o que podiam em seu centenário Honda vermelho e deixando o resto no meio-fio para o caminhão de lixo pegar —, o pai saíra para cuidar de algumas pendências de última hora com Sam, que não parecia particularmente arrasado com sua rápida partida. Já tinha contratado um novo administrador para o prédio, que se mudaria para lá assim que os Buckley tivessem saído.

Mas, por ora, ainda era a casa deles, e sozinho entre as caixas que sobraram, Owen olhou para o relógio do micro-ondas pelo que parecia a milionésima vez só naquele dia. Quando viu que passava das 15 horas, correu para a portaria.

Não teve que esperar muito tempo. Sentou-se no banco entre os dois elevadores, ignorando os olhares especulativos de Darrell, de onde este sentava, atrás do balcão da recepção, e, quando ela passou rodopiando pelas portas giratórias em seu uniforme escolar, ele ficou de pé em um pulo.

— Oi — cumprimentou ela, pronunciando a palavra de maneira longa e lenta, um lampejo de confusão em seus olhos ao se aproximar. Havia um risco de tinta azul perto do colarinho da blusa branca, e Owen momentaneamente se distraiu com esse detalhe.

— Oi — respondeu ele, forçando os olhos a encontrar os dela.

Lucy passou a mochila de um ombro para o outro.

— O que foi?

— Nada — disse ele, depois balançou a cabeça. — Bem... Tem uma coisa, sim.

Ela ergueu as sobrancelhas.

— Então... Não é só você.

— O que não sou só eu? — perguntou ela, franzindo a testa.

— Também estou me mudando — explicou Owen, e ela hesitou por um momento, depois soltou uma risada curta. Mas, quando entendeu que não era brincadeira, a boca voltou ao formato de uma linha reta.

— Sério? — perguntou Lucy, as sobrancelhas lá no alto.

Ele fez que sim.

— Sério.

Ficaram no saguão por um longo período enquanto ele explicava tudo... o que acontecera com Sam e o encanamento, a casa na Pensilvânia que ainda estava à venda, sua vontade de seguir em frente em vez de retroceder. Em algum momento, não sabia bem qual, os dois sentaram-se no banco enquanto a seu lado, as portas dos elevadores se abriam e fechavam, fazendo as pessoas dentro deles aparecerem e desaparecerem várias vezes.

Depois de um tempo, Lucy pegou a mochila, jogada a seus pés, e tirou uma caneta e arrancou uma folha de caderno, estendendo-os para ele.

— Não sei onde a gente vai parar — disse ele, mas Lucy balançou a cabeça.

— Só me dê seu e-mail.

— Meu celular não é um smartphone — explicou ele, afundando a mão no bolso para mostrá-lo. — Tenho um telefone muito, muito tosco e burro. Na verdade, ele é até meio imbecil.

— Bem, tem sempre a opção de usar o computador — argumentou ela, entregando-lhe papel e caneta mesmo assim. — Ou, sei lá... Cartão-postal.

Ele não soube dizer se ela estava brincando ou não, mas sorriu.

— Afinal, quem é que não curte receber um pedaço de cartolina por correspondência?

Ela riu e gesticulou para a sala das caixas de correio atrás dela.

— Você sabe onde me encontrar.

— E se você for para Londres?

— Aí mando meu endereço novo por e-mail.

— E com sorte vou receber.

— Isso. Se não, vou continuar mandando e-mails para o vazio e torcer para seu telefone burrinho ficar um pouco mais inteligente.

— Duvido — retrucou ele, escrevendo o e-mail no pedacinho de papel. Owen nunca foi muito fã de mensagens instantâneas e redes sociais. Verdade que precisaria do computador para dar conta de todos os procedimentos necessários para tentar vagas nas universidades; provavelmente teria também que entrar em contato com o antigo orientador em algum momento, mas, fora isso, não se imaginava muito "conectado" durante a viagem.

Owen jamais teve muitos motivos para manter contato com qualquer pessoa antes. Todos que conhecia sempre tinham morado a um grito de distância. Mas estava começando a ficar claro que aquele não era realmente seu forte, todo esse lance de comunicação. Nas semanas que se seguiram à partida da Pensilvânia, Casey e Josh tinham mandado vários e-mails, mas Owen não conseguiu se forçar a responder. E como não havia outros meios de encontrá-lo online, nenhum vestígio dele no labirinto infindável da Internet, foi mais ou menos o fim para eles: comunicação cortada, a linha ficando muda e deixando de existir. Owen nunca fez uma conta no Twitter e era uma das últimas pessoas que conhecia capazes de evitar o Facebook. Acreditava fortemente na importância de ter mais amigos na vida real que na virtual, embora naquele momento não tivesse tantos assim em nenhuma.

Ainda assim, quando devolveu o pedaço de papel a ela, seu coração acelerava ao pensar na possibilidade de receber notícias de Lucy. Ela o dobrou com cuidado, depois guardou no bolso da frente da mochila com um sorriso, aquele tipo de sorriso perfeitamente comum que, suspeitava, ele demoraria muito tempo para esquecer.

Até aquele momento da viagem, nenhum dos hotéis em que haviam se hospedado tinha acesso à Internet, exceto um deles, que cobrava um absurdo pelo serviço, portanto Owen só tinha checado o e-mail pela primeira vez no dia anterior, em uma lanchonete de Indianópolis, que fazia as vezes de lan house. Enquanto o pai esperava na fila para comprar sanduíches, Owen sentou-se ao lado de um homem que pesquisava uma receita de guacamole. Havia apenas uma mensagem de Lucy, que tinha escrito para dizer que não se mudariam mais para Londres. Parece que o pai não tinha conseguido o emprego, mas que tinha recebido outra proposta. Por isso, estavam se mudando para Edimburgo.

Estou superansiosa para vestir um kilt e aprender a tocar gaita de fole, escreveu ela. *Minha mãe muito, muito inglesa está a ponto de enfartar, mas acho que vai ser uma boa mudar de cenário. E estou animada porque finalmente estou indo a Algum Lugar. Espero que seu Algum Lugar esteja correspondendo às expectativas também. Torço para ter notícias logo. Caso contrário, mando e-mail quando souber qual é meu novo endereço. Enquanto isso, pode ficar tranquilo que vou dar seu alô para o Monstro do Lago Ness.*

Naquela lojinha apertada em Chicago, Owen pegou uma fotografia do lago Michigan, destacando-se da paisagem com sua cor azul brilhante e aparentemente infinita, e refletiu um pouco antes de escrever algumas palavras no verso: *queria que Nessie estivesse aqui.*

Ao olhar para cima, se assustou quando viu o pai a seu lado. Owen, perdido em pensamentos, sequer escutou quando ele chegou perto, e seu primeiro instinto foi cobrir o cartão com a mão. Mas era tarde demais.

— Quem é Nessie? — perguntou ele, parecendo verdadeiramente confuso, e Owen engoliu o riso.

— Não esquenta — disse o garoto, guardando o cartão no bolso. — Você não conhece.

Foram até o caixa juntos, onde uma moça de piercing no nariz e uma mecha cor-de-rosa nos cabelos sorria radiante para eles sem nenhuma razão em especial.

— Como é que estamos hoje? — perguntou ela, enquanto digitava algo no computador. — Devem estar viajando.

— Estamos, sim — confirmou o pai, sorrindo de volta.

— Aonde vão agora?

Owen entregou-lhe algumas notas amassadas.

— Para algum lugar a oeste.

— Maneiro! — exclamou ela, balançando a cabeça. — Sou da Califórnia. Não dá para ser mais oeste que isso.

— Neste país não mesmo, verdade — concordou o pai. — De onde na Califórnia?

— Lake Tahoe. Então nem conta direito. É quase na fronteira com Nevada. Mas é um lugar sensacional. Montanhas. Árvores. O lago, óbvio. — Olhou o cartão-postal que Owen tinha escolhido antes de colocá-lo em uma sacola plástica. — Este lago aqui pode ser bem maior, mas a cor nem se compara. O Tahoe é tão azul que parece até falso.

O pai olhou de soslaio para Owen.

— Parece bem bonito.

— E é — garantiu a moça. — Vocês deviam visitá-lo.

— Ei, você tem selo também? — perguntou Owen, lembrando que usara o último que tinha em Indiana.

— Acho que sim — respondeu ela, abrindo a caixa registradora e levantando a pequena gaveta de dinheiro. Vasculhou seu interior com a testa franzida, e depois o sorriso cheio de dentes retornou ao rosto. — Aqui — disse ela, mostrando um pacotinho. — Precisa de quantos?

— Só um — murmurou Owen, mas o pai lhe deu um tapinha nas costas.

— Ah, sem essa, filho — disse ele, alegremente. — Acho que você vai precisar de mais que um.

O menino sentiu as bochechas arderem.

— Quero dez, então — corrigiu-se Owen, incapaz de olhar para cima.

— Maravilha — disse a funcionária. — Nacional ou internacional?

— Nacional — respondeu, mas, assim que o disse, um pequeno lampejo de compreensão o atingiu. Em pouco tempo precisaria de selos internacionais. Em pouco tempo, Lucy estaria a um oceano de distância.

Quando terminaram de pagar, foram para o carro em silêncio. Owen agradeceu por não precisar conversar, a cabeça ainda ocupada com a ideia de que logo precisaria de selos especiais se quisesse enviar cartões-postais a Lucy. Era algo pequeno, sabia disso. Na verdade, havia poucas coisas menores que aquilo. Ainda assim, alguma coisa no fato parecia grande.

Se traçassem um mapa dos dois, de onde tinham começado e de onde terminariam, as linhas seguiriam para longe uma da outra como ímãs de polos opostos. E já tinha ocorrido a Owen que havia algo profundamente errado com aquilo, que deveriam existir círculos ou ângulos ou voltas, qualquer tipo de traço que possibilitasse às duas linhas voltarem a se encontrar. Em vez disso, iam em direções opostas. O mapa era o mesmo que uma porta prestes a se fechar. E a geografia da situação — a geografia dos *dois* — estava completa e irremediavelmente errada.

10

Durante o café da manhã de seu quarto dia em Edimburgo, pouco antes do início do quarto dia de aulas na nova escola, um cartão-postal foi girando sobre o tampo da mesa na direção de Lucy. Ela baixou a colher, observando enquanto o papel batia em seu copo de suco de laranja e parava, o acabamento brilhante da fotografia refletindo a luz: um lago azul-cobalto cercado por um anel de montanhas, como dentes dentro de uma boca bocejante.

— Ficou preso no catálogo que chegou com a correspondência ontem — explicou o pai, sentando-se diante dela à mesa. A mãe tirou os olhos do jornal — o *Herald Scotland,* que estava só fazendo as vezes até que conseguisse assinar o *New York Times* — e os pousou sobre o cartão-postal.

— Parece que sua filha se apaixonou por um caixeiro-viajante — disse ela ao marido, ocupado demais com sua edição do *The Guardian* para dar uma resposta.

— É só um amigo — retrucou Lucy, um pouco depressa demais, deslizando o cartão até a beirada da mesa e levantando o cantinho para dar uma espiada, como se fosse um jogador de pôquer defendendo suas cartas.

— Bem, eu acho que é romântico — comentou a mãe. — Hoje em dia, ninguém mais escreve. É tudo por e-mail e fax.

O pai olhou para cima

— Ninguém mais usa fax também.

— Outra arte perdida. — A mãe soltou um suspiro exagerado, e ele piscou para ela.

—Vou mandar um fax para você qualquer dia desses.

Lucy grunhiu.

— Por favor, parem com isso, gente.

Mas era verdade. Jamais recebera e-mails dele. Nem cartas. Eram sempre, sempre os cartões-postais — vários por semana, enquanto ainda estava na estrada, um caminho que ela podia traçar à medida que ele seguia em frente, sempre em direção ao oeste —, mas, nos últimos tempos, nem isso recebia. Agora que Owen e o pai planejavam ficar em Lake Tahoe, como ele havia contado semanas antes, Lucy entendia que a brincadeira dos cartões provavelmente tinha se esgotado e perdido o encanto. Também se deu conta de que, agora que estava na Escócia, poderia demorar ainda mais para receber qualquer correspondência que ele enviasse, uma vez que Edimburgo ficava a mais de 8 mil quilômetros de distância da pequenina cidade que atravessava o limite territorial entre os estados da Califórnia e de Nevada. Mas Lucy tinha esperanças de que ao menos fossem levar a conversa para o e-mail. Jamais imaginou que tudo iria degringolar e minguar daquela forma.

Era a primeira vez que tinha notícias dele em mais de uma semana, apesar dos três e-mails que tinha enviado, recheados de perguntas a respeito de seu novo lar em Tahoe e também com novidades sobre a mudança para Edimburgo. Ela concluiu que Owen provavelmente estaria ocupado com a nova escola e a nova casa e a nova vida, mas surpreendeu-se ao constatar como era absurda sua vontade de saber de tudo e como era difícil esperar e esperar, em meio àquele silêncio tão contundente.

Talvez, disse a si mesma, ele simplesmente não fosse muito afeito a correspondências. Afinal de contas, os gêmeos também estavam na Califórnia e, embora tivessem uma noção de fuso horário bastante questionável — Charlie em especial já tinha telefonado mais de uma vez no meio da noite —, mesmo eles mandavam e-mails de tantos em tantos dias. Supunha que era possível que Owen ainda não tivesse conseguido instalar a internet móvel no celular, mas aquela parecia uma desculpa fajuta, até para ela mesma. Talvez ele simplesmente não fosse muito fã de e-mails. Fazia sentido; nem mesmo os postais que ele mandava costumavam ser longos. Ou talvez Owen simplesmente fosse o tipo de cara que funcionava melhor ao vivo (que Lucy considerasse a si mesma uma pessoa que funcionava melhor a distância era algo sobre o qual não queria pensar muito).

Enquanto os pais terminavam seu café da manhã, Lucy virou o tão esperado cartão, que dizia simplesmente:

> Lago Ness = 220 metros de profundidade
> Lago Tahoe = 501 metros de profundidade
> Seu novo amiguinho monstruoso adoraria estar aqui. Aposto que você também.

Antes de sair para a escola, guardou a mensagem no blazer. Quando atravessou a porta de casa, com sua soleira pintada em um vermelho vivo, foi recebida por um vento frio e úmido demais para qualquer mês de outubro que já conhecera, e sentiu um breve arrepio correr seu corpo. Enfiou as mãos nos bolsos e passou o polegar pelas bordas cortantes do cartão, o que era de alguma forma tranquilizador.

Já eram quase 8 horas, mas, ao longo de todo o crescente de edifícios de pedra que se avizinhava à casa deles, os postes permaneciam acesos, pequenos pontos de luz queimando sob a névoa da manhã. Quando ficaram sabendo que se mudariam para Edimburgo, aquela tinha sido uma das muitas coisas que os pais acharam desestimulantes.

— Ouvi dizer que, no inverno, o dia dura só umas cinco ou seis horas — comentara a mãe, com expressão deprimida. — Daria no mesmo eles nos mandarem para a Sibéria logo de uma vez.

— Não vai ser tão ruim assim — argumentara o marido, mas Lucy sabia, pelo desenho de sua boca, que estava apenas tentando melhorar a situação. Ouvira os dois discutindo depois de ele ter perdido a promoção de Londres. Como prêmio de consolação, ofereceram a ele um cargo importante em Edimburgo, que ele aceitou por conta de um estranho senso de obrigação, bem como pela esperança de que isso pudesse levar a oportunidades melhores.

— Escócia? — repetia a mãe sem parar, como se não conseguisse realmente acreditar, e Lucy esforçou-se muito para não rir de seu sotaque, mais suave depois de todos aqueles anos em Nova York, que subitamente voltara a ficar tão claro e preciso como se estivesse falando com a própria rainha.

— Ouvi falar que é legal — retrucou o pai, sem muito vigor, e a mãe torceu o nariz.

— Já estive lá uma vez quando tinha a idade de Lucy.

— E? — perguntara ele, com expressão esperançosa.

— E a cidade inteira tinha cheiro de ensopado.

— Ensopado?

— Ensopado — confirmara a mãe.

Agora que já estavam lá, Lucy podia entender em parte o que a mãe quisera dizer. Havia definitivamente algo pesado no ar, uma coisa meio grossa como sopa, mas ela só sentia o cheiro às vezes, quando os ventos mudavam de direção e o aroma do Mar do Norte — cheio de sal e salmoura — flutuava para dentro do continente. Ela não se importava, no entanto. E tampouco ligava para a escuridão. Da mesma forma como a luz do sol e o céu claro combinavam com cidades litorâneas, a chuva constante e as nuvens perpétuas combinavam com Edimburgo e suas construções de pedra e igrejas, as ruas de paralelepípedo irregulares, o enorme castelo que despontava acima de todo o resto. Havia algo de profundamente romântico naquela cidade, como se você tivesse caído direto em um conto de fadas.

Quando chegou a Princes Street, Lucy ficou esperando o ônibus sob o olhar vigilante do castelo, uma fortaleza de pedra empoleirada em um penhasco acima dos jardins que separavam a cidade velha da nova. Quando o transporte chegou, teve sorte ao encontrar um lugar vago, arrumando espaço no meio de duas mulheres de casacos de lã, que continuaram a conversar por cima dela num sotaque praticamente indecifrável. Em seu primeiro dia, Lucy tinha levado consigo seu velho exemplar de *O apanhador no campo de centeio*, agarrando-se àquele pequenino pedaço de Nova York enquanto passava pela cidade desconhecida. Mas, na metade do caminho, abaixara o livro para observar os edifícios que passavam do lado de fora das janelas, e, depois disso, não voltou a pegá-lo. Havia muito o que ver.

A escola ficava no extremo oposto da cidade, escondida logo atrás de uma colina arredondada que crescia entre a cidade e o mar. O sol já estava mais alto no céu, filtrado entre a névoa, transformando o mundo, outrora cinzento, em um novo, dourado, e, quando o ônibus freou do outro lado da rua da escola, Lucy desceu atrás de um aglomerado de alunos mais novos, todos conversando animadamente enquanto atravessavam o portão apressados.

Não tinha certeza do que esperava quando chegou. Tinha brincado a respeito dos kilts e gaitas de fole no e-mail que enviara a Owen, mas havia ainda uma pequena parte dela que não se surpreenderia se fosse recebida por um monte de colegas de classe de barba ruiva e roupas xadrez, todos amantes de uísque. Mas logo descobriu que os colégios escoceses não eram tão diferentes assim dos norte-americanos... ao menos não nos pontos importantes. Os uniformes eram piores — saias na altura dos joelhos e blazers quadradões —, e o sotaque dos professores a forçava a prestar atenção redobrada, esforçando-se para reconhecer alguma palavra dentro de todos aqueles *R's* marcados e vogais enroladas. Mas os alunos eram basicamente iguais. Os garotos jogavam rúgbi em vez de futebol americano, e todos falavam em furtar as garrafas dos pais nos fins de semana, só que de uísque em vez de cerveja. Mas eram detalhes pequenos.

A única diferença de verdade — a única grande diferença — era a própria Lucy.

Ela se deu conta disso já no primeiro dia, quando conseguiu se perder. O diretor a conduziu até o departamento de admissão e registro, e a deixou lá com uma xerox apagada do mapa da escola, que ela rapidamente perdeu. Assim, depois que o sinal tocou anunciando a primeira aula e os corredores esvaziaram-se com rapidez impossível, a menina foi deixada ali sem fazer ideia de aonde ir, e sem ninguém a quem pedir ajuda. Continuou perambulando e só encontrou um aluno ao virar o corredor.

Ele estava parado em frente ao escaninho, pegando seus livros despreocupadamente, sem qualquer pressa apesar dos corredores vazios, e imediatamente Lucy soube que, sem sombra de dúvida, ele era o tipo de pessoa que ela teria evitado se estivesse em Nova York. Era alto e tinha ombros largos, cabelo escuro e mandíbula angulosa, bonito demais para dar a impressão de ser acessível. Mas era mais que isso. Havia um quê de naturalidade, uma confiança casual desestabilizadora, mesmo a distância, mesmo sem sequer tê-lo conhecido ainda.

Era o tipo de garoto que jamais poderia ser invisível, mesmo se tentasse.

— Oi — cumprimentou ela, aproximando-se dele. — Será que você pode me ajudar a encontrar a sala de minha aula de matemática?

Ele virou-se para encará-la, os cantos dos lábios curvados para cima.

— Ciências matemáticas — corrigiu ele, pronunciando demoradamente as letras S.

— Matemática — repetiu Lucy, franzindo a testa. — Não é meu forte, mas tenho bastante certeza de que sei a diferença entre um e mais de um.

Ele riu.

— Aqui, a gente chama assim mesmo, ciências matemáticas — explicou o garoto, tomando o horário das mãos dela e olhando para a folha. — E você está no andar errado.

— Ah! — exclamou ela, com as bochechas queimando. — Obrigada.

— Sem problemas — respondeu ele, claramente achando graça daquilo, depois fechou a porta do escaninho. — A gente se vê por aí.

— É — disse ela. — Talvez na aula de ciências históricas. Ou ciências no plural.

Ele semicerrou os olhos para Lucy, mas, quando entendeu que ela estava apenas brincando, seu rosto abriu-se em um sorriso.

— Ou nos almoços — disse ele, arqueando as sobrancelhas enquanto se afastava.

Sozinha no corredor, ela não conseguiu reprimir um sorriso. Pela primeira vez na vida, se deu conta de que não havia qualquer esperança de se misturar. Ali, era ela a diferente. Era ela a garota com sotaque. A novata. O objeto de curiosidade. E, para sua surpresa, descobriu que não se importava. Talvez tivesse sido por essa razão que Owen estivera tão desesperado para viajar, por essa razão que ela própria tivesse desejado tanto isso sem nunca ter compreendido por quê. Não era só pelo fato de estar em um local totalmente diferente. Era porque você também tinha a oportunidade de se tornar *alguém* diferente.

Naquele momento, enquanto passava pelos aglomerados de alunos — muitos deles lançando sorrisos amigáveis desconcertantes em sua direção —, Lucy o avistou parado ao lado do escaninho que pertencia a ela. Em tão pouco tempo, aquilo já se tornara uma espécie de hábito. Mais tarde, naquele primeiro dia de escola, logo depois do quarto período, ele a encontrara vagando perdida mais uma vez, e resolveu acompanhá-la até a sala. Quando o sinal tocou ao fim da aula, ela surpreendeu-se ao vê-lo esperando ao lado da porta.

— Ia ser uma pena enorme se você se perdesse e não tivesse tempo de almoçar — explicou ele, com aquele sorriso ofuscante, e Lucy se deixou guiar até o refeitório. Esperou que o garoto se apresentasse, mas, quando não o fez, ela finalmente estendeu a mão um pouco atrapalhada.

— Me chamo Lucy, aliás — disse ela, e os olhos dele brilharam com uma risada enquanto observava a mão esticada.

— Eu sei — disse ele, tomando a mão na sua e a apertando de maneira exagerada.

— Como?

—Todo mundo sabe. A gente não costuma receber muitos alunos novos por aqui. Muito menos ianques.

— Ah! — exclamou ela, com as bochechas ficando quentes. — E você se chama...?

— Liam.

Na cantina, ele a levou até a fila para o almoço, identificando as variadas travessas de purê.

— Neeps and tatties — disse ele, pegando uma colherada e amontoando seu conteúdo no prato dela, e, quando Lucy lançou um olhar de pura confusão, ele sorriu. — Nabo e batata.

Ela sentou-se com ele e seus amigos do rúgbi, que a soterraram em perguntas sobre Nova York. Queriam saber se tinha ido ao topo do Empire State Building, se todos nos Estados Unidos tinham piscinas e se já tinha pegado um táxi amarelo. Lucy sentiu-se como uma visitante de algum planeta alienígena, mas havia gentileza naquela curiosidade, um interesse genuíno, e, pela primeira vez na vida, ela parecia não estar murchando sob toda aquela atenção constante: em vez disso, para sua surpresa, estava radiante.

Depois, Liam foi com ela até a sala da próxima aula, e assim, sem esforço, o gesto virou rotina. Ela sentia-se grata pela companhia e mais lisonjeada do que queria admitir, até para si mesma. Percebeu a maneira como as outras garotas olhavam para Liam, escutou histórias sobre as jogadas que ele fizera em partidas de rúgbi, observou o efeito que seu sorriso fácil tinha em professores e alunos. Ainda assim, sempre que o via parado à porta de alguma de suas salas, também sentia uma pontada de culpa.

Era ridículo; sabia disso. Em quatro dias apenas, já tinha passado mais tempo com Liam que jamais passara com Owen. Ele mal escrevia para ela, e não era como se tivessem feito promessas e juras um ao outro. Então por que sentia como se tivesse deixado para trás, em Nova York, uma parte pequena de si, embora essencial?

Naquela manhã, Liam a estava esperando perto do escaninho mais uma vez, mas, mesmo quando seus olhos se encontraram e ele levantou a mão, ela não conseguiu acenar de volta. Em vez disso, tateou em busca do cartão-postal em seu bolso, correndo o dedo pelas bordas, uma lembrança portátil de Owen.

— Tive uma ideia — começou Liam, assim que ela se aproximou. — Vai fazer alguma coisa à tarde?

Lucy sacudiu a cabeça em negativa.

— Você não deve ter subido o Arthur's Seat ainda, né?

— Arthur's o quê?

— Seat — respondeu ele, os olhos brilhantes. — As colinas que ficam logo ali do lado. É bem famoso, e tem uma vista incrível lá de cima. Quer ir depois da aula?

Lucy olhou para seus sapatos tipo mocassim.

— Acho que não estou vestida para uma escalada.

— Não esquenta — retrucou ele, abrindo um sorrisinho. — Está mais para uma caminhada.

Depois da escola, Liam guiou-os pelas ruas sinuosas, cheias de lojinhas, que descansavam aos pés das colinas verdes, até que as estradas se abriram em uma clareira inclinada, e os dois começaram a subir uma trilha que se estendia até perder de vista.

Era, como anunciado, de fato basicamente uma caminhada no início, e eles conversaram sobre família e casa e irmãos.

— Seus irmãos vão vir visitá-la, ou é você quem vai ter que ir até lá ver os dois? — perguntou Liam. — Deve ser um pouco esquisito para vocês... estarem tão longe. Meu irmão se mudou para Londres no ano passado, e pelo jeito que minha mãe está, parece que ele foi para a China.

Lucy sorriu, mantendo os olhos fixos no caminho cheio de cascalho.

— Minha prima vai se casar em São Francisco durante as férias de fim de ano, então vai todo mundo se encontrar lá — explicou ela. — Mas aposto que vão vir me visitar no verão também. Nunca perdem uma chance de viajar se os dólares estiverem saindo do bolso de nossos pais.

—Você quis dizer as libras.
— Hmm?
Ele a olhou com outro sorriso aberto.
— Libras esterlinas. Não tem dólar por aqui.

Em pouco tempo, a trilha ficou mais íngreme, e logo o esforço que tinham que fazer ficou grande demais para continuarem conversando. Os pulmões de Lucy sofriam com o ar pesado de maresia, e os pés derrapavam na lama à medida que a tarde lentamente começava a se transformar em noite.

— Não vai ficar escuro para a gente descer depois? — perguntou ela, semicerrando os olhos para Liam, que estava alguns passos à frente.

— Não se preocupe — disse ele. — Sei o caminho.

Os dois prosseguiram, respirando com dificuldade, e Lucy lembrou-se de todas aquelas subidas e descidas de escada durante o blecaute. Uma imagem de Owen materializou-se em sua cabeça, alto e desajeitado, arrastando-se pelos degraus com toda a graça de um cabo de vassoura. Quando ela olhou para cima, viu Liam caminhando depressa à frente, com as pernas musculosas e as costas fortes, e sentiu-se repuxar por dentro, como se houvesse algo se debatendo e a perfurando.

Algumas pessoas passaram por eles, descendo, mas Lucy tinha a impressão de que eram os únicos que ainda subiam, e sua boca estava seca e esbranquiçada, o peito queimando a cada passo. Sabia que a cidade estendia-se atrás dela, e queria virar-se para olhar, mas tinha medo de perder o ritmo; ou pior: perder Liam.

Finalmente, viraram em mais uma curva, e, embora ela pudesse ver que ainda havia mais subida, Liam parou em um pedaço de terra plano, uma espécie de mirante improvisado, e gesticulou com o braço com um pequeno floreio. Demorou um momento até ela poder olhar; em vez disso, dobrou-se com as mãos nos joelhos e inspirou com dificuldade para recuperar o fôlego. Liam sequer começara a suar, e ela decidiu, breve e fugazmente, que o odiava. O que ele estava pensando? Já era quase noite, e ele a tinha arrastado para cima de uma colina estúpida qualquer por capricho. Jamais sentiu-se tanto uma garota da cidade grande e teve a certeza súbita de que aquele não era seu lugar. Tinha sido feita para terraços, não montanhas.

Mas foi então que se virou, e lá estava ela, a cidade de Edimburgo: abrindo-se diante dela em tons de roxo e dourado, toda feita de pináculos e torres e luzes brilhantes. Lucy foi até a beirada do mirante, com os olhos arregalados e o peito apertado. A distância, o castelo brilhava em um leve tom de branco, e um conjunto de outros monumentos espalhados perfurava o céu do começo de noite.

— É lindo — murmurou ela, e Liam colocou-se a seu lado. Estava tão perto que Lucy podia ouvir um pequeno chiado em sua garganta sempre que respirava, podia sentir o calor emanando dele, mas, apesar disso, seus pensamentos continuavam a mais de 8 mil quilômetros dali, em outro lugar, com outro garoto, e a injustiça da situação instalou-se em seu peito e a fez sentir vontade de chorar.

Porque... o que devia fazer agora? Não havia sentido em esperar alguém que sequer pedira isso, e não havia sentido em desejar algo que jamais aconteceria. Eram como dois asteroides que tinham colidido, ela e Owen, soltando faíscas breves antes de ricochetearem cada um para um lado outra vez, um pouco lascados, um pouco machucados e marcados, talvez, mas ainda com quilômetros e quilômetros a percorrer. Quanto tempo se pode de fato esperar que uma única noite dure? Até que ponto se pode esticar um conjunto tão pequeno de minutos? Ele era apenas um garoto em um terraço. Ela era apenas uma garota em um elevador. Talvez tenha sido o fim.

A seu lado, ela podia sentir que Liam sorria enquanto o céu passava para um tom de azul um pingo mais escuro, e as luzes ficavam um pingo mais brilhantes.

— Parece uma pintura, não é? — perguntou ele, e as palavras agitaram algo dentro dela. Lucy soltou o ar longamente, depois balançou a cabeça.

— Parece — respondeu ela — um cartão-postal.

11

Para o jantar do Dia de Ação de Graças, compraram frango em vez de peru.

— Nem em sonho a gente vai conseguir comer isso tudo — argumentara o pai, enquanto empurrava o carrinho pelos corredores gelados do mercado. E acrescentou, como se precisassem ser lembrados do fato: — Somos só nós dois.

Owen fez a concessão, e cedeu à escolha do recheio comprado pronto também, mas insistiu que eles mesmos preparassem os acompanhamentos, até os nabos.

— Odeio nabo — grunhira o pai.

— Eu também — disse Owen, jogando-os no carrinho. — Mas era o prato favorito dela.

— Quem sabe a gente não devia começar algumas tradições só nossas?

— Por mim, tudo bem — respondeu o filho. — Contanto que o frango não seja uma delas.

O pai suspirou ao guiar o carrinho até o caixa.

— Ano que vem vai ser melhor.

Owen não respondeu; não conseguiu pensar no que dizer.

Passaram a manhã inteira fazendo purê de batata e nabo e molho de cranberry na cozinha apertada do apartamento alugado, que tinha dois quartos, paredes finas e um aquecedor barulhento. O aroma do frango no forno foi sobrepujado pelo da salsa que vinha do restaurante mexicano no andar de baixo. Tinham se mudado havia dois meses, e Owen já se acostumara com a maneira como tudo, dos carpetes aos sofás, sempre cheirava um pouco a especiarias. Até mesmo suas roupas tinham um indício que o desodorante não conseguia mascarar.

— Se tudo der errado — brincou o garoto, enquanto mexia o conteúdo de uma das panelas —, a gente sempre pode comprar uns tacos.

— Ah, pare com isso — retrucou o pai. — Eu estava sempre ajudando com a comida também.

Owen bufou, e o pai não pôde deixar de rir.

— Está bem — disse Patrick. — Mas era campeão em esquentar tudo no micro-ondas.

— Ainda é — admitiu Owen. — É um talento e tanto.

Quando sentaram-se para jantar, houve uma pausa estranha. Era sempre a mãe quem fazia a oração e agradecia, mas ali, sob a luz de uma única vela derretida, os dois se entreolharam por cima de tigelas de comida, tão quentes que soltavam vapor, e de um frango cuja pele tinha ficado levemente tostada demais. E pela primeira vez naquele dia — a primeira em semanas, na realidade —, o rosto do pai murchou, e seus olhos ficaram sombrios.

Depois de um tempo, Owen pigarreou. Nunca foram uma família do tipo orações-antes-do-jantar, mas aquele era um dia especial, um dia de reflexão, e Owen sempre amou o simples ato de segurar a mão da mãe enquanto a escutava enumerar as razões pelas quais estava grata e feliz. Ele se inclinou e pousou a palma aberta por cima da do pai.

— Agradeço por estarmos aqui juntos — disse ele, a voz baixa e rouca. Queria dizer mais que aquilo, mas o que havia em seu coração era em grande parte desejos, não motivos para ser grato: que o pai encontrasse um emprego que durasse mais de uma semana, que alguém quisesse comprar sua casa na Pensilvânia, que o apartamento não fosse tão frio e, acima de tudo, tudo, que a mãe estivesse ali com eles.

Depois de um instante, levantou o rosto para fitar o pai cujos olhos estavam fechados.

— E agradeço por este frango — concluiu ele. — Que sacrificou a vida para salvar um peru.

O pai balançou a cabeça vagarosamente, mas Owen viu que também estava sorrindo.

— Amém — disse o homem, pegando um garfo.

Depois do jantar, o pai ofereceu-se para lavar a louça, e Owen não discutiu.

— Vou sair um pouquinho — avisou o garoto, vestindo um casaco, e o pai assentiu.

— Não fique fora até muito tarde — pediu o pai. — Quero acordar cedo amanhã. — Depois, pouco antes de a porta se fechar, acrescentou: — Diz que mandei um oi para Paisley.

Lá fora, tinha começado a nevar, os flocos caindo lentos e pesados. Antes de irem para Lake Tahoe, Owen jamais vira aquele tipo de clima. Na Pensilvânia, a neve caía em pedaços, gelada e úmida, e mal assentava sobre o chão antes de tornar-se cinza e lamacenta. Mas ali, à beira daquele grande lago azul, caía grossa e constante, cobrindo o mundo de branco, abafando tudo que tocava.

As ruas estavam quietas aquela noite. Todos continuavam em suas casas, as luzes acesas nas janelas, terminando as últimas fatias de peru. As botas de Owen deixavam pegadas profundas enquanto caminhava pela cidade, típico cenário de um antigo filme de Velho-Oeste, cheio de bares a la *saloon* e galerias de arte com elaboradas portas de madeira. Aquela era uma cidade perfeita para esquiar no inverno e um destino de férias no verão, tão cheia de turistas que nunca parecia real de fato. Tudo era sazonal, e todos estavam sempre de passagem... um lugar de transição, e, naquele momento, isso se encaixava perfeitamente à situação de Owen.

Quando chegou à antiga lanchonete construída no formato de um vagão de trem, deu a volta na lateral, aguardando sob os altos pinheiros majestosos que formavam uma espécie de guarda-chuva e o protegiam da neve. Na maioria das noites, ele ficava nos fundos, na cozinha apertada, os braços enfiados até os cotovelos em uma pia de pratos sujos, os olhos ardendo por conta do sabão e da gordura, os dedos pegajosos dentro das luvas de borracha molhadas. Mas estava de folga por conta do feriado.

Através das janelas, viu que um número surpreendente de pessoas tinha aproveitado o prato especial da noite: peru. Sentou-se nos degraus de madeira, mas estavam frios demais, então voltou a ficar de pé, andando de um lado para o outro em frente ao restaurante até que ouviu a porta ranger e se abrir atrás dele.

— Oi, você — cumprimentou Paisley, alguns degraus acima dele. Tinha vestido o casaco sem fechar o zíper, e as bochechas pareciam rosadas do calor da cozinha. Owen sentiu o coração se acelerar ao vê-la. Era provavelmente a garota mais bonita que já conhecera e, sem dúvida, a mais bonita que beijara. Tinha olhos de um azul muito pálido e cabelos louros inacreditavelmente compridos e, quando algo a deixava agitada — os níveis de poluição no lago Tahoe, ou a preservação do lobo-vermelho, ou os vários problemas na África (em qualquer lugar da África) —, começava a fazer tranças inconscientemente, nunca deixando de se surpreender mais tarde quando descobria os fios trançados.

Não estudava na mesma escola que ele. A mãe de Paisley e o namorado de longa data — um cara chamado Rick, que era o dono da lanchonete e que sempre cheirava vagamente a maconha — tinham feito a opção de ensiná-la em casa, o que na verdade acontecia sempre nos momentos em que o movimento no restaurante estava fraco. Mas Paisley não parecia se importar. Owen a conhecera durante sua primeira semana na cidade, quando convidara o pai para um milk-shake a fim de animá-lo depois de mais um dia sem sorte na busca por emprego. Owen tinha notado um papel anunciando uma vaga para lavador de pratos no mural próximo à porta, e, enquanto o pai pagava a conta, levantou-se e foi até lá com as mãos nos bolsos para ler o folheto.

— Não é nada superglamouroso — comentara Paisley por cima do ombro de Owen, e, quando ele se virou, ficou momentaneamente sem palavras. Ela lhe lançou um sorriso estonteante. — Mas vem com um monte de hambúrguer de graça no pacote. Se você gosta desse tipo de coisa.

Precisavam de um funcionário apenas alguns dias por semana, e Owen se candidatara à vaga sem contar ao pai. Àquela altura, ainda tinham esperança de que ele encontraria um emprego em alguma obra, mas, no meio-tempo, Owen sabia que o pai aceitaria qualquer oportunidade, e a ideia de vê-lo usando aquelas luvas de borracha e esfregando panelas dentro de uma pia para ganhar um pagamento mínimo o deixava doente.

Quando finalmente falou com o pai, depois de uma semana inteira já trabalhando, Patrick apenas suspirou, resignado.

— Que bom — disse o homem. — Mas o dinheiro é seu, ok?

Owen tinha concordado, mas de toda forma sempre acabava colocando a maior parte dentro da carteira do pai. Se Patrick chegou a perceber, nunca disse nada, e para Owen, não tinha problema. Não fazia pelo dinheiro, afinal. Gostava da distração que o trabalho proporcionava e de ter o que fazer depois das aulas. Gostava de receber um salário e gostava da comida de graça. Gostava até de ficar cantarolando com o rádio na cozinha escaldante ao esfregar os pratos até tirar as marcas de ketchup seco, que os cobriam como manchas de tinta.

Mas, acima de tudo, gostava de ver Paisley.

Ela entrava e saía da cozinha, zombando dele quando tentava fazer o dever de casa no meio do expediente, com seu livro aberto parado perto da pia, salpicado de gotículas d'água que, depois de um tempo, faziam as páginas ficarem duras e enrugadas.

— Sempre ciências — comentou ela um dia, com as pernas balançando à beirada do balcão sobre o qual estava sentada, comendo uma maçã e o observando.

Owen deu de ombros.

— Acho interessante.

— Que parte?

Usou o antebraço para limpar um pouco de espuma de sabão da bochecha.

— Minha preferida é astronomia.

—Tipo esses lances de horóscopo e tal? — perguntou ela, arqueando as sobrancelhas.

— Não, isso é astrologia.

— E qual seu signo?

— Não faço a menor ideia. Não é isso...

Ela sorriu.

— A gente devia descobrir.

—Astrologia é uma coisa totalmente diferente — explicou Owen, olhando para cima a fim de ver se Paisley tinha ficado envergonhada pela confusão, mas isso era algo que ele ainda não tinha descoberto a seu respeito: não havia coisa alguma no mundo capaz de embaraçá-la.

—Tenho um livro sobre isso — cortou ela. — Passe lá em casa hoje à noite para a gente saber qual seu signo.

—Também tenho um — brincou ele, apontando com a luva cheia de sabão para o livro na pia. — E o meu é cheio de fatos verdadeiros.

— Fatos são tão menos interessantes — retrucou ela, deslizando para descer do balcão. Ele estava prestes a perguntar "menos interessantes do que o quê?" quando Paisley virou-se para ele e deu uma piscadinha. —Vejo você à noite.

Agora, estava parada no degrau de cima, a luz que saía das janelas da lanchonete formando uma espécie de aura atrás dela, e ele a esperou fechar o casaco. Quando terminou, Paisley pulou para a neve fofa.

— Feliz Dia de Ação de Graças — desejou Owen, e ela revirou os olhos.

— Feliz Dia Em Que Os Colonos Ferraram Com Os Índios.

—Tenho quase certeza de que foi na verdade o dia em que eles se reuniram e fizeram um banquete juntos.

— Ah, é — disse ela, inclinando-se para beijá-lo rapidamente. — Eles ferraram com os índios depois.

—Tudo certo lá dentro? — perguntou Owen, enquanto ela colocava as luvas. — Comeu um pouco de peru também?

— Peru de tofu — corrigiu ela, mas, quando percebeu que tinha sido brincadeira, pegou Owen pela mão. —Vamos dar o fora daqui.

Seguiram pelas ruas silenciosas em direção ao lago. A maioria das praias ficava fechada naquela época do ano, mas eles tinham o hábito de entrar de fininho pelos fundos das residências privadas e se sentar no píer para observar a água congelada. Aquela noite, encontraram uma casa toda apagada, esgueirando-se pelo quintal, e assistiram enquanto a neve tocava e desaparecia na superfície de gelo. O lago era tão profundo que nunca chegava a congelar totalmente, só ficava gelado e imóvel enquanto as montanhas nevadas montavam guarda a seu redor.

— Então, como foi? — perguntou Paisley ao sentarem-se aconchegados um ao outro.

— Foi ok, na verdade. O ânimo dele até que está bom, considerando tudo.

— Ainda sem sorte no quesito trabalho?

Owen balançou a cabeça em negativa.

— E agora estamos na baixa temporada.

— Para construir coisas, pode até ser. Mas tem muito trabalho dando sopa durante a temporada de esqui por aqui.

— Aparentemente não — retrucou Owen, levantando a mão para tirar a neve dos cabelos. Os dedos estavam ficando dormentes, e seu rosto, duro de tanto frio, mas havia algo em se expor ao vento do ártico que fazia seu coração inchar e os pulmões expandirem. Pensou em como tinha sido o contrário em Nova York, como a cidade fazia com que se sentisse claustrofóbico... todos aqueles edifícios imensos e temperatura pantanosa. Pensou em como tinha tido a impressão de que o mundo inteiro encolhia ao redor dele.

Salvo pelo terraço.

Salvo quando estava com Lucy.

Por um instante, ele se permitiu pensar nela. Tinham-se passado cinco semanas desde seu último e-mail. Não foi um adeus propriamente dito; nada tão dramático assim. Não houve conclusão, desconexão, uma grande despedida, questionamentos amargurados a respeito da razão pela qual ele tinha parado de escrever. Um dia, recebeu uma mensagem, completa e perfeitamente normal, e depois, pararam, a correspondência terminando da mesma maneira com que tudo começou: abruptamente.

Mas não tinha sido culpa dela. Não muito depois de ele ter enviado seu segundo cartão de Tahoe, ela mandou um e-mail contando como estava amando Edimburgo, como tinha visitado o castelo e visto a cidade do topo de uma montanha chamada Arthur's Seat. Depois de ler aquilo, Owen foi até uma das muitas lojinhas de *souvenirs* da cidade e passou os olhos pelos vários tipos de cartões-postais. Já tinha enviado dois: o primeiro com uma fotografia do lago ao pôr do sol com a notícia de que ficariam morando ali; o segundo, a imagem do mesmo lago, mas em tons de verde e azul, com uma brincadeira a respeito do monstro do lago Ness. Mas, enquanto olhava as opções restantes, percebeu que eram todos iguais: o lago sob um céu cor-de-rosa, sob um céu laranja, sob um céu tão claro que a água parecia ser vidro. Depois de um tempo, a repetição do mostruário começou a ferir seus olhos enquanto passava por tantas alternativas, e Owen entendeu que não havia nada de novo ali para mostrar a Lucy... e que talvez a troca de cartões-postais tivesse chegado ao fim.

Mas, de volta ao apartamento, não conseguiu se forçar a responder virtualmente. Tinham estabelecido um ritmo em que um cartão mandado por ele inspirava um e-mail enviado por ela e vice-versa. Os dele eram sempre notinhas cheias de leveza falando dos lugares que visitara, tudo rabiscado no espacinho limitado no verso do retângulo de papelão, enquanto os dela tendiam a ser mais longos e ligeiramente divagantes, sem a restrição imposta pelo papel. Sentado ali com o cursor piscando, Owen não tinha certeza do que dizer. Havia algo de imediato demais nos e-mails, na ideia de que ela o receberia meros momentos depois, que apenas um clique do mouse faria com que o texto surgisse na tela de Lucy em um instante, como se fosse mágica. Ele se deu conta de como preferia a segurança de uma carta, sua fisicalidade, a distância que tinha que percorrer de um ponto ao outro, algo que parecia verdadeiro e, de alguma forma, mais real.

Durante cada uma das manhãs daquela semana, Owen sentou-se em frente ao computador com toda a intenção de escrever um e-mail. Mas dias passaram sem que ele conseguisse produzir sequer um rascunho. Metade dele torcia para que ela tomasse a iniciativa, contando algo novo que pudesse inspirar uma resposta, mas nada chegou em sua caixa de entrada, e ele começou a se preocupar com a possibilidade de Lucy ter seguido em frente. Afinal de contas, em Tahoe ele tinha uma nova escola e uma nova vida, e sabia que, a 8 mil quilômetros dali, ela também devia estar ocupada com sua própria versão daquelas mesmas coisas.

Então, uma semana depois do último e-mail, ele conheceu Paisley.

Que naquele instante estava sentada a seu lado, esfregando as mãos enluvadas uma na outra. A lua pairava baixa no céu acima do lago, e, quando Owen expirava, o ar formava uma fumacinha.

— Ele ainda está falando em se mudar, então? — perguntou Paisley, e Owen fez que sim, sentindo-se culpado, embora soubesse que ela estava acostumada a isso; Tahoe era uma espécie de porta giratória, e, para alguém como Paisley, que sempre morou ali, era simplesmente um jeito de viver a vida: as idas e vindas, os olás e os tchaus. Ainda assim, ele sabia que não podia ser tão fácil para ela.

— A menos que ele milagrosamente consiga um trabalho nas próximas semanas — comentou o garoto. — Ou que alguém compre a casa.

— Alguma proposta? — perguntou ela, com esperança, mas ele balançou a cabeça em negativa. E essa era a pior parte; saber que a casa — sua casa — estava lá, esperando, completamente vazia, a resposta para todos os seus problemas, mas isso apenas se alguém a comprasse. Mas não era apenas pelo dinheiro. Para os Buckley, tinha sido muito mais que apenas uma casa; era o lar de seus sonhos, um monumento, um templo. E não conseguiam entender por que ninguém mais conseguia enxergar isso. Era difícil não levar para o lado pessoal.

—A gente acabou de decidir que vai passar o fim de semana em São Francisco, na verdade — contou ele a Paisley. — Para ver se gostamos de lá.

Ela ergueu as sobrancelhas.

— E se gostarem?

—Acho — respondeu Owen, dando de ombros — que é bem provável que a gente vá para lá de vez daqui a pouco tempo. Provavelmente até o Natal, para eu poder entrar em um novo colégio logo depois das férias.

Ela assentiu, a expressão indecifrável.

—Você nunca foi lá antes, foi?

Ele sacudiu a cabeça.

—Você sabe que meu pai mora por aquelas bandas, né? Então costumo visitar no verão. É um de meus lugares favoritos no mundo. — Paisley cravou os olhos claros nos dele, estudando-o por um momento. — Aposto que você também vai amar.

Sua voz soava tão resignada que Owen pousou a mão enluvada sobre a dela.

— A gente não tem certeza ainda — disse ele, mas Paisley apenas deu de ombros.

—Você vai amar — repetiu ela, piscando para se livrar dos grossos flocos de neve em seus olhos. —Todo mundo deixa o coração em São Francisco.

Owen estava quase certo de que ele e o pai tinham deixado seus corações na Pensilvânia, mas não o disse em voz alta. Ele e Paisley haviam passado muitas horas discutindo questões, como os derramamentos de óleo e as guerras no Oriente Médio, mas ele sempre se via dando passos incertos quando se tratava de assuntos mais pessoais: *minha mãe morreu, meu pai está deprimido, conheci essa garota que...*

Ele ergueu os ombros.

—Vamos ver no que dá.

— Acho que vai ser provavelmente mais fácil seu pai encontrar um trabalho na cidade — retomou ela, e Owen quase podia senti-la afundar sob o peso daquela conversa. Eles não faziam aquele tipo de coisa, Paisley e ele. O que costumavam fazer era sair para esquiar e fazer caminhadas na neve; entravam escondidos nos cinemas para assistir aos filmes, e bebiam latas congeladas de cerveja atrás da lanchonete; faziam trilhas e pescavam no rio Truckee, e, à noite, pegavam emprestado o píer de alguém para rir e fazer piadas e falar sobre tópicos que não importavam à vida imediata de qualquer um dos dois.

Estar com ela sempre o fazia sentir-se leve como o ar, que era exatamente o que vinha precisando naquelas últimas semanas. Mas aquele momento... aquele momento parecia pesado.

— Para mim, é como se você tivesse acabado de chegar — continuou a garota, com o olhar fixo no lago. —Tem tanta coisa que a gente ainda não conseguiu fazer. — Ela fez uma pausa, mas, quando voltou o rosto para ele, Owen ficou aliviado por ver um esboço de sorriso. — Tipo, saca só todos esses deques e píeres. Devemos ter invadido, sei lá, só uns três por cento deles. O que significa que ainda tem milhares esperando a gente deixar nossa marca.

— Ah, é? — perguntou ele. — E que marca é essa?

Ela ficou de pé em um pulo, dando passos cuidadosos para trás, depois gesticulou com um pequeno floreio para a tábua de madeira em que estivera sentada, onde formara-se um desenho no formato de um coração graças ao calor do corpo dela.

— Bem mais incriminador que impressões digitais! — exclamou ela, e ele não conseguiu reprimir uma risada. Quando se levantou para se juntar a Paisley, ela se dobrou de tanto rir do contorno estreito que Owen deixara na madeira, e ele a envolveu pela cintura, fingindo que iria jogá-la no lago gelado até os dois perderem o equilíbrio, derrapando sem qualquer graciosidade, e caírem estirados no chão. Depois que a risada descontrolada cessou enfim, ele se inclinou para a frente, tocando o nariz gelado no dela, e a beijou.

— Vou sentir falta de muita coisa neste lugar — disse ele mais tarde, enquanto a ajudava a ficar de pé. — Se a gente acabar mesmo indo embora.

— Do lago? — perguntou Paisley, espalmando a neve do casaco.

Ele balançou a cabeça.

— De você.

Juntos, deixaram a água para trás, caminhando de volta para a cidade com as pernas rígidas e os pés congelados. Tinha parado de nevar quase completamente, mas a trilha que levava à estrada estava coberta por pelo menos 30 centímetros de neve, e eles se deram as mãos, enlaçando os dedos enluvados, enquanto andavam desajeitadamente pelo caminho.

— Então, o que a gente devia visitar no fim de semana? — perguntou ele. — Alcatraz? O Píer 39?

Ela revirou os olhos, como ele sabia que faria.

— Você não pode ir caindo em todas essas armadilhas turísticas assim. Tem esse lugarzinho incrível em Haight...

Quando chegaram à lanchonete, Owen inclinou-se para beijá-la outra vez.

— Feliz Dia de Ação de Graças — repetiu ele, mas Paisley se afastou com um sorriso de tirar o fôlego.

— Será que a gente pode, por favor, parar de celebrar um dia em que as pessoas assassinam perus inocentes?

— Se melhora as coisas, eu e meu pai comemos frango.

Paisley balançou a cabeça em negativa.

— Horrível mesmo assim.

— Delicioso mesmo assim — retrucou Owen, beijando-a de verdade.

Quando se distanciaram, ela virou-se e seguiu para a porta dos fundos do restaurante.

— Boa viagem — desejou Paisley, a voz flutuando atrás dela, e Owen acenou, embora ela não pudesse vê-lo. — Mas não tão boa assim...

—Vou trazer um globo de neve de Alcatraz para você.

— Engraçadinho — replicou ela, segundos antes de a porta bater depois que entrou.

No caminho de volta para casa, ouvindo a neve ser esmagada sob as botas, Owen tentou imaginar São Francisco. Mas tudo o que conhecia, a única coisa que lhe vinha à mente, era a ponte Golden Gate, os familiares arcos vermelhos cercados por névoa. Era difícil saber de onde vinha a imagem, mas, mesmo naquele momento, na escuridão das montanhas — o ar tão frio que pinicava seu rosto, a neve tão branca que praticamente reluzia —, era tudo o que podia ver: a gigantesca ponte vermelha destacando-se contra um pedaço azulado de céu.

Só quando já estava deitado na cama, quase dormindo, que se deu conta de o porquê da paisagem não ir além daqueles limites.

Estava visualizando um cartão-postal.

12

Dezembro tinha seis dias de idade, e aquela era a primeira vez que Lucy via luz natural. Todas as manhãs, pegava o ônibus no escuro, o sol nascendo cerca de meia hora depois das 8 horas, quando já entrara no prédio de pedra da escola, e depois se punha por volta das 15h30, no instante em que ela irrompia porta afora, para dentro do crepúsculo prematuro.

Mas era sábado e, embora a luz só atravessasse as nuvens em faixas finas, embora ela estivesse usando um pulôver de capuz sob o casaco, em comparação às últimas semanas, a sensação era de estar na praia. Lucy fechou os olhos e jogou a cabeça para trás a fim de banhar-se com os raios de sol.

Quando a multidão ao redor começou a vibrar, seus olhos abriram-se outra vez, e ela os semicerrou para fitar as figuras em campo, tentando entender. Uma garota da escola, chamada Imogen e cujo tio morava em Chicago, inclinava-se o tempo inteiro para ela a fim de explicar as regras de rúgbi, usando a terminologia do futebol americano: um *try*, ou ensaio, era como um touchdown, um *fly-half* era como um quarterback, um *ruck* tinha o mesmo objetivo de um *tackle*. Lucy não teve a coragem de explicar a ela que tampouco entendia de futebol americano.

Todos os garotos em campo usavam bermudas, embora já estivessem na metade do inverno, e suas pernas eram borrões cor-de-rosa enquanto corriam de um lado para o outro do gramado, fazendo pausas para chutar a bola em momentos confusos, levantando-se uns aos outros no ar a fim de tentar bloquear uma jogada absurda, formando aglomerados que mais pareciam nós, onde todos chutavam e se empurravam e nunca pareciam conseguir realizar qualquer coisa. As garotas do colégio — amigas dela, Lucy supunha, se fosse para usar o termo bastante generosa e amplamente — estavam sentadas as suas direita e esquerda, com os olhos voando de um extremo ao outro, empolgadas pelo jogo e parecendo imunes ao frio. Lucy esforçou-se ao máximo para manter o olhar fixo em Liam, mas não parava de perdê-lo de vista em meio a todos aqueles outros garotos de camisas listradas.

Quando a partida terminou, ele foi correndo até ela, e Lucy pôde sentir as outras garotas praticamente vibrando com empolgação. Ele era um ano mais velho que o restante delas, aluno do terceiro ano do ensino médio — ou do *sixth year*, como era chamado no país —, e os boatos que corriam eram de que tinha uma boa chance de entrar na equipe sub-18 de rúgbi da Escócia, que era uma espécie de treinamento para depois entrar na seleção nacional. Mais cedo, quando perguntou a ele a respeito disso, Liam apenas deu de ombros.

— Acho que é pouco provável — disse o garoto, mas Lucy viu a maneira como ele se iluminava ao falar, e soube que devia ser mesmo verdade.

Agora, ela caminhava em direção à beiradas do campo para encontrá-lo. As bochechas de Liam estavam coradas, e ele, todo coberto de lama: joelhos, uniforme e rosto, nitidamente salpicado com gotas lamacentas. Ele abriu os braços, brincando, como se quisesse dar um abraço de urso nela, e Lucy riu e se desviou.

— É difícil saber pela sua camisa que vocês venceram.

— Os outros caras saíram bem piores que a gente — disse ele, apontando com o dedo polegar para trás, por cima do ombro. — E aí, o que você achou?

— Meio confuso — admitiu ela. — E bem violento.

— É por isso mesmo que os americanos deixam isso por nossa conta — brincou ele, batendo no peito com um sorriso. Ao redor, as arquibancadas já se esvaziavam e os jogadores de ambos os times voltavam para o vestiário. Liam olhou para trás.

— Vou lá tirar esse uniforme. Você me espera?

Lucy fez que sim com a cabeça, observando-o enquanto corria para alcançar os colegas, todos empurrando uns aos outros com a lateral do corpo e chutando a lama para o alto. Ela sentou-se na grama e abriu seu livro — *Trainspotting*, porque já estava mais que na hora de trocar Holden Caulfield por algo um pouco mais escocês — e leu até Liam retornar, cheirando a sabonete, com uma bolsa de ginástica pendurada no ombro. O restante da multidão já tinha partido havia muito, e a cor do céu começava a escurecer e a se aprofundar, com um tom de roxo nas extremidades.

— Como é que vocês se acostumam com isso? — perguntou Lucy, enquanto Liam colocava um braço ao redor de seus ombros. Ela estava tremendo. — É tão melancólico.

— Os escoceses afloram com um pouco de melancolia — respondeu Liam. — Mas, falando sério, você tem que ver como fica no verão. O sol nasce tipo às quatro e meia da manhã, e não se põe até dar quase meia-noite. Os verões aqui são incríveis. Você vai ver.

Quando chegaram à rua que margeava o campo de rúgbi, esperaram no ponto de ônibus, bem próximos um do outro. Mesmo após uma partida intensa, Liam ainda mantinha uma espécie de aura de energia, e Lucy observou enquanto ele andava de um lado para o outro na grama.

Volta e meia, em momentos assim, ficava pasma com a própria essência dele. Era tudo tão improvável: aqueles uniformes de rúgbi e aquele sotaque, a autoconfiança fácil e o sorriso de parar corações. Às vezes, pensava detectar a mesma surpresa nele: quando ela recusava o convite para ir a uma festa, ou quando estava tão perdida na leitura de um livro que levava séculos para percebê-lo à sua frente. Eram tão diferentes, e Lucy ficava se perguntando se, em algum momento, ele se daria conta de que aquilo era um erro; se, depois que ela deixasse de ser a novidade, a americana que surgira aleatoriamente, Liam reconheceria o que ela era de fato — uma garota nerd que comia livros, uma loba solitária feliz — e seguiria em frente.

Mas, por algum motivo, os dois funcionavam juntos. Não fosse por suas diferenças, provavelmente sequer teriam notado a existência um do outro. Que houvesse ainda mais diferenças sob a superfície deixava a relação interessante.

— Está demorando uma vida — reclamou Lucy, espiando a rua escura em busca do ônibus.

Liam deu de ombros.

— Por que não damos uma caminhadinha, então?

Ela retorceu os lábios, mas eles logo se abriram em um sorriso que, finalmente, transformou-se em uma risada incontida.

— Uma *caminhadinha?*

Ele fingiu ter se magoado.

— Qual é o problema?

— Uma caminhadinha — repetiu Lucy, ainda rindo.

— Não gosta de caminhar?

— Na verdade, adoro caminhar — respondeu ela. — Vamos. Esse ônibus é uma derrota.

— Você não está mais em Manhattan — lembrou ele ao começarem a andar rua acima. — Não tem táxi nenhum dando sopa.

— Eu sei, pode ter certeza.

Podiam ter seguido direto para a parte nova de Edimburgo, evitando a enorme colina no centro, mas, em vez disso, Liam a guiou pela Holyrood, em direção à Royal Mile, onde lojinhas e pubs ocupavam as calçadas das ruas de paralelepípedo no caminho para o castelo. Pararam a fim de comer o tradicional fish and chips, sentados ao lado de janelas um pouco embaçadas, pelas quais podiam olhar para fora e ver os turistas passando. Quando terminaram, seguiram para o oeste da cidade, que era onde Lucy morava.

Ao virarem em sua rua, onde as casas faziam uma curva ao redor de um pedaço de gramado verde, Liam pigarreou.

— Seus pais devem estar em casa...

Lucy rapidamente balançou a cabeça em afirmativa.

— Ah! — exclamou ele, com um sorriso, parando a alguns passos da porta vermelha. — Então acho que vou deixá-la aqui mesmo.

Estendeu a mão e pousou a palma aberta nas costas dela, puxando-a para perto, e, mesmo enquanto ele se inclinava para beijá-la, tudo em que Lucy conseguia pensar era *o que há de errado comigo?*

Talvez fosse possível arrancar alguém da vida que conhecia e atirá-lo no meio de outro lugar, fazendo com que parecesse uma pessoa completamente diferente. Mas, mesmo que fosse esse o caso, pensou Lucy, não era de fato como se a pessoa tivesse mudado — mudaram apenas o cenário, as circunstâncias e o elenco. Não é porque pintamos uma casa que a mobília ali dentro muda. Tinha que ser igual com as pessoas. No fundo, bem dentro de seus corações, elas continuariam as mesmas, não importava onde estivessem, certo?

Parada ali, beijando Liam sob a luz de um poste, Lucy começava a acreditar que a teoria era verdade.

Quando se afastaram, finalmente, com alguns beijos mais e diversas promessas de se ligarem no dia seguinte, Lucy deslizou para dentro de casa e encostou-se contra a porta, deixando escapar um longo suspiro. Estava tudo escuro, como já sabia que estaria. Seus pais ainda estavam em Londres e só voltariam dali a um dia.

Durante a tarde inteira, tinha se perguntado o que fazer com aquilo: a promessa de um lar vazio. Passou a tarde assistindo a Liam no campo de rúgbi, segurando sua mão enquanto atravessavam as ruas de Edimburgo, brincando e fazendo piadas com ele, diante de uma cesta engordurada de batatas fritas sobre a mesa, e depois beijando-o na esquina de casa, e ainda assim — ainda assim — ela não conseguia convidá-lo para entrar.

O que há de errado comigo?, pensou novamente.

Ele era perfeito. E ela, uma idiota.

Os pais sequer pensaram em adverti-la a não trazer ninguém para casa, pois, até onde sabiam, a filha passava suas tardes ali da mesma forma como tinha sido em Nova York: caminhando pelos bairros a esmo, entrando e saindo de livrarias, descobrindo lugares novos, encontrando bons locais para ler. Ela não lhes contou sobre Liam, e não sabia bem por quê. Ao longo das últimas semanas, tinha estado meio que esperando o relacionamento ruir, pois era óbvio que duas pessoas tão diferentes não podiam durar muito tempo juntas. Mas, se quisesse de fato ser honesta consigo mesma, aquilo era apenas parte da razão. A outra era mais complicada.

Jamais disse nada a respeito de Owen também, mas, de alguma forma, ele estava lá, no ar, na casa, nas sobrancelhas erguidas sempre que a correspondência chegava sem um cartão-postal. Os pais não tinham conhecimento dele propriamente dito, mas haviam juntado os pontinhos, observando aquelas mensagens chegarem uma a uma, e, agora que tinham parado, Lucy percebia um certo sentimento de compaixão em seus olhos.

E, portanto, ela supunha não ter falado nada sobre Liam por conta de uma lealdade estranha e sem sentido a Owen. Ou talvez por culpa. Era difícil dizer.

Quando estendeu a mão para acender as luzes, notou uma pequena pilha de cartas a seus pés, que fora atirada para dentro da casa pela abertura na porta. Debruçou-se para pegá-la, folheando os catálogos e contas enquanto seguia para a cozinha, e, quando jogou a bagunça de papéis na mesa de madeira, um postal escorregou para longe.

Lucy ficou paralisada, fitando um canto dele, de onde se insinuava um rasgo de céu. Sabia que não podia ser de Owen — fazia cerca de dois meses que não sabia dele —, mas, ainda assim, seu coração começou a bater desvairadamente. Ela empurrou o envelope que estava sobre o postal para afastá-lo, revelando uma imagem da ponte Golden Gate, e sentiu murchar subitamente o que quer que estivesse borbulhando dentro de si.

Claro, pensou. Era do casamento. Sua prima Caitie estava para se casar em São Francisco na semana antes do Natal, e, em duas semanas, ela e os pais voariam até lá a fim de encontrar com os gêmeos. Lucy esperava ansiosamente por isso. Não pelo casamento em si, mas por voltar aos Estados Unidos. Tinha se apaixonado pela Escócia de um jeito que não tinha esperado, mas isso não significava que não estava animada para voltar ao conhecido: manteiga de amendoim e pretzels, chiclete de canela e *root beer*. Torneiras que ofereciam água quente e fria, sotaques que não precisavam de esforço para serem entendidos e boa comida mexicana... ou ao menos decente. Voltariam para Edimburgo pouco antes do Ano-Novo, e ela sabia que, quando chegasse a hora de retornar, também já estaria ansiosa por isso, mas, mesmo assim, estava empolgada para viajar e, especialmente, para rever os irmãos.

Virou o cartão, esperando ver alguma nova informação a respeito do jantar de ensaio, ou do almoço da noiva e madrinhas, mas, em vez disso, ficou perplexa ao encontrar a letrinha de Owen, umas poucas palavrinhas apertadas atravessando o retângulo branco. Ela o aproximou do rosto, com os olhos arregalados e incapazes de piscar enquanto lia.

> Não podia chegar a uma nova cidade sem mandar notícias. Parece que vamos nos mudar para cá no fim do semestre. Com sorte, ficaremos para valer, mas vamos ver no que dá...
> Espero que você e Nessie estejam bem.
> P.S.: Pegamos uma tartaruga perdida no caminho para São Francisco. Dei o nome de Bartleby a ele (tem um monte de coisa que ele preferiria não fazer).

Na manhã seguinte, Lucy esperava ao lado da janela do corredor quando um táxi preto parou, e assistiu impaciente enquanto os pais saíam. Mal tinham chegado à entrada, e ela abriu a porta, ainda de pijama.

— Oi — disse a mãe, claramente surpresa pela recepção. A fala natural que deveria seguir-se a essa seria "sentiu nossa falta?", mas já tinham parado de fazer aquela pergunta havia muito tempo, e Lucy tinha parado de esperá-la.

— Como foram de viagem? — perguntou Lucy, enquanto entravam pelo saguão. O pai deixou as malas no chão e lançou um olhar engraçado a ela.

— O que foi? — perguntou ele, tirando os óculos e massageando o osso do nariz com expressão cansada. — Você está me lembrando demais seus irmãos. Deu uma festa aqui em casa? Quebrou alguma coisa?

— Não, não é isso — respondeu ela, embora soubesse que ele não estava falando sério. — Só estava pensando em São Francisco.

— É uma cidade grande no estado da Califórnia — ironizou ele, e Lucy revirou os olhos.

— Não, quero dizer... A gente vai ter um tempinho de folga quando estiver lá, não é?

Já estavam caminhando em direção à cozinha, e Lucy os seguiu.

— O casamento vai ser em Napa, na verdade — respondeu a mãe. — Em uma vinícola.

— Napa: região de vinhedos ao norte de São Francisco — acrescentou o pai, sem ser de grande ajuda.

— Só vamos ficar uma noite na cidade, para curar o *jet lag* — continuou a mãe, deixando a bolsa sobre o balcão. — Depois vamos para Napa e encontramos seus irmãos para o casamento e o Natal. — Virou-se. — Por que a pergunta?

Mas Lucy já tinha desaparecido.

Uma noite, pensava ela, enquanto subia a escada. *Uma noite.*

13

Depois de ter morado três meses em cima de um restaurante mexicano, Owen ficaria feliz se nunca mais precisasse ver uma tigela de salsa outra vez. Mas lá estava ele, esperando Lucy, uma cesta de batatas fritas à sua frente e a música de uma banda de mariachis chegando até seus ouvidos, vinda da área do bar, enquanto a perna balançava nervosamente sob o tampo da mesa.

Tinha ficado aliviado ao descobrir que o novo apartamento ficava sobre um armarinho, o que significava que era, pela graça de Deus, uma zona livre de quaisquer cheiros, salvo pelo fraco odor terroso de Bartleby, a pequenina tartaruga-de-caixa que tinham encontrado em um estacionamento nos arredores de Sacramento. Depois de quase terem passado com o carro por cima dela, instalaram-na dentro de uma caixa de sapato cheia de frutas e vegetais pelo resto da viagem; "a suíte de luxo", denominara o pai. Mas agora ela vagava livre pelo apartamento, ocasionalmente ficando presa sob o sofá desgastado, que já estava no apartamento quando chegaram. O senhorio não fez objeções àquela exceção à proibição de animais, nem se importou com o fato de que Owen e o pai não pudessem assinar um contrato de longo prazo.

— Semanal está bom — concordou o homem, quando ligaram após terem visto um anúncio online. — Era a casa de minha mãe. Só estou tentando juntar um dinheiro com o aluguel até estar pronto para vendê-la.

Isso se encaixava bem nos planos dos dois, uma vez que não tinham certeza de quanto tempo ficariam. Patrick jurou que passariam pelo menos o semestre por lá, de modo que Owen pudesse terminar o ensino médio num único lugar.

—Tenho certeza de que logo logo vou conseguir um emprego — prometia ele. — Não estou preocupado com isso.

O filho sabia que não era verdade, mas não importava. Estava aliviado por ouvir determinação na voz do pai.

O novo apartamento ficava próximo à marina, e, da janela, eles podiam ouvir os sons das embarcações batendo contra as docas e das gaivotas pipilando umas para as outras. Owen perguntou-se o que os amigos da Pensilvânia achariam se pudessem ver como era sua vida agora, tão diferente da antiga que parecia irreconhecível. Os e-mails tinham parado de chegar quase totalmente — sabia que deviam ter desistido dele àquela altura —, mas ainda conseguia visualizar a rotina de ambos com tanta clareza quanto se também estivesse lá: o ponto exato no corredor onde ficavam seus escaninhos, a exata mesa à qual sentavam-se no refeitório, as exatas carteiras nos fundos de todas as salas de aula. Era estranho e um pouco inquietante pensar como, em outras circunstâncias, teria sido fácil para Owen estar ali também, e ele tentava se aferrar a isso sempre que começava a se preocupar demais com a situação atual. Pois, apesar de tudo que tinha acontecido desde o falecimento da mãe, todo o azar e a sorte que tiveram, ainda se alegrava por ter visto tudo o que viu.

Ao longo daquelas últimas manhãs, enquanto o pai sentava diante do computador, os olhos um pouco embaçados pelo sono enquanto checava as ofertas de emprego mais recentes, Owen saía, explorando a cidade a pé. Era tão diferente de Nova York, onde tudo era apertado a fim de caber em uma fina nesga de ilha, onde tudo se amontoava, como num jardim que cresceu sem controle. São Francisco, ao contrário, espraiava-se, desconjuntada e colorida. Apenas alguns dias haviam se passado, mas ele já tinha começado a cair de amores pelo lugar, da mesma forma como acontecera com Tahoe e com tantas outras cidades que vira pelo caminho. E agora, enquanto esperava Lucy sentado à mesa, ele se dava conta de que a única cidade que ele não tinha amado — a única que, na verdade, tinha feito questão de não gostar — foi Nova York, o local onde os dois haviam se conhecido.

Ficou se perguntando se aquilo queria dizer algo. Supunha que a magia pudesse ser encontrada em qualquer lugar, mas não era mais provável que acontecesse em um café parisiense que em uma favela de Mumbai? Ele conhecera Paisley em uma noite estrelada nas montanhas. Mas, com Lucy, tinham se encontraram em um elevador sufocante, de um prédio ainda mais sufocante, na cidade mais sufocante do planeta. E ainda assim...

Sabia que não devia estar pensando nas coisas desse jeito. Pegou o garfo e o girou distraidamente entre os dedos. Mas, quando a garçonete surgiu a seu lado, ele perdeu o controle do talher, que caiu no chão fazendo um barulho metálico.

— Mais batata frita enquanto espera? — perguntou ela, debruçando-se para pegar o garfo caído.

— Foi mal — disse Owen, corando. Olhou de relance para a cestinha à frente: só restavam algumas migalhas. Sequer se deu conta de que estivera comendo. — Estou satisfeito por enquanto.

Assim que a moça foi embora, ele endireitou a postura, esticando o pescoço para ver além dos cactos da decoração na entrada, perguntando-se onde ela estaria. No último e-mail, Lucy tinha sugerido um restaurante mexicano, uma vez que aparentemente não havia tacos gostosos em lugar algum em Edimburgo, e ele deu o endereço daquele restaurante, que ficava logo na esquina da rua da nova casa dos Buckley. Owen não fazia ideia de qual era o hotel em que ela se hospedara, nem a que horas chegaria. Lucy nem tinha mais um telefone norte-americano, portanto não havia como ligar para saber se o voo atrasara. Owen recostou-se na cadeira e bebeu toda a água do copo de um gole só, depois secou as palmas das mãos suadas na calça jeans.

Desde que recebera a mensagem de Lucy, semanas antes, vinha tentando decidir o que dizer a ela a respeito de Paisley. O problema era que ele mesmo não sabia bem em que pé os dois tinham ficado. Nos dias anteriores à partida de Owen, tinham feito rodeios ao redor do tópico "futuro"; em vez de conversarem, ela dava recomendações de restaurantes em São Francisco, e ele perguntava quais eram os planos dela para o Natal. Falavam sobre assuntos como as condições climáticas para esquiar, e as novas opções de pratos no cardápio da lanchonete. Ele simplesmente concluiu que resolveriam o resto em algum ponto não especificado adiante.

Mas, quando Owen passou no restaurante para se despedir, antes de saírem da cidade, Paisley olhou para ele cheia de expectativa, como se os problemas do tempo e da distância pudessem ser resolvidos bem ali, no meio do almoço, o ar cheirando a cebola e o pedido da mesa de número oito esfriando no balcão.

— Bem — disse ela, enfim, como se estivesse decepcionada com ele. — Com certeza daqui a pouco devo visitar meu pai. E, enquanto isso não acontece, acho que a gente vai se falando.

— Claro — respondeu Owen, depressa. — A gente vai se falando.

E tinha sido sincero. Parado ali, com os olhos claros de Paisley focados nele, já estava pensando em ligar para ela assim que chegasse. Talvez até antes. Ligaria da estrada. Mandaria uma mensagem de texto quando entrasse no carro. Estaria pensando nela a partir do momento em que colocasse o pé para fora da lanchonete.

O que Owen não sabia na época era que tudo a respeito de Paisley parecia imediato. Quando estava com ela, era como estar sob a luz dos holofotes. Era quase ofuscante aquele tipo de claridade... exatamente do quê ele tinha precisado todos aqueles meses.

Mas, no instante em que ligaram o motor e saíram, o clarão já começava a se apagar.

Nos dias após a chegada a São Francisco, os dois conversaram basicamente por mensagens de voz. Não que Owen evitasse, de fato, suas ligações, mas tampouco estava se esforçando muito para atendê-las, e suspeitava de que Paisley fazia o mesmo. Em sua ausência, a urgência do que sentira por ela, a atração, havia simplesmente evaporado, e sempre que seu nome surgia na tela do celular, ele sentia uma vaga relutância em atender.

Se tivesse continuado em Tahoe, ele sabia, era provável que tudo tivesse sido diferente, e, se pensasse demais a respeito, sentia uma pontada dolorida à lembrança daquelas noites azuis e geladas perto do lago, das tardes em que bebiam canecas de chocolate quente atrás das janelas embaçadas da lanchonete Mas o relacionamento existira plenamente naquele momento. E ele começava a compreender que o momento havia passado. Ao que parece, isso é o que acontece quando se deixa alguém. A pessoa desaparece atrás de nós como se fosse o rastro deixado por um barco no mar.

Mas, sentado naquele restaurante mexicano, com os cotovelos descansando sobre a toalha de mesa grudenta, Owen tinha a consciência aguda de que aquilo nunca aconteceu com Lucy.

E ele decidiu, ali mesmo, que não havia por que contar a ela a respeito de Paisley. Não era como se lhe devesse uma explicação. Eram apenas amigos, lembrou-se, se é que chegavam de fato a sê-lo.

Owen ainda estava de cabeça baixa, absorto em seus pensamentos, quando ela finalmente chegou. Em meio a todo aquele barulho, a música e o burburinho incessantes, não a notou até ela estar diante dele, e, quando olhou para cima através da iluminação confusa e caótica do restaurante, por um breve instante chegou a duvidar de que fosse mesmo ela. O cabelo parecia mais comprido que quando se viram pela última vez, e ela estava mais pálida também, as sardas no nariz mais pronunciadas.

Lucy o fitava com um olhar de profundidade quilométrica, os olhos confusos o avaliando, e nenhum dos dois abriu a boca pelo que pareceu um longo tempo.

Finalmente, a banda parou de tocar, a última nota reverberando como o som de um chocalho, o momento passando de um estado de espírito para outro, de uma canção para a próxima. Owen empurrou a cadeira para trás, levantando-se depressa, e de repente já estavam abraçados, as mãos dele repousando sobre as omoplatas delicadas de Lucy, e, quando ele se deu conta de que jamais fizeram algo assim antes, sem ter tido bem a intenção, recuou um passo, afastando-se dela, como se tivesse tomado um choque. Lucy piscou algumas vezes, depois ofereceu um novo sorriso.

— Que bom ver você — disse ela, puxando a cadeira e sentando-se. Ele fez o mesmo. — Desculpe o atraso.

Os olhos de Owen ainda estavam cravados nos dela, e ele abriu a boca, depois voltou a fechá-la.

— Tudo bem — disse ele, após um instante. — Acabei de chegar.

Ela olhou para a cestinha vazia sobre a mesa, mas não fez comentários.

— Então, você... — começou ele, e parou para pigarrear. Foi pegar o copo d'água, mas percebeu que estava vazio. — Chegou sem problemas?

— É, até que o voo não foi ruim — respondeu ela, depois fez uma pausa e balançou a cabeça. — Espere, você estava falando do restaurante?

— É. Não. Quero dizer... Tanto faz.

— Ah, é, foi tudo bem — disse Lucy, olhando ao redor. Depois de alguns segundos, pareceu se lembrar de que ainda vestia a jaqueta, e tirou-a para, em seguida, pendurá-la no encosto da cadeira. Usava um cardigã preto por cima da blusa roxa, e Owen pensou no vestido branco daquele dia no elevador, lembrou-se de tê-lo seguido pelo corredor escuro, como se fosse alguma espécie de aparição.

— Bem — retomou ela, sorrindo com jeito brincalhão, e ele sentiu todo o peso daquela situação: a rigidez entre os dois quando antes houvera uma naturalidade tão grande. Toda a empolgação pela expectativa de revê-la tinha murchado, de forma contundente e repentina, sobrando apenas o pior tipo de estranheza. Sua mente girava em frenesi, virando do avesso os pensamentos já emaranhados, procurando o que dizer, mas não havia coisa alguma, salvo o espaço vazio entre eles.

Talvez nunca estivessem destinados a mais que uma única noite. Afinal, nem tudo pode durar. Nem tudo deve ter algum significado.

E de que outra comprovação Owen precisava? Com Lucy olhando em volta em busca da garçonete enquanto ele brincava com o guardanapo sob a mesa, rasgando-o em pedacinhos, cheio de nervosismo. Aquele era o pior encontro de todos os tempos, e sequer era de fato um encontro.

— Então — começou ele enfim, e ela o encarou com um ligeiro vestígio de pânico nos olhos.

— Então — ecoou ela, forçando um sorriso. — Como é que você está?

— Estou bem. — Ele balançou a cabeça em afirmativa com um pouco de veemência demais. — Superbem. E você?

— Ótima — respondeu ela. — Está tudo bem.

Ele teve a sensação de que o estômago afundara tanto que quase podia senti-lo nos dedos dos pés. Aquela conversa era como tentar se mexer, soterrado na areia: era lenta e dura e difícil. Podia sentir os dois afundando. Em pouco tempo, estariam perdidos.

Lucy estava mordendo o lábio, e, sob a mesa, Owen percebia que o joelho dela subia e descia sem parar.

— Está gostando de São Francisco? — perguntou Lucy, e ele assentiu.

— Estou achando legal até agora — respondeu ele, odiando-se.

A garçonete chegou para salvá-los, ao menos por alguns poucos segundos.

— Posso trazer alguma coisa para vocês beberem? — ofereceu ela, com a caneta pairando acima do bloquinho.

— Só água para mim — pediu Lucy, e Owen mostrou dois dedos.

— Para mim também.

A atendente deixou escapar um pequeno suspiro, depois saiu para pegar as duas águas, e outro silêncio instalou-se na mesa com sua partida; aquele ainda pior que o último. Uma mulher ao lado deles jogou a cabeça para trás em uma gargalhada, e, mais para o canto, outro grupo explodiu em um brinde. Havia casais em encontros românticos e uma família celebrando o aniversário de uma criança; pessoas no balcão do bar viravam doses de bebidas, e um grupo de homens brindava com garrafas de cerveja logo atrás de Lucy e Owen. De repente, o trilado agudo da banda de mariachis pareceu alto demais, e as paredes, próximas e sufocantes demais.

Diante de Owen, Lucy inclinou-se para a frente, o rosto cheio de determinação.

— Então, você já tinha vindo aqui antes? — perguntou a garota, e, antes que ele pudesse impedir o movimento, Owen atirou a cabeça para trás e soltou um grunhido. Quando voltou os olhos para ela, Lucy o fitava com surpresa, e ele a encarou de volta. Depois se levantou.

— Isto está sendo péssimo — disse ele, e Lucy abriu um sorriso verdadeiro.

— Não está sendo uma maravilha mesmo — concordou ela, levantando-se, de modo que ficaram frente a frente com apenas a mesa os separando, a cesta vazia entre os dois.

— Mas tem um *food truck* de tacos parado lá perto da marina — sugeriu ele, e o sorriso dela cresceu ainda mais. — Está a fim? — Quando Lucy não respondeu de imediato, ele ergueu as sobrancelhas. — A menos que você prefira não...

Lucy riu.

—Vamos nessa, Bartleby — decidiu ela, e eles foram.

14

Tudo ficou melhor do lado de fora.

Eles ficaram melhores do lado de fora.

Ao caminharem em direção ao cais, com centímetros os separando, Lucy podia sentir aquela terrível estranheza se dissipando. Estavam deixando tudo para trás: o restaurante gordurento, seus cheiros esmagadores, a música alta demais, a vastidão de mesas entre eles, a conversa dura e artificial.

Lá fora, os dois podiam respirar outra vez. E, à medida que passavam por restaurantes iluminados e bares escuros, Lucy não conseguia deixar de olhar de soslaio para Owen, tranquilizada diante da imagem: os cabelos louros, quase brancos, que haviam crescido e se enrolavam um pouco nas pontas; o andar gingado, que o fazia subir e descer, como se fosse uma marionete. Ao observá-la à mesa do restaurante, os olhos de Owen pareceram inquietos e nervosos, mas, naquele momento, encontravam os dela com uma vivacidade que fazia jus à lembrança que Lucy guardara.

Ele estendeu o braço comprido, apontando para uma rua que subia uma colina íngreme.

— Nosso apartamento fica lá em cima — comentou Owen. — Se olhar pela janela do banheiro, meio que dá para ver a água aqui.

— Não tem lugar melhor para ter vista para o mar.

Ele ergueu as sobrancelhas.

— Consigo pensar em alguns.

— Mas ali você pode sentar na banheira e fingir que é um pirata — explicou ela, como se fosse algo óbvio. Owen riu.

— Que trema a madeira! — exclamou ele, depois os guiou em direção a um trailer retangular azul, estacionado perto de um pub irlandês. Dois homens de avental branco anotavam os pedidos através de uma grande janela, que ocupava quase um lado inteiro da cozinha móvel, e o toldo listrado acima deles tremulava e batia com a força da brisa que vinha da água. — Você vai amar os tacos daqui. Cheguei tem pouco tempo e já devo ter comido tipo um milhão.

— Mal posso esperar — disse ela ao entrarem na pequena fila. — Estou totalmente apaixonada por tudo em Edimburgo, exceto a comida.

— Nem pelo haggis? — brincou ele, e Lucy revirou os olhos.

— Especialmente não pelo haggis — retrucou ela. — Você por acaso sabe o que colocam dentro daquilo?

— Só os melhores ingredientes — respondeu Owen, tirando a carteira do bolso, os olhos no cardápio. — Coração de carneiro, fígado de carneiro, pulmão de carneiro...

Lucy torceu o nariz.

— Não sabia do pulmão.

— É uma iguaria — explicou ele, com um sorrisinho. — Uma iguaria escocesa.

— Acho que vou ficar só com chá e biscoitos.

Quando chegou a vez deles, Owen insistiu em pagar, e Lucy deixou, mesmo sem saber se o pai dele já tinha encontrado um emprego, ou não, e achando que o dinheiro ainda deveria estar curto. Mas havia um quê de amável na maneira como ele não deixou que ela pagasse, e agora que, com muito esforço e suor, finalmente tinham reencontrado uma espécie de ritmo, Lucy não tinha coragem de estragar tudo por conta de alguns dólares.

Ao caminharem em direção ao cais, podiam ouvir o rebentar das ondas contra as docas. Algumas gaivotas faziam círculos no ar acima deles, e, quando Lucy e Owen chegaram mais perto, ela pôde divisar os mastros altos de várias embarcações, cortando o horizonte em zigue-zague. Encontraram um banco vazio junto a uma pista cheia de ciclistas e corredores, e sentaram-se cada um em uma ponta, o saco de tacos entre os dois.

— Muito melhor! — exclamou Owen, recostando-se com um suspiro alegre.

— Acho que eu e você funcionamos melhor em coisas como piqueniques.

— Aparentemente — concordou ele, entregando a Lucy um taco embrulhado em papel-alumínio, quente em contraste com suas mãos, que já quase não tinham mais sensibilidade. O frio ali não era como em Edimburgo, com os ventos fortes que pareciam açoitar as pessoas, mas o ar noturno ainda assim era cortante. Lucy ficou grata por isso. Já era madrugada na Escócia àquela hora, e o clima gelado a ajudava a ficar acordada.

Não tinha conseguido dormir direito no longo voo e, ao chegarem ao hotel poucas horas antes, estava ansiosa demais para cochilar. Os pais imediatamente desapareceram dentro de seus aposentos do outro lado do corredor, insistindo que estavam prestes a desmaiar, mas ela sabia que não era verdade. O celular do pai ficou grudado em sua orelha desde o momento em que o avião aterrissou. Mesmo enquanto aguardavam as malas, ele não parava de andar pela extensão serpenteante da esteira de bagagem e passou o trajeto inteiro dentro da limusine debruçado no celular, escrevendo e-mails, furiosamente. Lucy ergueu as sobrancelhas para a mãe, como se fizesse uma pergunta muda, mas ela simplesmente balançou a cabeça.

No hotel, acenaram para ela antes de se enfiarem para dentro do quarto, logo em frente ao de Lucy.

— Divirta-se com seu amigo — disse o pai, e, pouco antes de a porta se fechar, ela ouviu o celular dele tocar outra vez.

Lucy disse a eles que jantaria com um amigo que se tinha se mudado para São Francisco, e o fato de sequer terem questionado a informação era uma boa demonstração de como andavam distraídos. Deviam saber melhor que ninguém que Lucy não tinha amigos em Nova York.

Ainda assim, ela não tinha exatamente certeza do porquê mentira, ou do porquê as mentiras pareciam ter se tornado algo tão natural. Duas noites antes, ainda em Edimburgo, tinha feito o mesmo com Liam quando saíram para assistir a um filme.

— É um *longa* — corrigiu ele, enquanto entravam.

— É um filme — insistiu ela. — Um filme cinematográfico que você assiste em um *cineeeema*.

Ele revirou os olhos.

— Sala de projeção — retrucou ele, depois apontou para a bombonière. — Quer um confeito?

— Bem que eu ia gostar de uma *bala* — respondeu ela, com um sorriso, e ele lançou as mãos para o alto, derrotado.

Na penumbra da sala, ficaram conversando enquanto esperavam a sessão começar. A família de Liam planejava visitar alguns parentes na Irlanda durante o recesso de fim de ano, e Lucy se divertia inundando-o com perguntas deliberadamente bobas a respeito de trevos e arco-íris quando, depois de muitas tentativas, ele conseguiu falar acima dela.

— E sua viagem? — perguntou ele, abrindo a embalagem do chocolate e oferecendo a ela. — Você deve estar animada para ver seus irmãos.

— Estou, sim. Já faz um tempão.

— Sempre quis visitar São Francisco.

— O casamento vai ser em Napa, na verdade.

— Ah! — exclamou ele, olhando para Lucy. — Então não vai dar para ver nada da cidade?

Estavam virados um para o outro, mas, naquele momento, Lucy voltou o corpo para a tela, dando de ombros.

— Acho que não — respondeu ela, e deixou o assunto morrer.

Mas, durante o filme, ela se surpreendera olhando de soslaio para Liam, estudando a mandíbula forte e os cabelos cuidadosamente aparados, o olhar fixo, franco. No fundo, sabia que o comparava a Owen, mas as diferenças eram tão óbvias que não havia sentido em fazê-lo. Além disso, Liam estava bem ali. Com Owen, os detalhes eram um pouco mais nebulosos. Ele era uma voz no escuro. Uma presença a seu lado, no piso da cozinha. Um conjunto de letras no verso de um cartão-postal.

Liam era uma possibilidade. Owen, apenas uma lembrança. Então por que continuava pensando nele?

Até mesmo ali, sentada ao lado de Owen no banco, Lucy parecia não conseguir controlar os pensamentos, que rolavam em todas as direções dentro de sua cabeça, como se fossem bolas de gude. Só quando os olhos dos dois se encontraram que tudo se aquietou e uma sensação de tranquilidade a atingiu. Apenas estar com ele assim, outra vez, quase bastava para fazê-la esquecer que era apenas temporário.

Enquanto comiam, preenchiam as lacunas.

As dele: histórias da viagem de carro (as cidades diminuindo à medida que o espaço entre eles crescia; os hoteizinhos baratos e as lanchonetes; os intermináveis campos de milho e o céu vasto; ele e o pai e a faixa de estrada e uma boa música no rádio), de Tahoe (o lago azul e o conjunto de montanhas; o apartamento mínimo e o restaurante logo abaixo; a procura infrutífera por emprego; a curta e indiferente aparição, quase uma ponta, que Owen fizera em uma escola ali) e, finalmente, de São Francisco (onde tudo poderia ser diferente).

E as dela: histórias de Nova York (fazer as malas e partir e a estranha mistura de sentimentos que acompanhou a ida) e de Edimburgo (as manhãs enevoadas e o castelo de contos de fadas; o novo emprego do pai e a nova casa da família; o cheiro de ensopado e a chegada prematura da noite; a presença constante do mar, que não era tão diferente daquele que se estendia diante deles naquele instante, salpicado de barcos e de um pássaro ocasional).

Enquanto conversavam, o céu passou do cor-de-rosa ao roxo e azul-marinho, e os embrulhos de alumínio entre os dois, no banco, ameaçavam voar quando o vento soprava mais forte.

Lucy guardou os dedos gelados dentro das mangas da jaqueta, ouvindo Owen contar a história de Bartleby, a tartaruga perdida que pegaram no caminho para a cidade.

— Fico tentando ensiná-lo a buscar as coisas — disse Owen. — Ou pelo menos aparecer quando chamo seu nome, mas ele não sabe fazer muitos truques.

Lucy sorriu.

— Ele prefere não saber.

— Exatamente.

— E seu pai não liga de ter um animal em casa?

— Ele sempre tropeça no bicho — respondeu Owen, dando de ombros. — Mas até que é bom não sermos mais só nós dois, sabe?

Lucy engoliu em seco antes de fazer um pequeno aceno com a cabeça.

— Mesmo que *seja* só uma tartaruga.

— As tartarugas também contam — retrucou ela. — E vai ser bom para seu pai ter companhia no ano que vem. Já teve resposta de alguma faculdade?

Ele fez que não.

— Ainda é muito cedo.

— Você tentou quais, afinal?

— Todas — respondeu Owen, com um esboço de sorriso, mas havia algo por trás dos olhos que não chegavam a sorrir de fato. — Mas não sei se vou mesmo.

— Por que não? — perguntou Lucy. — Porque perdeu muita aula este ano?

— Não, não tem nada a ver com isso. Tenho créditos mais que suficientes. É só que...

Ela retorceu a boca.

— Seu pai?

Ele assentiu.

— Mas com certeza ele ia preferir que você...

— Posso adiar por um ano — disse ele. — Esperar até as coisas estarem mais resolvidas.

Lucy lançou um olhar demorado para Owen.

— E por ele tudo bem?

— Ele nem sabe — admitiu Owen, e sua voz falhou nas palavras seguintes: — Mas como posso ir embora e deixar meu pai sozinho também?

Ele parecia tão triste ali sentado, dobrado como uma vírgula, os olhos sombrios e o rosto pálido. Lucy não fazia ideia do que dizer. Para a família dela, estar separado era tão normal quanto estar junto, mas, se algo acontecesse e ela realmente precisasse deles, sabia que estariam lá. Ainda assim, como poderia dizer a um garoto sem mãe que não havia problema em deixar o pai para trás também?

— Ainda não tenho certeza de nada — continuou ele, antes que ela pudesse pensar em uma resposta. — Acho que ainda tenho tempo para decidir.

— É — disse ela, pois foi tudo que conseguiu.

Ele deu um sorriso torto

— Obrigado.

— Pelo quê? — perguntou ela, surpresa.

— Não sei. Mas só... Obrigado.

Em algum momento, tinham se aproximado no banco, e ela só seu deu conta tardiamente que seus joelhos se tocavam. No pedaço de madeira entre eles, alguém gravara a palavra *TALVEZ* com letras irregulares, e ela se perguntou se Owen teria notado também. Fechou os olhos e deixou a palavra se expandir dentro de sua cabeça: *talvez*. Talvez fosse por conta do frio, ou talvez da conversa, ou talvez tivesse sido algo mais que os puxara para perto um do outro. Mas lá estavam, os corpos virados para o mesmo lado, os rostos repentinamente próximos demais, e ela abaixou os olhos, com medo de encontrar os dele. O silêncio entre ambos já se estendera tempo demais para fingirem que era algo além do que era. Não havia mais espaço para as palavras; tudo o que restava eram dois corações batendo.

Por um momento, enquanto inclinavam-se na direção um do outro, Lucy esqueceu-se de Liam tão completamente que foi como se ele sequer tivesse existido, como se jamais a tivesse beijado aquelas centenas de vezes e como se não tivesse tido qualquer significado. Seus pensamentos pareciam embaralhados e nebulosos, levados para longe pelo garoto de olhos magnéticos, sentado no banco.

Mas em algum ponto no meio de tudo — o movimento constante para a frente e o repentino formigamento da expectativa e ansiedade — ela lembrou-se de si mesma e, quase sem ter tido a intenção, se viu recuando, apenas ligeiramente. Mal dava para notar, apenas uma fração de centímetro, mas foi o suficiente para fazer tudo voltar daquele estado em câmera lenta para o terrível ritmo mundano do dia a dia, e, tão repentino quanto o movimento de Lucy, Owen também se afastou.

Fitaram-se. Algo nos olhos dele tinham mudado, o que a pegou de surpresa. Fora ela que interrompeu o movimento, mas havia uma expressão de alívio no rosto dele que fez as bochechas de Lucy arderem. Ela piscou para ele, a mente acelerada pelo que tinha acabado de acontecer: a proximidade de Owen e depois, com igual rapidez, a distância.

— Desculpe — pediu ele, e ela se empertigou no banco. Era verdade que não tinha domínio da etiqueta que envolvia um quase beijo, mas tinha a impressão de que, se tinha sido ela que interrompeu, devia ser ela também a se desculpar.

— Não — respondeu ela, sacudindo a cabeça, chegando ainda mais perto da ponta do banco. — A culpa foi minha, eu não...

— Eu não devia nem ter...

— Eu não queria...

Estavam se atropelando outra vez, e pararam os dois ao mesmo tempo. Em outra conversa, estariam rindo daquilo, ou ao menos sorrindo, mas ainda havia sentimentos demais pairando entre eles naquele momento.

Owen ergueu a mão, um gesto de impotência.

— Devia ter te contado antes — disse ele, medindo as palavras. — Eu estava saindo com essa garota em Tahoe...

— Você está namorando? — perguntou Lucy, sem conseguir se impedir. Podia sentir a boca aberta, e a fechou abruptamente.

Ele balançou a cabeça, depois assentiu, depois voltou a negar.

— Não, quero dizer, mais ou menos. Não sei. É...

— Complicado? — cortou Lucy, a voz mais fria do que pretendera.

— É — respondeu ele. — Agora que vim para cá, não sei como ficaram as coisas entre a gente. E eu ia odiar fazer qualquer coisa que...

— Não aconteceu nada — afirmou Lucy, mesmo que estivesse pensando o exato oposto: que tinha acontecido tudo. — Então não precisa se preocupar.

Ele abaixou a cabeça.

— Me desculpe mesmo.

— Não tem importância — disse ela. — Estou namorando.

— Está? — perguntou ele, olhando abruptamente para cima.

Lucy franziu a testa

— É tão difícil assim de acreditar?

— Não — negou ele, balançando a cabeça de um lado para o outro. — Claro que não. É só que...

— A gente está junto mais ou menos desde que cheguei a Edimburgo — contou ela, e, em seguida, embora não houvesse por que continuar, acrescentou: — Ele é um cara maravilhoso.

— Que bom — respondeu Owen, com uma expressão magoada nos olhos. — Então fico feliz por você.

— E eu por você! — Lucy conseguiu dizer, embora estivesse com vontade de chorar. — Qual é o nome dela?

— É Paisley — disse Owen, e uma risada curta escapou de Lucy.

— Sério?

Owen ficou na defensiva.

— O que é que tem?

— Nada — respondeu ela, com leveza. — Só que nunca tinha ouvido esse nome antes.

— Por que, qual é o nome de seu namorado? — perguntou Owen, praticamente cuspindo a última palavra.

Lucy hesitou, surpresa pelo tom de Owen, cheio de ressentimento.

— Liam — respondeu baixo, e ele bufou.

— Liam e Lucy? Que meigo.

—Também não precisa ser babaca.

— Seu namorado sabe que você saiu para jantar comigo? — perguntou ele, os olhos brilhando.

— Sua namorada sabe? — retrucou Lucy imediatamente.

— Ela não é minha namorada.

— Mas também não ia querer você por aí, tentando beijar outras garotas.

— Foi *você* quem tentou *me* beijar.

— Não — defendeu-se ela. — Fui eu que parei.

— Isso é ridículo — retrucou ele, levantando-se bruscamente. — Não vou ficar aqui sentado discutindo isso.

— Beleza — respondeu Lucy, ficando de pé também. Outra onda de frustração percorreu seu corpo, e ela pegou as embalagens dos tacos, amassando-as em uma bola, que segurou na mão fechada. — Mande um oi para sua namorada. — Era algo estúpido e infantil a se dizer, mas ela não pôde evitar. Ele deu um sorriso sarcástico e torto em resposta, e, embora aquilo devesse apenas tê-la deixado ainda mais furiosa, Lucy se sentiu murchar de súbito. O vento soprava os cabelos de Owen, fazendo com que caíssem nos olhos, e ele estava parado, as pernas abertas, os braços cruzados com força. Era difícil saber se estava chateado, ou com ciúmes, ou os dois.

— É, diz que mandei lembranças ao Coração Valente.

— O nome certo era William Wallace — corrigiu ela automaticamente. — E ele obviamente não é...

— Esquece — cortou Owen, metendo as mãos nos bolsos. — É melhor eu ir.

Lucy contraiu os lábios, espantada pela rapidez com que a noite degringolou. Depois, deu de ombros.

—Acho que eu também devia ir andando.
— Beleza.
— Beleza — repetiu ela.
Ele a fitou pelo que pareceu um longo tempo antes de erguer os ombros em sinal de indiferença.
—Valeu por ter vindo.
Ela assentiu.
—Valeu pelos tacos.
— É — disse ele, com a voz vazia. — Divirta-se no casamento.
E, com isso, afastaram-se, dois estranhos seguindo em direções totalmente opostas, exatamente como haviam feito no passado, como se fosse uma espécie de mau hábito, ou talvez apenas uma maldição.

PARTE III

Todos os lugares

15

Em Napa, Lucy acionou o piloto automático.

Jogou conversa fora com os parentes e admirou o vestido da prima. Sorriu para as fotografias e ergueu o copo sempre que faziam um brinde. Comeu sua fatia de bolo e cedeu à vontade do pai, concedendo-lhe uma dança, e bebeu o champanhe que os irmãos contrabandearam para ela, feliz por estar em sua companhia novamente, mesmo que apenas por pouco tempo.

Quando perguntaram, enumerou o que amava em Edimburgo e do que sentia falta de Nova York, embora em nenhum dos diálogos tenha mencionado os dois nomes que teriam contado a história verdadeira.

Quando pensava em Liam, sentia o coração ser puxado em uma direção. E, quando pensava em Owen, ele era arrastado para outro.

Em sua última manhã em Napa, após uma semana de celebrações, depois do casamento e do Natal, dos vários tours pelos vinhedos e as várias refeições com parentes, Lucy saiu da casa que haviam alugado para observar uma revoada de pássaros passando pelos campos, pontinhos de pimenta em um céu branco como sal. Mas havia um que não conseguia acompanhar o movimento, um pouco lento demais para fazer a volta, um pouco pesado demais para voar tão alto, e foi esse que prendeu seu olhar.

Ao longo de todo aquele dia, durante a ida de carro até São Francisco e as horas de espera no aeroporto, o longo voo — primeiro até Nova York, depois Londres, e, enfim, até Edimburgo —, Lucy não parou de pensar no passarinho.

Outras pessoas deviam ter visto também, um bando de aves tão grande que coloriu o céu lavado. Deviam ter parado o que faziam e levantado a cabeça a fim de se maravilhar com aquilo, assombrados pela harmonia do grupo, as curvas graciosas e os círculos rodopiantes, todas aquelas asas batendo no mesmo ritmo.

Mas ela não podia deixar de pensar no retardatário, o descompassado, o estranho inadequado. A manchinha única na parte mais vazia do céu.

Torcia para que, onde quer que estivesse o pequeno pássaro, estivesse bem.

16

Em São Francisco, Owen caminhava.

Dia após dia, cruzava a cidade espraiada. O pai ficava para trás, explorando cada centímetro dos classificados e bombardeando a Internet em busca de trabalho, enquanto Owen seguia com sua estranha andança, testemunhando o cenário de centenas de cartões-postais, reais ou imaginários. Não apenas a grande ponte vermelha, mas outras coisas também: os bondes e as ruas serpenteantes, os bairros Fisherman's Wharf e Chinatown, o Golden Gate Park e o distrito de Haight.

O único lugar aonde não ia — aquele que se esforçava ao máximo para evitar — era a pequena faixa de gramado ao longo da marina, onde um banquinho de madeira olhava para a água, contemplando as possibilidades com uma palavra apenas: *talvez*.

Se alguém tivesse perguntado por que toda aquela andança, Owen não seria capaz de responder. As razões eram difíceis demais de articular, pessoais demais para explicar. Não andava porque tivesse o que ver, ou lugares aonde ir. Era muito mais simples que isso. Andava porque era melhor que ficar parado, e porque parecia o meio mais eficaz de fugir dos próprios pensamentos, que lotavam sua cabeça, como a névoa acima da baía, grossa como lã, impossibilitando a visão do que havia ao redor.

Sempre que sua mente vagava até Paisley, ele se apressava em esvaziá-la outra vez. Mas isso só abria espaço para Lucy, que, por algum motivo, era muito mais difícil de ser colocada de lado. Ele sempre se permitia demorar-se um instante, perdido naquela improvável noite nova-iorquina, até que a lembrança da briga recente o sobressaltava e colocava em alerta novamente, e então ele piscava rápido, trincando os dentes e seguindo depressa adiante.

Uma noite, fez uma parada no topo de uma das ruas em seu caminho de volta para casa. O sol já estava quase se pondo, sua luz num suave tom de laranja invernal. Ao longo de seis dias seguidos, ele chegou àquela bifurcação e virou à esquerda, onde, no topo de uma colina, em um diminuto apartamento, seu pai estaria esperando com o jantar à mesa.

Mas naquela noite, no sétimo dia, ele se surpreendeu caminhando na direção da marina. Por bem ou por mal, era o último lugar onde a vira. E aquela razão bastava.

17

Em Edimburgo, Lucy dormia.

A princípio, os pais culparam a mudança do fuso e o *jet lag*. Mas, à medida que os dias foram passados, os dois começaram a se preocupar. A filha dormia até tarde e ia para a cama cedo, seus horários acompanhando o sol fugaz de inverno, e, nos momentos desperta, ela andava pelo apartamento de pijama e pantufas. Sempre que descia, a mãe insistia em colocar a mão fria em sua testa, mas era óbvio que Lucy não tinha febre.

— Deixe a garota dormir. — Ela ouviu o pai dizer um dia depois de ter saído da cozinha. — Está de férias. E é bom saber onde ela está, para variar.

Na noite de Ano-Novo, o vento parecia perigosamente forte, e a festa de rua foi cancelada por medo de que a estrutura acabasse sendo levada. Portanto, em vez disso, os pais de Lucy prepararam uma enorme panela de chili, e os três passaram a noite com jogos de tabuleiro enquanto o vento fazia as janelas da casa reverberarem.

Mas Lucy não conseguia se concentrar.

Liam estaria de volta a Edimburgo no dia seguinte.

Tinha mandado vários e-mails nos últimos dez dias — contando sobre as férias na fazenda dos avós, na Irlanda, mas dizendo também como mal podia esperar para vê-la, como sentia sua falta, como pensava sempre nela —, e Lucy não respondera uma única vez. Não parecia justo, considerando que tinha subitamente começado a duvidar de tudo.

Ela ainda não fazia ideia do que faria quando o encontrasse.

Durante toda a manhã, ficara de olho no celular, supondo que ele mandaria uma mensagem quando chegasse. Mas ainda estava de pijama quando a campainha da porta tocou.

Do quarto, Lucy forçou o ouvido para tentar identificar as vozes lá embaixo, e, depois de um instante, o pai gritou por ela.

— Um jovem chamado Liam está aqui para ver você — disse ele, erguendo as sobrancelhas para a filha quando ela apareceu no topo da escada.

— Obrigada — agradeceu ela, descendo os degraus, ainda com a calça de bolinhas do pijama e um moletom roxo da Universidade de Nova York. Liam estava parado à soleira da porta ainda aberta, a noite prolongada de Edimburgo estendendo-se atrás dele, escura como tinta e gelada. Parecia inacreditavelmente corado, usando um suéter de lã. Quando ele sorriu, Lucy quase tropeçou.

No fim da escada, ele se precipitou como se fosse beijá-la, mas ela levantou a mão, olhando para o corredor em direção à cozinha, onde tinha certeza de que os pais estavam à espreita, e depois o puxou para a biblioteca, fechando as portas de vidro ao entrarem.

— A-há! — exclamou ele, aproximando-se dela. — Privacidade.

Lucy conseguiu dar uma risada nervosa.

— Você voltou.

— Voltei — afirmou Liam, chegando tão perto que seus rostos ficaram penas a centímetros um do outro. — Senti saudades.

Quando a beijou, ela se sentiu momentaneamente tonta, toda a determinação flutuando para longe, como bolhas de champanhe, leves e agitadas, estourando apenas quando ela conseguiu se afastar. Por um instante, ficaram se entreolhando, e o estômago de Lucy remexeu brevemente. Seria tão fácil continuar daquela maneira, perder-se naquele garoto de queixo tão anguloso e tão charmoso. Podiam seguir assim, como se nada tivesse acontecido na Califórnia. Porque era verdade; nada *acontecera*.

Mas, se quisesse ser realmente honesta consigo, sabia que não era de todo verdade. E sentiu uma faísca repentina de raiva, não de Liam, mas de Owen, que devia ter se esforçado mais. Devia ter sido ele a beijá-la daquela vez. Devia ter sido ele a se inclinar para a frente quando ela se afastou, a segurá-la em vez de deixá-la partir.

Parada naquele cômodo em Edimburgo, com a escuridão tardia do fim da manhã ainda tomando conta das janelas, ela odiou Owen por estar tão longe, por não estar *ali*. E se deu conta de que, independentemente de qualquer outra coisa, ele recalibrara os sentimentos dela; porque, mesmo que tudo tivesse dado terrivelmente errado, e mesmo que fosse possível que ela nunca mais o visse, nunca mais sequer falasse com ele, tinha compreendido algo a respeito do desejo. E ali com Liam, ela sabia que não era o caso.

E não era justo com ele.

Quando ela pigarreou, o sorriso se apagou do rosto do garoto. Devia ter visto algo nos olhos dela, que sempre a entregavam.

— Liam — começou Lucy, e a expressão dele se fechou um pouco.

Atrás, o sol só então começava a nascer.

18

Em Berkeley, Owen observava o sol desaparecer.

O astro ficara um bom tempo emaranhado nos galhos sem folhas de uma árvore, pulsando em um laranja brilhante, e Owen o fitou através da vidraça suja de uma cafeteria. Ao redor, alunos digitavam em seus laptops, os fones enfiados nos ouvidos, canecas de café espalhadas ao redor. Era o começo de um novo semestre, e, em todos os cantos, as pessoas trabalhavam arduamente.

Owen inscrevera-se para uma vaga em Berkeley meses antes e, naquele momento, deixou os olhos vagarem pelo cômodo, analisando seu tamanho. A universidade oferecia um curso de astronomia, o que incluía aulas de astrofísica e ciências planetárias, sem falar no acesso aos laboratórios e observatórios de ponta, e, por um instante, ele quase pôde se visualizar ali, naquela mesma cafeteria, com uma pilha de livros à frente. Mas depois voltou a pensar no pai, e a imagem ficou turva. Ainda havia pontos de interrogação demais. Ainda havia muitos motivos de preocupação.

Cravou o olhar na porta, sacudindo o pé sob a mesa enquanto esperava. Tinha faltado às duas últimas aulas da tarde, pegado um ônibus até uma das estações de metrô do centro de São Francisco, depois descido e feito uma baldeação em Oakland, antes de finalmente chegar à faculdade, bem na hora em que a luz da tarde começava a minguar. Teria sido muito mais rápido fazer o trajeto de carro, mas isso incluiria uma explicação sobre aquela visita ao pai, o que resultaria em infinitas perguntas para as quais Owen não tinha respostas. Então, em vez disso, ele simplesmente disse que ia jogar basquete com novos amigos do colégio e que provavelmente voltaria tarde. O pai, debruçado sobre a seção de classificados do jornal, simplesmente acenou com um pedaço de torrada para o filho.

Quando o tilintar da campainha sobre a porta perfurou o zumbido baixo dos computadores e o assovio da máquina de café, ele levantou o olhar, relutante.

Não que não quisesse encontrá-la. Mas, no momento em que recebeu seu e-mail semanas antes — no dia primeiro de janeiro, como se Owen fosse uma resolução, uma maneira de começar bem o ano —, já sabia que se sentiria daquela maneira quando a encontrasse.

Ao vê-la parada na entrada, de casaco vermelho e duas longas tranças, uma luz acendeu-se dentro dele, como sabia que aconteceria. Ela era linda, assombrosamente linda, e se destacava, luminosa, dentro do ambiente da cafeteria, o sorriso crescendo ao achá-lo.

Foi ela quem pediu para se encontrarem. Depois de semanas de mensagens de voz dilacerantes e mensagens de texto ocasionais, tinha enviado um e-mail avisando que visitaria Berkeley por alguns dias. Ele presumiu que a garota estivesse lá para saber mais sobre a faculdade, mas, com ela, era impossível ter certeza. Poderia muito bem estar visitando amigos, ou participando de um protesto, ou consultando uma vidente. E, mesmo que *estivesse* lá para vê-lo, poderia tanto ser para terminar com ele, como para pedi-lo em casamento. Com Paisley, era simplesmente impossível adivinhar.

Quando ela chegou perto da mesa, Owen meio que se levantou, ainda incerto a respeito de como cumprimentá-la. Se havia de fato uma etiqueta para a ocasião de se reencontrar a não-exatamente-ex-namorada após terem passado seis semanas não-exatamente-evitando-se-um-ao-outro, ele não sabia qual era.

— Que bom ver você — disse ela, puxando a cadeira diante de Owen e pegando o café dele sem pedir. Paisley cheirava a ar frio e cigarros e pinheiros, e o olhava por cima da caneca enquanto tomava um longo gole.

— Bom ver você também — disse ele, as palavras um pouco engessadas. — O que veio fazer por essas bandas?

—Tem algumas coisas rolando aqui — respondeu ela, depois deu de ombros. — E já faz um tempinho.

—Verdade — concordou Owen, tentando pensar no que poderia se seguir àquilo, mas ela o salvou quando arrastou a cadeira para trás e se levantou.

— Quer outro? — perguntou ela, acenando para o cardápio escrito no quadro-negro.

Ele balançou a cabeça.

— Estou satisfeito.

Do outro lado da cafeteria apinhada, ele viu Paisley rindo de algo que o funcionário atrás do balcão dizia, e esperou sentir uma pontada de irritação, mas não sentiu coisa alguma, apenas um cansaço que o deixou sonolento, apesar de toda a cafeína.

Ele voltou os olhos para a janela, onde o sol já havia quase se posto, a luz tornando-se fria e cinzenta.

Perguntou-se que horas seriam em Edimburgo.

Quando Paisley retornou, deixou a caneca na mesa e sorriu para ele, mas, em vez de seu coração começar a acelerar, pareceu bater mais devagar. E ele soube naquele instante, sem dúvida, que aquilo que tinha colocado na conta da distância era, na verdade, algo mais profundo. Porque mesmo isso — estar tão perto dela — já não era mais o mesmo que antes. A luz que sentira quando a viu pela primeira vez... agora Owen entendia que foi só uma lâmpada se acendendo. Uma coisa rápida e fácil, cheia de eletricidade, mas com um quê de artificial também.

O que ele queria era fogo: calor e fagulha e chama.

Do outro lado da mesa, Paisley dizia algo a respeito de sua viagem, mas, quando os olhos de Owen encontraram os dela, algo na expressão do garoto fez com que as palavras se dissipassem. A boca de Paisley formou um *O*, o começo de uma pergunta, e, antes que pudesse enunciá-la, Owen inclinou-se para a frente.

— Paisley — falou baixo, e uma expressão de surpresa cruzou o rosto dela.

Do lado de fora, começava a escurecer.

19

Em Praga, Lucy caminhava.

Foi sua primeira viagem à Europa continental. Foi sua primeira ida à ópera e o primeiro vislumbre da Ponte Carlos. Foi sua primeira visita ao maior castelo do mundo e a primeira prova de cerveja sancionada pelos pais, servida em uma caneca tão grande que foi preciso segurá-la com as duas mãos. Foi seu primeiro show de marionetes verdadeiro, as pernas balouçantes do boneco dançando loucamente enquanto um artista de rua, de olhos gentis e mãos enrugadas, o comandava, e foi seu primeiro contato com Kafka. Sequer tinham saído do aeroporto quando ela pediu ao pai coroas tchecas suficientes para comprar uma cópia em inglês de *A metamorfose*.

Não tinha ilusões a respeito do motivo que levara os pais a trazê-la com eles, pela primeira vez, em uma de suas viagens. Apenas uma semana antes, tinham dado a notícia de que estavam de mudança novamente. Dessa vez, para Londres.

— Aquele cargo — disse o pai, examinando a gravata. — Aquele de antes, lembra? O outro cara não se deu bem, por isso abriram a vaga de novo...

— E aí eles ofereceram o emprego a você — concluiu Lucy, sem emoção.

— E o ofereceram a mim.

— E você quer aceitar.

Ele tossiu.

— Já aceitei, na verdade.

Ela sabia que os dois esperavam uma reação de fúria da parte dela. Lá estavam eles, arrancando-a de uma escola apenas cinco meses depois de a terem atirado dentro dela, puxando-a para longe outra vez, menos de seis meses depois de a terem separado de sua casa.

Mas Lucy simplesmente não tinha forças para evocar a raiva esperada. Seu coração ainda estava pesado demais para brigas ou comemorações; em vez disso, apenas ficou ali, sentindo resignação — pensando em Liam, que não conseguia olhar para ela desde o término; em Arthur's Seat, com sua vista para a cidade; e na casa com a porta vermelha, que ficava em uma rua em formato de croissant — e escutando os pais desfiarem um longo cordão de promessas.

— Encontramos uma casa antiga em Notting Hill — disse o pai. — Um lugarzinho bem simpático.

— E tem uma escola adorável por perto — acrescentou a mãe.

— E vamos esperar até o recesso escolar em outubro — garantiu o pai. — Para não ser tão abrupto.

— E para compensar tudo isso, achamos que tirar uma folguinha seria uma boa ideia — disse a mãe, com um sorriso um pouco radiante demais. — O que você acha de conhecer Praga?

Portanto, o fim de semana se tratava de um pedido de desculpas em forma de um tour de três dias. Ainda assim, a novidade não surtiu qualquer efeito no entusiasmo de Lucy em conhecer aquela grande cidade inquieta, com suas praças majestosas e prédios de formatos esquisitos e grupos trôpegos de turistas bêbados.

Na verdade, Praga em fevereiro significava um céu cinzento e pesado e explosões violentas de chuva, mas Lucy tampouco se importava com isso. Ao longo de todo o fim de semana, os três correram de um museu ou galeria para outro, passando por praças apinhadas de pessoas e guarda-chuvas. Lucy passara a vida inteira cercada por aquele tipo de arte; crescera a poucos quilômetros não apenas do Metropolitan Museum of Art — ou simplesmente, "Met" —, mas também do Guggenheim e do Whitney, do MoMa e da Frick Collection. Mas os três jamais os tinham visitado juntos. Sequer uma única vez. A vida dos pais parecia ter sempre corrido paralelamente à dos filhos. Não eram bem uma constelação, os cinco, mas sim um conjunto de estrelas espalhadas. Sempre houvera algo de remoto a respeito daquela família, mesmo quando fisicamente no mesmo lugar.

No entanto, lá estavam eles, vagando pela Galeria Nacional de Praga juntos, cada um em um ponto distinto do corredor de mármore até alguém chamar os demais, e então o grupinho se aglomerava diante de uma tela emoldurada, murmurando suas opiniões.

— O que você achou? — perguntou mais tarde a mãe a Lucy, aproximando-se a fim de pegar carona no guarda-chuva da filha quando saíram para a chuva prateada.

— Amei — respondeu ela, e as palavras atropelaram-se e saíram antes que Lucy tivesse chance de medi-las: — A gente devia ter feito mais isso em Nova York.

— Você estava sempre no Met — argumentou a mãe, olhando para ela.

A chuva açoitava o guarda-chuva, e Lucy gritou para poder ser ouvida por cima do barulho que fazia:

— Quis dizer todo mundo junto.

A mãe parou, muito brevemente, mas o suficiente para ser deixada para trás. Quando Lucy virou, pôde ver as gotas fazendo pontinhos cor de vinho sobre os ombros de seu casaco vermelho. Depois de um momento, a mãe balançou a cabeça, como se para tirar a água de dentro dos ouvidos, e deu um passo adiante para voltar a ficar sob o abrigo do guarda-chuva. Na frente, o pai já abria caminho entre a multidão, o casaco preto desaparecendo.

— Tem um monte de museus em Londres também — comentou a mãe, envolvendo a cintura da filha com um braço, e juntas, elas correram para alcançar o pai, a chuva caindo como os panos de uma cortina ao redor das duas.

20

Em Portland, Owen sonhava.

A chuva fazia muito barulho ao bater contra o estreito terraço do hotel de beira de estrada, e Owen acordou sobressaltado, a lembrança da mãe ainda com ele. Tateou em busca do relógio, girando-o de modo que os números vermelhos brilhassem em sua direção. Eram 5h43 da manhã, e a luz que entrava sorrateira por entre as cortinas marrons era pálida e nova.

Na cama ao lado, o pai ainda dormia, a respiração suave. Owen se apoiou nos cotovelos, ainda agitado pelo sonho em que sua mãe colava estrelas de plástico no teto do Honda vermelho. As estrelas saíam voando, uma a uma, à medida que ele e o pai dirigiam para longe e se distanciavam dela, espalhando-se com o vento.

Ele jogou as pernas para fora da cama e esfregou os olhos. No chão a seu lado, Bartleby se arrastava dentro de sua caixa de sapatos. Owen ficou de pé, calçou os tênis e pegou um moletom, depois abriu a porta para o corredor, encostando-a com um clique baixo. Ao final de um corredor margeado por dúzias de portas idênticas, havia um pequeno terraço, que estava imundo com guimbas de cigarro. Owen saiu e sentou-se na extremidade da varanda, de modo que a cabeça continuasse protegida da chuva, ainda que os sapatos estivessem se ensopando rapidamente. Não importava; o ar fresco era bom, e a chuva tinha cheiro da manhã.

O lugar dava vista para um aglomerado de lixeiras azuis, espalhadas sem um padrão discernível pela área do estacionamento. Mas, para além delas, por cima das copas das árvores, era possível ver as montanhas. À medida que o céu empalidecia ao redor, seus contornos ficavam mais nítidos, como se fosse uma fotografia entrando em foco. Owen inclinou-se para a frente a fim de tirar um fio puxado de um dos tênis, soltando um suspiro que vinha segurando pelo que pareciam dias.

Chegaram havia pouco tempo. Não alugaram um apartamento. Tampouco procuraram escolas. Já tinham aprendido como funcionava o esquema. Não se chegava a um lugar para ficar apegado a ele. Não era para se darem o tempo de imaginar uma vida inteira no local, visualizar um futuro. Não era para criarem rotinas. Não era para chegarem a conhecer ninguém muito bem.

Não era para pararem completamente.

No fim, São Francisco durara apenas duas semanas menos que Tahoe. Logo depois do Ano-Novo, o pai encontrara um trabalho temporário em uma companhia de material de escritório em Oakland, onde ele basicamente transferia ligações e digitava números em tabelas infindáveis. Mas, um mês depois, quando terminou, não havia mais ofertas, e logo já era hora de se mudar outra vez. Portanto, estavam na estrada rumo à chuvosa cidade de Seattle, onde o pai tinha ficado sabendo da tênue possibilidade de um emprego verdadeiro na área de construção civil. Mas tinham decidido ficar três dias em Portland de qualquer forma, para o caso de surgir algo por lá. A ideia de viajarem até Seattle só para descobrir que o trabalho era um boato parecia quase demais para suportar.

O pai tinha insistido que esperassem pelo recesso escolar de Owen. Assim, teriam uma semana inteira para decidir tudo sem que ele perdesse aulas demais. Owen não teve coragem de dizer que cada distrito escolhia uma semana diferente para fazer a pausa, o que significava que as datas para o recomeço do semestre podiam não coincidir tão perfeitamente quando procurassem a escola onde quer que se instalassem em seguida.

Mas não fazia diferença. Os dois sabiam que ele se formaria com facilidade. Não era aquela a questão. A preocupação era mais a de encontrar uma formatura à qual comparecer.

— Não ligo para isso — disse Owen. — Essa coisa toda de beca, de diploma. Não significa nada mesmo.

— É simbólico — insistiu o pai. — É um marco.

O que não tinha dito, mas os dois sabiam, era que a mãe teria amado: a beca, a subida ao palco, o canudo que era o diploma, tudo. Owen sabia que ela teria se sentado na primeira fileira. Seus aplausos seriam os mais altos.

E ele não tinha interesse algum em fazer parte de uma cerimônia que não a incluiria.

Disso, ele sabia. O resto era um pouco mais difícil delinear. Como poderia saber o que o ano seguinte guardaria para ele se não sabia sequer como seria a semana seguinte? Em algum momento, encontrariam uma cidade e, naquela cidade, encontrariam um lugar para morar e, perto daquele lugar, encontrariam uma escola. Seria mais uma rodada de novas amizades que ele faria e que não durariam, mais uma rodada de novas aulas em que ele já sabia todas as respostas, e tudo culminaria em uma cerimônia de graduação à qual ele não estava interessado em comparecer.

Mas depois disso? Era difícil dizer. Dali a semanas, ele teria seis respostas para seis perguntas que fizera ao mundo na forma de pedidos de inscrição. Um e-mail chegaria com um link para descobrir o resultado, e, ao mesmo tempo, seis envelopes diferentes começariam a chegar à casa deles na Pensilvânia, que ainda aguardava no mesmo lugar de sempre, coberta de neve e vazia, a placa de À VENDA no quintal da frente provavelmente começando a enferrujar. Um de seus vizinhos vinha reencaminhando as correspondências para onde quer que os dois parassem por tempo o suficiente para recebê-las, e até lá, com sorte, já teriam um endereço um pouco mais permanente. Mas, naquele momento, Owen também já não tinha mais tanta certeza de que importava. Seu futuro não seria determinado pelo clique de um mouse, tampouco pela espessura de um envelope.

Dependeria de quando seu pai encontraria um emprego e de onde acabariam se instalando; seria decidido não por fatores como o tamanho das turmas, os dormitórios e a comida do refeitório, mas por quantos dias passariam sem que o pai puxasse aquele último cigarro da caixinha, medido pelo instante em que seria capaz de escutar determinada canção no rádio sem ficar com os olhos turvos e com os dedos rígidos ao volante.

No ano seguinte, Owen poderia estar em Portland ou Seattle, São Francisco ou San Diego. Poderia estar com o pai em algum apartamento detonado, ou ainda na estrada, ou em uma sala de aula de faculdade, em algum lugar do país. Ali naquele estacionamento, com a chuva caindo como uma cortina a seu redor, era impossível saber com certeza.

O que sabia era isto: no dia seguinte, estariam novamente dentro do Honda vermelho. Revezariam o controle do rádio e parariam para comer hambúrgueres quando tivessem fome, deixando os saquinhos engordurados jogados no chão do carro, embora soubessem que isso a teria deixado louca; eles se deliciavam com a irritação invisível, como se fosse um sinal de que ela ainda estava com eles. Chegariam a Seattle precisando de uma chuveirada e de descanso, e depois recomeçariam a mesma busca cansativa por empregos e escolas e casas, todas as várias peças que, de alguma forma, somavam-se para formar uma vida.

Mas, por ora, Owen deixou as montanhas encharcadas e o asfalto frio para trás, fazendo seu caminho de volta para o quarto através do corredor silencioso. Ao passar nas pontas dos pés pelo pai adormecido — a coroa de cabelos claros a única coisa visível sob a pilha de cobertas —, não pensava no amanhã. Não pensava nas cartas de aceitação das faculdades, ou na formatura, tampouco em Seattle. Pela primeira vez, enquanto chutava os tênis encharcados para longe e puxava os lençóis ásperos para se cobrir, sentia-se apenas aliviado por estar ali naquele momento, no quartinho de hotel lúgubre e sem cor, com apenas o pai e a tartaruga como companhia, um estranho e vagaroso trio, uma versão medíocre, mas aceitável, de lar.

21

Em Roma, Lucy lia.

Estava atipicamente quente para o fim de março, e o sol queimava seus ombros. Os pais tinham saído para fazer compras e a deixado nas Escadarias da Praça da Espanha com seu livro (*Júlio César*, pois quando em Roma...) e a promessa de voltarem dentro de uma hora. Mas Lucy não tinha pressa; poderia ter ficado sentada lá o dia inteiro.

Quando uma sombra recaiu sobre ela, Lucy ergueu os olhos para encontrar um homem de oleosos cabelos escuros, sorrindo, com uma cesta de flores na curva do braço.

— Uma rosa para a *bela signorina?* — perguntou ele, com sotaque pesado, tentando entregar-lhe uma, mas Lucy sacudiu a cabeça e voltou ao livro. Havia tentado vender a mesma rosa a ela antes. Na verdade, nos seis dias que já tinham passado na Itália — primeiro Florença e Cinque Terre, depois Siena e, finalmente, Roma; todo o recesso escolar preenchido com belas obras de arte e arquitetura deslumbrante, penhascos vertiginosos e casas à beira-mar, pizzas e massas e até um pouco de vinho — pelo menos duas dúzias de pessoas haviam lhe oferecido flores. Deixavam-nas sobre as mesas dos restaurantes, tentavam colocá-las furtivamente dentro de bolsas das pessoas desavisadas, emboscavam turistas nas *piazzas* e depois exigiam alguns euros por elas. O pai já havia comprado duas, no primeiro dia, para Lucy e para a esposa, e ambas as colocaram nos cabelos, encantadas com a novidade. Mas não demorou muito até descobrirem que os vendedores estavam em todos os lugares e que era impossível evitá-los em suas tentativas de abordar transeuntes e de vender não apenas flores, mas também óculos de sol e carteiras, bandeiras e bótons, até mesmo garrafinhas de azeite. As ruas italianas eram um gigantesco mercado.

Ela voltou à leitura. Já tinha lido o livro para o colégio no ano anterior, e, embora os colegas de classe não tivessem gostado, o drama policial pinçado diretamente da história romana deixara Lucy fascinada. Mas, de certo modo, era diferente lê-lo ali, onde os eventos tinham de fato acontecido havia centenas de milhares de anos. Esta era a verdade sobre os livros, ela entendeu naquele momento: podiam levar os leitores a outro lugar inteiramente diferente, sem dúvida. Mas não era o mesmo que visitar os locais em pessoa.

Minutos mais tarde, foi interrompida outra vez e olhou para cima, com o rosto já congelado em uma expressão de irritação. Mas ficou surpresa ao encontrar um senhor idoso, atarracado e enrugado, com um sorriso que revelava apenas uns poucos dentes restantes.

— Um para você, *bellissima?* — ofereceu ele, abrindo uma caixa recheada de cartões brancos simples, cada um com o desenho feito à mão de algum famoso ponto turístico romano: o Coliseu, o Panteão, a Fontana di Trevi, a Basílica de São Pedro. Até mesmo os degraus onde Lucy estava sentada naquele exato instante.

Quando Lucy balançou a cabeça, o homem franziu a testa, empurrando a caixa um pouco mais para a frente.

— Para seu *amore*, quem sabe? — insistiu o velho, arqueando as sobrancelhas grisalhas, mas Lucy apenas fez que não outra vez.

— Desculpe, *grazie* — murmurou ela, e, dando de ombros, o homem fechou a caixinha e foi embora, mancando, a fim de encontrar o próximo comprador em potencial.

Durante um longo tempo, Lucy ficou ali sentada, observando a praça movimentada, os esboços do senhor ainda gravados em sua cabeça. Depois voltou a abrir o livro.

Os cartões eram lindos.

Mas ela não tinha para onde enviá-los.

22

Em Tacoma, Owen aguardava.

Era ele quem dirigia quando o carro começou a fazer um terrível som engasgado, metálico e insistente. O pai tinha caído no sono uma hora antes, mas acordou com um sobressalto ao ouvir o barulho, olhando em volta assustado e confuso.

— Encoste — mandou ele, com voz rouca, apontando para a lateral da estrada, onde havia um curto acostamento coberto de brita e uma espécie de mirante onde os turistas podiam fotografar o Monte Rainier, a vultosa parede de pedra que dominava o horizonte.

Owen tinha virado o volante e seguia para aquela direção quando o carro soltou um grunhido derradeiro, parando completamente, a metade da traseira ainda na estrada. Precisaram empurrá-lo enquanto os outros automóveis buzinavam ao passar.

Agora, estavam os dois sentados no capô, esperando o reboque, dividindo um saco de pretzels e olhando para a montanha roxa, que exibia uma coroa de neve no pico.

— Mas se não tiver mais jeito, e aí, o que a gente faz? — perguntou Owen, tamborilando os dedos na tinta vermelha coberta por uma camada de lama e sujeira.

— Vai ter algum jeito.

Owen riu.

— Que otimista de sua parte.

— Ele já andou uns bons quilômetros — argumentou o pai, com um sorriso. — Se tivermos que mandá-lo para o ferro-velho, arranjaremos alguma solução.

— Esta seria uma boa hora para receber uma ligação sobre a casa.

Foi a vez do pai de rir. Tateou pelo bolso da calça jeans à procura dos contornos do celular, depois deu uns tapinhas nele.

— Vai acontecer a qualquer minuto, com certeza.

— Dizendo que querem comprar *pelo menos* pelo preço cheio.

O pai assentiu.

— Pelo menos.

— E depois a gente vai comprar uma casa enorme em Seattle — acrescentou Owen. — Quem sabe algum lugar com vista para o mar.

— Ah, é — concordou o pai. — Com pelo menos quatro quartos.

— Bartleby pode até ter o dele.

— Bartleby vai poder até ter uma ala própria se quiser.

— Ele preferiria não — retrucou Owen, e o pai fez um aceno de cabeça solene. Ficaram em silêncio por um tempinho. O vento soprava e fazia as folhas nas árvores farfalharem, trazendo consigo o cheiro dos pinheiros; um bando de pássaros voava no alto. Owen observou-os enquanto forçavam as asas, movendo-se como se fossem um só, uma constelação de pontos negros em um céu livre, não fosse por eles. Ao mudarem de direção, ele viu que um ficara para trás, então seguiu a ave com os olhos por um longo período. Não se deu conta de que estivera prendendo o fôlego até o pai voltar a falar.

— Você sabe que vai ficar tudo bem, não sabe? — perguntou ele, e Owen assentiu, ainda vigiando o pássaro.

— É — respondeu o garoto. — Sei, sim.

23

Em Londres, Lucy chorava.

Não havia razão alguma para choro; não ainda, ao menos. Tinham acabado de chegar. Ela ainda não conhecera o bairro nem a escola. Sequer vira como era sua casa por dentro. Ainda assim, desde o instante em que o táxi parou diante da porta amarela do pequeno prédio de tijolos, embrenhado em uma rua quase escondida, ela se viu piscando para segurar as lágrimas.

— O que foi? — perguntou o pai, quando o carro foi embora, deixando os três e as malas nos degraus da casa. O restante dos pertences fora transportado com a família ainda na Itália e estaria esperando por eles lá dentro.

— Ela está com saudades da Escócia — dissera a mãe, lançando um olhar ao marido.

— Mal ficamos lá — disse ele, atrapalhando-se com as chaves. — No máximo, é de Nova York que ela sente saudades.

— Você pode sentir falta de dois lugares ao mesmo tempo — contra-argumentou a mãe, parecendo exasperada, mas, quando a chave finalmente girou e o pai abriu a porta amarela com o ombro, os dois correram para dentro, meio abobados com a empolgação de outra nova casa e outro novo começo em outra nova cidade. E não era qualquer uma, era Londres: que, para eles, tinha sido desde sempre seu lar.

Lucy, no entanto, demorou-se na escadinha um minuto mais, os olhos ainda úmidos, perguntando-se qual deles tinha dito a verdade. Talvez estivesse sentindo falta de Nova York, talvez de Edimburgo. Possivelmente até dos dois.

Ou talvez — talvez — não fosse absolutamente a falta de um lugar que ela sentia.

24

Em Seattle, Owen ria.

Quando viu o lugar onde morariam em pouco tempo, não pôde evitar. Era uma casinha no fim dos limites da cidade, que mais parecia um barraco, ou um celeiro pequeno, com desgastada madeira vermelha e janelas um pouco caídas.

— Vai precisar de umas reformas — disse o pai, radiante.

Não dava para sufocar seu entusiasmo. Ele tinha conseguido o emprego que os levou até ali; faria parte da equipe de construção que renovava um enorme e antigo galpão no centro da cidade, transformando-o em centenas de apartamentos que seriam vendidos a preço acessível. Depois de terem gastado o restante do dinheiro que ainda tinham no conserto do carro, passaram duas noites usando-o como cama, dormindo com os assentos reclinados no estacionamento de um Starbucks. Mas o pai conseguiu um adiantamento do primeiro pagamento e ficou sabendo que um de seus colegas de trabalho queria alugar a casa, o que significava que finalmente teriam um lar outra vez. Ou ao menos algo que lembrasse um.

— Vai ser divertido — garantiu o pai, batendo nas costas de Owen. — Vamos deixar esse lugar com nossa cara.

Tinha uma pequena faixa de gramado e umas poucas árvores espalhadas, um quintal nos fundos e uma varanda estreita na frente, tudo aquilo aglomerado ao redor da casa que parecia de brinquedo. Enquanto a observava, Owen teve a nítida impressão de que, conscientemente ou não, era exatamente aquilo que o pai vinha buscando todo aquele tempo. Depois de tantos meses de voo, parecia que finalmente tinham aterrissado.

— Melhor que o carro, não é? — perguntou o pai, olhando para a casa com orgulho indisfarçável. — E bem longe de ser como aquele apartamento no subsolo.

Owen fez que sim com a cabeça, imaginando como seriam as estrelas naquele local, lembrando a maneira como ardiam no céu escuro daquela noite, quando ele e Lucy estavam lá em cima, bem distantes do subsolo, longe de tudo e de todos.

Estava segurando a caixa de sapatos sob o braço, como se fosse uma bola de futebol americano desde que tinham saído do carro, mas, naquele momento, se abaixou e a colocou no chão, deixando Bartleby sair para o gramado. Observaram juntos enquanto a pequena tartaruga seguia para os degraus da varanda. Ele tinha a tendência de bater nas coisas e, sem surpresa, assim que entrou em contato com a madeira, assentou sua casinha bem ali na laje, e todo o resto desapareceu, puxando a cabeça e as quatro patinhas para dentro do casco. Owen o vira fazer aquilo mil vezes, mas ainda o deixava abismado que pudesse se proteger daquela forma, sempre ser capaz de escapar para dentro do abrigo de um mundinho só seu.

— Deve ser bom — comentou o pai. — Ter sua casa sempre junto de você assim.

— Não é tão diferente assim da gente — argumentou o filho, apontando para o carro. — A gente também ficou com a nossa por perto esse tempo todo.

Ficaram em silêncio por alguns segundos, depois o pai abriu um sorriso lento.

— Agora não mais — disse Patrick, e com isso, entraram.

25

Na casa de porta amarela, Lucy abriu um jornal.

Seus olhos foram imediatamente atraídos por uma matéria sobre São Francisco.

—Você sabia que existem onze espécies de tubarão na Baía de São Francisco? — perguntou ela à mãe, que ergueu as sobrancelhas.

— Fascinante — respondeu ela.

26

Na pequena casa vermelha cuja tinta estava descamando, Owen folheava uma revista.

Seus olhos ficaram presos na palavra *Escócia*, e ele parou.

—Você sabia que o rio que sai de Edimburgo se chama estuário do rio Forth? — perguntou ao pai, que lhe lançou um olhar estranho.

— Interessante — respondeu Patrick.

27

Na fila do ônibus, Lucy sonhava acordada.
　　Pensava em viagens de carro e montanhas e espaços abertos.
　　Mas, na verdade, pensava em Nova York.

28

Em um café, a mente de Owen vagava.
 Estava pensando em castelos e colinas e xícaras de chá.
 Mas, na verdade, estava pensando naquele elevador.

29

Na escola, Lucy estava sentada em silêncio na carteira, voltada em direção ao oeste.

30

Entre uma aula e outra, Owen parou por um instante, com os pés apontando para o leste.

31

Na cama naquela noite, Lucy respirou fundo.

32

No carro naquela tarde, Owen **soltou o ar.**

33

Em Londres, Lucy pensava em **Owen**.

34

E bem longe, em Seattle, **Owen também pensava nela.**

PARTE IV

Algum lugar

35

Em uma manhã cinzenta de sábado em Londres — que chegara no encalço de uma sexta-feira cinzenta e, antes disso, de uma quinta-feira igualmente cinzenta —, Lucy estava sentada na cozinha da nova casa da família, assistindo enquanto a mãe terminava de preparar o chá.

— É assim o ano inteiro? — perguntou ela, franzindo a testa em direção à janela, que estava dominada por um céu pesado. Apenas duas semanas haviam se passado desde que chegaram, mas Lucy já havia praticamente se esquecido de como era sentir o sol; tudo ali era cru e úmido, e o ar ainda tinha um quê cortante, mais adequado ao inverno que à primavera.

A mãe assentiu enquanto levava duas canecas para a mesa.

— Na minha infância e na adolescência, jamais notei. Mas, depois de todos esses anos fora, admito que estou achando bem deprimente. — Fez uma pausa para tomar um longo gole do chá. Estavam apenas as duas, como era de praxe naqueles últimos dias. — Tentei convencer seu pai de que ia ser bom fazer uma viagem para algum lugar mais quente, mas ele anda ocupado demais com o trabalho. — Olhou para o relógio no fogão. — Até numa manhã de sábado, pelo jeito.

Era verdade. O pai vinha trabalhando ainda mais que o normal desde que haviam chegado a Londres, mas Lucy não se importava. Significava que tinham menos tempo para viajar sem ela e que a mãe estava em casa com mais frequência. Para a surpresa de todos, inclusive a dela, sequer se chateou quando cancelaram os planos de passar o verão em Nova York. O pai não poderia ficar fora por um período longo o bastante para a viagem valer a pena, a mãe não tinha qualquer interesse verdadeiro em voltar, e, para êxtase geral, os dois irmãos tinham conseguido estágios em Londres, de modo que, pela primeira vez em séculos, estariam todos juntos. E para Lucy, isso era ótimo. Havia momentos em que sentia falta de Nova York, a familiaridade do lugar e o conhecimento profundo que tinha dele, mas, na verdade, lá não havia mais nada que a atraísse.

A mãe continuava tagarelando a respeito de escapar do monótono clima londrino.

— Falei para ele que a gente devia visitar Atenas no fim de semana, mas ele jura que não pode sair agora, nem por dois míseros dias.

— Grécia — murmurou Lucy, aquecendo as mãos na caneca. — Parece legal.

— Não é?

— Mas não tanto quanto Paris.

A mãe levantou o olhar, franzindo a testa.

— Paris?

— Sempre quis conhecer — comentou Lucy, dando de ombros. — Nem sei por quê. Mas tem alguma coisa de especial, sabe?

— Sei — disse a mãe, estudando-a com uma expressão curiosa. — Teria adorado levá-la. Por que nunca me pediu?

Lucy franziu a testa.

— Pedi o quê?

— Para vir conosco.

— Porque — Lucy começou a dizer, procurando as palavras. Sentiu-se repentinamente despreparada para aquela conversa. — Porque você e o papai estavam sempre ocupados demais com as coisas de vocês.

Os olhos da mãe se suavizaram.

— Não queríamos atrapalhar a vida de vocês — explicou a mulher. — Ficar tirando você e seus irmãos da escola o tempo todo só para podermos viajar. Teria sido pouco prático na melhor das hipóteses, e irresponsável na pior. — Quando viu a expressão no rosto da filha, riu com leveza. — Sei que dizer isso parece um pouco hipócrita agora, considerando-se nosso histórico recente, mas, de verdade, a gente simplesmente não achava que vocês gostariam de nossas viagens. Não era como se estivéssemos indo à Disneylândia, sabe?

— Eu sei — disse Lucy. — E a gente teria cortado a onda de vocês.

— Impossível — retrucou a mãe, com a boca tremendo ligeiramente (o esboço mais imperceptível de um sorriso) antes de se contrair, lábios pressionados um no outro, ajustando-se melhor à expressão solene de Lucy. Ela acariciou a mão da filha. — Mas, querida, eu queria ter sabido disso antes. Queria que você tivesse pedido para ir conosco.

— O quê? — perguntou ela, levantando os olhos. — Assim, desse jeito?

A mãe sorriu de uma maneira que fez Lucy se questionar se ainda estavam falando sobre o mesmo assunto.

— Talvez — respondeu a mãe, apertando a mão de Lucy. — Nunca sabemos a resposta até fazer a pergunta.

Então, ela fez.

Uma semana mais tarde, em outra manhã cinzenta de sábado, o pai acenava da porta enquanto as duas entravam em um táxi preto. Na estação St. Pancras, elas subiram no trem que as tiraria de Londres, passando por sob o Canal da Mancha, para, poucas horas depois, emergir, saindo para a ofuscante luz do sol da zona rural francesa. Quando chegaram a Gare du Nord, Lucy saiu do vagão, e seu primeiro pensamento foi *finalmente*; e este nada tinha a ver com o tempo de viagem e tudo a ver com todos os anos que levou para chegar ali.

No trem, a mãe fizera uma lista enumerando seus lugares favoritos na cidade, e, no táxi para o hotel, Lucy riscou metade deles com uma caneta.

— Nada de museus — disse ela. — Nem de tours. Nada de filas.

A mãe ergueu as sobrancelhas.

—Vamos fazer o que, então?

— Só caminhar.

— E comer, espero.

Lucy abriu um sorriso.

— E comer.

E elas se lançaram pelas ruas serpenteantes sob um céu cinzento, salpicado de nuvens. Vez ou outra, o vento mudava de direção, e o sol perfurava a escuridão com raios que incidiam sob a forma de estonteantes colunas que, como holofotes, banhavam e destacavam vários pontos turísticos da cidade; de tal maneira que Lucy não conseguia deixar de pensar que parecia um espetáculo montado especialmente para ela.

Era impossível absorver tudo enquanto caminhavam pelo bairro Pigalle em direção a Montmartre, com o domo branco da Sacré Coeur avultando-se no topo. Seguiram por ruas de paralelepípedo em colinas íngremes, passando por lojinhas que vendiam trufas e fatias grossas de pão, cafés lotados de pessoas bebericando de suas xícaras enquanto assistiam ao restante do mundo passar. Chegando ao topo, escoraram-se contra uma mureta e olharam para a cidade de Paris aberta à sua frente, a Torre Eiffel brilhando como se desse piscadelas sob o sol.

Mais tarde, enquanto se dirigiam a Notre Dame, a mente de Lucy foi vagando até Owen, como vinha fazendo com frequência aqueles dias, e até sua conversa no terraço tantos meses antes. No metrô, ela fechou os olhos e tentou visualizar a estrela metálica aos pés da grande catedral, mas tudo o que pôde enxergar foi uma estrela diferente: os traços brancos e imperfeitos na superfície escura do chão do terraço.

Quando avistaram a enorme construção, Lucy inspirou fundo e se esqueceu de soltar o ar. As nuvens tinham se dissipado e espalhado, e, à luz do sol, era ainda mais bonita que Lucy tinha imaginado, gigantesca e imponente, mas, mesmo assim, delicada e inacreditavelmente complexa. Os grandes arcos entalhados, as janelas espiraladas, as gárgulas vigilantes; ela inclinou a cabeça para trás a fim de poder abraçar tudo com os olhos, o coração martelando por conta da grandiosidade do lugar.

— Era de se esperar que, depois de ter morado em Nova York, a gente não fosse achá-la tão grande assim — disse a mãe em voz baixa, semicerrando os olhos para a catedral. — Não com todos aqueles arranha-céus que estamos acostumadas a ver por lá. Mas isto aqui é tão mais opulento. Ainda me pega de surpresa todas as vezes que a vejo.

Procurou a câmera pela bolsa, atrapalhando-se com as funções antes de recuar alguns passos e tentar capturar a estrutura inteira de uma só vez.

— Já volto — disse Lucy, costurando seu caminho em meio a todos os pombos e pessoas, bancos e árvores, filas para visitas guiadas e vendedores oferecendo guias, até que parou diante dela, perto das pesadas portas de entrada. Apenas a alguns centímetros de onde estava, avistou a já gasta estrela de bronze, dentro de um círculo gravado no chão com as palavras *Marco Zero* escritas ao longo da linha.

Se estivesse olhando para cima, para a igreja, como a maioria dos turistas estava, qualquer pessoa não notaria. Mas Lucy sempre soubera exatamente onde estaria. Quando chegou ali, hesitou, mas apenas por um momento, e depois deu um passo lento para se colocar em cima das pontas de metal, como se estivesse à beira do desconhecido: um dedinho primeiro, depois outro.

Não sabia ao certo se já estivera no exato ponto central de qualquer outra coisa antes, mas lá estava ela, no meio de Paris. Lá em cima, um avião passou voando, e, nas calhas da catedral, alguns pombos a observavam junto às gárgulas. Mas eram os únicos. Ninguém mais a olhava quando ela fechou os olhos e fez seu desejo.

Quando a mãe a encontrou, Lucy estava parada sobre a estrela, e a mulher apenas lhe lançou um olhar e, depois, desviou os olhos, claramente alheia à importância do lugar. Lucy sentiu certo orgulho por isso, por saber algo a respeito daquela cidade que a mãe não sabia. Fitou os traços que rodeavam seus tênis. Era um círculo pequeno, mas era todo dela.

—Tem certeza de que não quer fazer um tour? — perguntou a mãe, indicando com a cabeça a fila que se estendia por todo o comprimento da construção, e Lucy fez que não, cuidadosamente saindo de cima da estrela. As duas deram a volta até os fundos da catedral, onde as altas e finas colunas encaravam com ousadia o rio Sena. Atravessaram pontes e passaram por pequenas ilhas em sua lenta peregrinação e, quando chegaram ao outro lado, enfiaram-se em uma pequena livraria cujas estantes começavam a se afundar sob o peso dos livros. O lugar cheirava a papel e couro e poeira, e Lucy comprou um pequeno volume de *O pequeno príncipe*.

Do lado de fora, encontraram um homem vendendo aquarelas à margem do rio, e a mãe parou para olhar. Eram pequenas e delicadas, mostrando a Notre Dame de todos os seus diferentes ângulos e em todos os possíveis climas: céus cinzentos e azuis, sob chuva e neve e sol.

— Esta é linda — comentou a mãe para Lucy, que estava parada ali perto, já passando os olhos pela primeira página de seu livro. Na pintura, a igreja brilhava sob um sol tão poderoso quanto o que pairava inclemente sobre elas naquele instante, o que dava a todas as coisas uma tonalidade mais viva que tinham direito de ter.

—Temos essa imagem em ímã também — disse o homem, pegando um engradado sob a mesinha. — E em cartão-postal.

Lucy ficou paralisada, os olhos fixos no livro.

— O que você acha, Luce? — perguntou a mãe, e havia algo de tenso em seu tom. — Está precisando de um cartão-postal para enviar a alguém?

Quando finalmente levantou os olhos, Lucy ficou surpresa ao ver um vestígio de esperança no modo com a mãe a olhava, e, de súbito, entendeu.

Ela sabia a respeito de Owen.

Não apenas dos postais, mas de todo o restante também. Devia ter sabido qual tinha sido o real motivo para a filha ter saído aquela noite em São Francisco. Devia ter entendido por que parecia ter passado aquela semana em Napa como se estivesse dentro de uma névoa. Devia ter ouvido de onde estava na cozinha Lucy despedir-se de Liam aquela manhã, e devia ter compreendido o porquê. Devia saber de tudo; se não em detalhes, pelo menos tinha uma ideia geral.

E, pela primeira vez em muito tempo, Lucy não se sentiu tão só.

O pintor ainda estava com o cartão na mão, que tremia ligeiramente, e os olhos de Lucy arderam com lágrimas ao estender o braço.

— A gente nunca sabe a resposta até fazer a pergunta — lembrou a mãe, com um sorriso, mas Lucy ainda olhava para o homem.

— Obrigada — agradeceu a garota ao pegar o retângulo, embora, na verdade, as palavras fossem dirigidas à mãe; Lucy sabia que ela teria entendido isso também.

Durante todo o dia seguinte, enquanto caminhavam ao longo do Sena e exploravam a Rive Gouche, Lucy pensou no cartão-postal guardado entre as páginas d'*O pequeno príncipe*. Na viagem de trem de volta a Londres naquela noite, a mãe dormia na poltrona ao lado enquanto Lucy mastigava a ponta da caneta, encarando o espaço vazio no verso. Foi apenas quando já estava em casa, à noite, que finalmente conseguiu escrever algo, a frase mais simples e verdadeira que pôde pensar em dizer: *queria que você estivesse aqui.*

Não tinha o endereço dele em São Francisco. Até onde sabia, podia muito bem nem estar mais lá. Podiam ter voltado a Tahoe, ou estar em algum lugar totalmente diferente. O lógico a se fazer seria enviar um e-mail, mas como poderia pedir seu endereço sem antes dizer tudo aquilo que vinha se acumulando desde a briga: *oi* e *me desculpe* e *não queria ter dito aquilo* e *sinto sua falta* e *por que você não podia simplesmente ter me beijado de uma vez?* Havia algo de instantâneo demais a respeito de uma mensagem eletrônica, e saber que ele poderia abri-la meros minutos depois de ela ter apertado o botão de enviar, e então decidir não responder, ou pior, deletar, era quase insuportável.

Ela preferiria mandar o cartão vagando mundo afora e torcer pelo melhor resultado.

Depois das aulas do dia seguinte, sentou-se ao balcão da cozinha e ligou para o número da portaria de seu antigo prédio em Nova York. Enquanto ouvia os toques do telefone, visualizou a recepção no saguão da portaria e sentiu uma pontada de saudades de casa. Fechou os olhos, esperando que atendessem, e, quando ele atendeu, Lucy rapidamente reconheceu a voz.

— George — gritou ela, e do outro lado da linha houve um pequeno silêncio.

— Ahn...

— É Lucy — explicou ela com rapidez. — Lucy Patterson.

— Lucy P! — exclamou ele, com voz retumbante. — Como é que vai minha garota?

Ela sorriu para o fone.

— Tudo bem comigo. Estamos morando em Londres agora. Sinto saudades de vocês.

— A gente também sente a sua — disse ele. — Não é a mesma coisa sem você aqui. Você vem para o verão, por acaso? E seus irmãos?

— Acho que não — respondeu ela. — Acho que vai ficar todo mundo por aqui, na verdade.

— Bem, isso já é muito bom. Não é muito comum vocês cinco ficarem juntos num mesmo lugar.

Lucy sorriu.

— Eu sei. Que loucura, não é?

— Mas então — disse George —, você ligou só para saber das fofocas que estão rolando por aqui? Porque tenho umas histórias ótimas...

— Com certeza você deve ter mesmo — disse ela, rindo. — Mas acho que meu pai ia enfartar quando visse a conta telefônica se você me contasse metade delas. Na verdade, liguei porque queria pedir um favor. Você por acaso não saberia me dizer para qual endereço a correspondência dos Buckley é redirecionada, saberia?

Uma pequena pausa se seguiu.

— Está falando daquele administrador?

Ela assentiu, mesmo que ele não pudesse ver.

— Isso.

— Não vou nem perguntar — brincou ele. — Falando em fofoca...

— Pare com isso, George.

— Ok, ok — disse ele, e ela ouviu o som de teclas batendo ao fundo. — Fica na Pensilvânia.

Lucy piscou.

— Sério? Acho que não devem ter vendido a casa ainda, então.

— Não sei. Mas é só isso que tenho. Vai querer?

—Vou. Me deixe só pegar uma caneta.

Enquanto procurava pela gaveta sob o telefone, pensou na outra possibilidade. Que a casa tivesse sido vendida, mas eles simplesmente não tinham atualizado suas informações no registro do prédio. Afinal, mais de seis meses se passaram desde que partiram, e era pouco provável que ainda estivessem recebendo correspondência lá. Olhou de relance para o cartão no balcão, subitamente sentindo-se murchar. Talvez aquele cartão jamais encontrasse seu caminho até Owen, que poderia estar em qualquer lugar. Talvez sequer valesse o esforço.

Mas, do outro lado da linha, George pigarreou.

— Pronto? — perguntou ele, no instante exato em que os dedos de Lucy roçaram o corpo de uma caneta. Ela inspirou fundo e a posicionou acima do papel.

— Pronto — respondeu a garota.

36

Nenhuma viagem de carro é de fato silenciosa. Há sempre algo — o ruído suave do deslizar dos limpadores de para-brisa, o som retumbante dos pneus, o zumbido do motor — para quebrar a tranquilidade. Mas ali, em algum lugar no meio da Pensilvânia, com o pai no volante de um carro alugado pequeno demais, havia um silêncio tão absoluto que era diferente de tudo que Owen já vivera.

Em sua empreitada rumo a oeste, e depois também na passagem pela costa, de São Francisco até Seattle, houve ocasiões em que tinham desligado o rádio, dando a quem quer que fosse o carona a chance de dormir. Em outros momentos, tinham percorrido longas distâncias sem conversar, simplesmente vendo a estrada desaparecer sob o carro. Mas aqueles tinham sido silêncios confortáveis, pontuados aqui e ali por divagações e risadas perdidas, facilmente colocados de lado pelo simples ato de pigarrear.

Aquele, no entanto, era diferente. Era uma mudez frágil, estilhaçada, cheia de cantos pontiagudos, e sua rigidez tinha se instalado em cada cantinho do minúsculo carro, fazendo Owen mudar de posição na poltrona com desconforto. Antes de saírem da locadora de automóveis, ele havia se oferecido para dirigir. Sabia que o pai não tinha dormido no avião — um voo de madrugada, lotado, que partiu de Seattle com destino à Filadélfia —, e ele estava meio escorado, meio caído, sobre o balcão, esfregando os olhos sonolentos. Mas tinha balançando a cabeça negativamente em resposta.

— Tudo bem — dissera ele, a voz rouca. — Pode deixar comigo.

Ao deixarem o aeroporto, Owen pensou em como aquela viagem era estranha. Deveria ser algo bom. Quando souberam que a casa tinha sido finalmente vendida, fizeram um brinde com canecas de suco de maçã. Depois, no quintal dos fundos da nova casa, em Seattle, tinham passeado pelo jardim da frente, fazendo planos e apontando para todas as coisas que fariam ali assim que tivessem dinheiro outra vez.

Mas não existe começo que seja totalmente novo. Toda novidade chega no encalço de algo velho, e todo início vem à custa de um fim. Não se tratava apenas do fato de que teriam que fechar a casa na Pensilvânia, assinar a papelada e retirar seus pertences; também teriam que confrontar seus fantasmas e fazer suas despedidas. Teriam que encarar o passado — o mesmo do qual vinham fugindo todos aqueles meses — bem nos olhos.

E Owen não sabia ao certo se estavam prontos para isso.

— A gente devia fazer uma parada no caminho — anunciou Patrick no avião, pouco depois de aterrissarem. Ao redor deles, as pessoas se levantaram imediatamente, pegando as malas dos compartimentos acima das poltronas, mas Owen e o pai permaneceram sentados. — Antes de ir para casa.

— Fazer uma parada onde? — perguntou Owen, mas, assim que falou, soube. — Ah. Certo. É.

Tinham visitado o túmulo da mãe pela última vez quando partiram para Nova York, os dois parados diante dele com a cabeça baixa, dedos entrelaçados e olhos inexpressivos. Não houve lágrimas. Eles as estavam poupando, cada uma delas, para os momentos em que tinham a impressão de que ela estava realmente com eles, o que não tinha sido o caso naquela ocasião na colina varrida pelo vento, em um dia frio de setembro, onde havia apenas a lápide áspera e a grama aparada, e o vasto vazio de um cemitério esparramando-se em todas as direções.

Mas aquele seria o dia em que voltariam. Era para ter sido a primeira e única parada no trajeto até a casa, mas, quando um posto de gasolina surgiu à frente, abraçando a estrada à direita, o pai virou o volante sem dar explicação. Owen inclinou a cabeça a fim de enxergar o painel, que indicava um tanque completamente cheio; não podiam ter andado mais que 19 quilômetros desde a saída do aeroporto. Em vez de parar ao lado de uma das bombas de combustível, o pai estacionou o carro em frente à lojinha de conveniência, depois saiu sem dizer uma única palavra.

Owen se endireitou na poltrona, vendo o pai desaparecer dentro do estabelecimento, e, minutos mais tarde, ele saiu com um buquê de flores envolto em papel celofane. Deixou-as com cuidado no banco de trás, com o alarme de porta aberta soando, depois entrou e ligou o motor. Nenhum dos dois abriu a boca enquanto voltavam para a estrada.

Ao se aproximarem, a paisagem tornando-se familiar outra vez, o carro ainda estava tomado por uma apreensão palpável, mas Owen ao menos tinha começado a sentir que estavam juntos naquela missão, o que, é claro, era verdade. Em um sinal fechado, o pai chegou até a dar a Owen um sorriso sombrio. Era em parte um pedido de desculpas e em parte um sinal de reconhecimento; era tudo o que tinha a oferecer no momento, e Owen sabia que lhe custara muito.

Viraram no portão para o cemitério, que se estendia ao longo de uma série de colinas de inclinação suave, pontilhadas de lápides cinza, como se fosse uma elaborada mensagem em código Morse. Eram 10h24 de uma quarta-feira, e o lugar estava praticamente vazio. Owen agradeceu por isso. Em sua primeira ida até ali, na ocasião do sepultamento, o sofrimento dos dois ainda era uma ferida em carne viva. Na segunda, apenas dois meses mais tarde, a visita fora marcada por um certo torpor. Havia agora meses e meses e quilômetros e quilômetros atrás deles, e Owen não sabia ao certo como deveria se sentir. Depois de estacionar o carro, seguiram por um caminho estreito, que passava por alguns dos túmulos mais antigos, e, enquanto sua boca estava seca e as mãos, suadas, seu coração cauteloso não fazia nada além de bater no mesmo ritmo dos passos igualmente cautelosos.

Quando chegaram, pararam alguns metros antes da lápide simples, apenas o nome gravado em letras maiúsculas no topo. Owen fitou-a por um longo tempo, esperando que o nó que era seu coração fizesse algum tipo de truque, algo adequado ao momento: esperou que saltasse ou saltitasse ou pulasse uma batida, ou se afundasse no peito; esperou que ficasse extraordinariamente pesado, ou inesperadamente leve; esperou que apertasse o ritmo, ou desacelerasse. Mas ficou simplesmente palpitando da maneira de sempre, como deveria fazer, tão bem-comportado e previsível quanto o dono.

O pai estava a poucos passos dele, ainda segurando o buquê com força.

—Você acha que ela teria concordado? — perguntou ele, passado algum tempo, e Owen levantou o olhar de forma abrupta. Fazia quase uma hora desde que tinham dito qualquer palavra pela última vez. — A gente podia ter ficado, sabe. Podíamos ter engolido a dor e continuado morando aqui. Eu acabaria encontrando um trabalho alguma hora, com certeza. Mas sair daquele jeito... — Ele deu de ombros, os ossos magros. — Acho que ela não teria se importado com a parte de Nova York se tivesse dado certo, mas quanto ao resto, não sei, não.

— Ela não teria se importado — disse Owen, baixinho. — Ela amou aqueles anos que vocês passaram na estrada.

Patrick franziu a testa ainda mais.

— É, mas éramos adultos.

—Vocês tinham acabado de sair do colégio.

— Estávamos vivendo uma aventura.

— Nós também — disse Owen, com um sorriso tímido.

— Matriculei você em quatro escolas diferentes este ano. Ela teria odiado isso. Ia querer que o filho tivesse um terceiro ano normal.

— Nada disto é normal — argumentou Owen, os olhos na sepultura. — Ou vai ver que tudo é. Não dá mais para saber.

Ficaram ali por um bom tempo. Um casal de esquilos passou correndo, usando as lápides em sua brincadeira de esconde-esconde, e, quando o vento soprou mais forte, fazendo o celofane do buquê farfalhar, o pai olhou para baixo, surpreso por encontrá-lo ainda nos braços. Deu um passo à frente e deitou-o na pedra, depois recuou até ficar ao lado do filho.

—Vamos — disse ele, e, embora a voz fosse suave, Owen ainda podia ouvir as palavras não ditas no fim da frase: *para casa*.

Foi um trajeto curto, nem de longe longo o bastante para se recuperarem da última parada e se preparem para a próxima. Quando viraram para entrar em sua antiga rua, Owen viu os dedos do pai se tensionarem ao volante e, quando a casa entrou em seu campo de visão, foi tomado por uma onda de tristeza ainda mais poderosa que qualquer coisa que sentira no cemitério. Mesmo de onde estava, já sabia: era a mesma casa; só não era mais seu lar.

Talvez tivesse começado no instante em que ela morrera, ou talvez quando os dois partiram. Mas, quando estacionaram e saiu do carro, Owen pôde ver que a transição estava completa. Aquela casa que tinham amado, a casa com que os pais sempre sonharam — com revestimento verde e detalhes em branco e varanda circundando toda a estrutura — tinha ficado vazia por tempo demais. Um dos vizinhos fazia visitas ocasionais para checar se estava tudo em ordem, e o corretor de imóveis mostrara a casa umas poucas vezes, mas, na maior parte do tempo, ela simplesmente ficou ali, esperando, meses a fio sem eles, passando um Halloween sem doces ou travessuras, um Dia de Ação de Graças sem o aroma de peru assado, um Natal sem as luzinhas penduradas em alturas diferentes que o pai sempre colocava ao redor das janelas.

Quando abriram a porta, foi como se, de súbito, tivessem se tornado estranhos, como se fossem vizinhos, visitas. A casa estava fria, todo o ar tinha escapado para fora, e, ao passarem pelos corredores e cômodos, Owen se deu conta de que, apesar de todas aquelas coisas — a mobília e os utensílios de cozinha e as cortinas, os porta-retratos e roupas de cama e livros —, a real medida de suas vidas ali tinha ido embora havia muito tempo.

Sobre a mesa da cozinha, havia uma pilha alta de correspondência. Era uma bagunça de catálogos e contas e envelopes, a maior parte lixo, provavelmente, mas Owen sabia que as cartas de resposta das faculdades também estariam lá. Se quisesse, ele já podia ter visto o resultado online; as instituições tinham enviado longas cadeias de nomes de usuário e senhas, instruções com datas e horários, mas Owen não tinha pressa. Em pouco tempo, seu futuro sem forma começaria a se moldar e se transformar em algo mais concreto. No meio-tempo, ele não tinha por que correr.

Ao longo dos meses anteriores, o vizinho — um homem idoso que costumava lhes trazer flores recém-colhidas do próprio jardim a cada primavera — viera periodicamente encaminhando remessas de correspondência sempre que os Buckley se instalavam em algum lugar por tempo o bastante para notificá-lo. Mas, quando descobriram que a casa tinha sido vendida, o pai telefonou para dizer que não precisava mais fazê-lo. Que logo eles mesmos voltariam para pegar tudo.

E lá estavam.

O pai caminhou até o amontoado, correndo o dedo pelo topo, e Owen viu que ele estava feliz por ter alguma distração, algo em que concentrar a atenção antes que as paredes da casa se fechassem ao redor deles, engolindo-os.

— Grande momento — disse ele baixinho, e Owen sentiu uma vontade breve, mas poderosa, de rir. Ali na antiga casa, depois de uma visita ao túmulo da mãe, ele achava que aquele era o momento mais pequenino que já existira.

— Pois é. — Conseguiu dizer, e o pai empurrou a pilha de leve com o dedo.

— Será que a gente sai para pescar?

— Só se você achar que vamos dar sorte e pegar alguma coisa.

— Estou com essa sensação — afirmou Patrick, jogando um catálogo para o lado ao começar a passar pelos envelopes. O primeiro que pegou era grande e retangular, com o emblema de Berkeley, no canto. Quando o pai o levantou para olhá-lo à luz que entrava quadrada pela janela, Owen viu partículas de poeira flutuarem ao redor. — Parece promissor — comentou o homem, deslizando-o sobre a mesa até o filho. — Vamos ver o que mais temos por aqui.

Pouco depois, havia seis envelopes empilhados organizadamente entre os dois, todos basicamente do mesmo tamanho e espessura. Fitaram-nos por vários instantes, e Owen piscou os olhos algumas vezes.

— Bem — disse o garoto, finalmente.

O pai deu um sorrisinho torto.

— Bem.

Para outros adolescentes de sua idade, Owen sabia que aquele era um momento importante. A chegada de um envelope gordo, a revelação de uma carta de aceitação, os pulos de empolgação, a ansiedade pela expectativa do que o ano seguinte traria. Embora tentasse conjurar algum tipo de alegria, o tipo de leveza que as pessoas deveriam sentir em horas como aquelas, o coração teimoso se recusava a ceder à sua vontade.

Solenemente, ele passou o dedo por baixo da aba de cada envelope e, um por um, arrancou os papéis lá de dentro para encontrar a mesma resposta: *sim, sim, sim.* Primeiro Berkeley, depois a Universidade da Califórnia, em Los Angeles, depois Portland e San Diego e Santa Barbara. Passou cada uma das cartas ao pai, mas foi apenas ao chegar à da Universidade de Washington que percebeu que o homem chorava, a cabeça loura abaixada acima da pilha.

Owen parou, enrijecendo-se, esperando que dissesse: *ela devia estar aqui,* ou *ela teria amado isto,* ou *ela teria ficado tão orgulhosa.* Em vez disso, o pai olhou para cima com um sorriso turvo.

— Seis de seis — disse ele, balançando a cabeça. — Mas de onde foi que você saiu, afinal?

Owen deu um sorriso, olhando ao redor da cozinha.

— Daqui mesmo, na verdade.

— Bem, por mais que eu sinta falta deste lugar — disse o pai —, fico feliz por saber que não estaremos tão longe um do outro no ano que vem. — Gesticulou para o monte de papel. — No mesmo fuso horário, não importa o que aconteça.

Owen sentiu uma pontada no peito.

— Não importa o que aconteça.

—Vai ser bom se formar na escola sabendo que tem todas essas opções.

Owen baixou os olhos.

— Pai.

— Não, é sério — disse ele, inclinando-se para a frente à mesa. — Sabe quantos garotos ficam parados lá naquele palco em pânico total? E você pode escolher entre todas essas. — Olhou para as cartas e balançou a cabeça. —Todas essas seis. Seis.

— Eu sei — disse Owen. — Só não sei se...

— Ela teria ficado tão orgulhosa — disse ele enfim, inevitavelmente, levantando-se e colocando a grande mão sobre o ombro do filho. Depois se abaixou e o beijou na cabeça. — E eu também estou.

Owen só podia assentir.

—Valeu.

Enquanto o pai saía da cozinha para começar a fazer o inventário do que ainda restava na casa, Owen ficou sentado, ouvindo seus passos ecoando nas tábuas do piso. Do lado de fora, uma nuvem vagava no céu, obscurecendo o sol, e o cômodo ficou escuro de repente. Na parede, o relógio tiquetaqueava em ritmo familiar, e, quando inspirou fundo, Owen quase esperou sentir o cheiro fraco de fumaça de cigarro.

Mas, claro, não sentiu coisa alguma.

Pegou o monte de cartas de admissão, juntando-as para fazer uma pilha reta e ordenada. Depois as deixou de lado e estendeu a mão para o restante da correspondência. Enquanto passava por velhos cartões de Natal e aniversário, contas e cupons de desconto e revistas de papel brilhante, não pôde deixar de pensar se seus amigos — se é que ainda podia chamá-los assim — também tinham recebido cartas das universidades. Os dois moravam naquele mesmo bairro, e era estranho pensar que, naquele exato instante, estavam a apenas alguns quarteirões de distância, sem fazer ideia de que Owen estava por perto.

No ano anterior, mal tinham tocado no assunto "faculdade", e Owen sabia que era o único com o sonho de sair da Pensilvânia. Mas ainda que acabassem ficando mais perto de casa, Casey e Josh provavelmente acabariam se separando também, indo cada um para um lado, e Owen teve a impressão súbita de que era inevitável aquela distância entre eles. Teria acontecido de qualquer modo. Ele tinha apenas partido um ano mais cedo. Ainda que nada tivesse mudado, tudo ainda estaria prestes a mudar; mesmo que tivesse ficado lá, os três ainda estariam se preparando para fazer suas despedidas. Cada um iria para uma faculdade diferente, perdendo-se dentro de suas novas vidas, encontrando-se apenas no Dia de Ação de Graças, ou no Natal, ou durante as férias de verão. E depois tudo voltaria ao normal, da forma como sempre acontece com amigos de longa data. Como se o tempo não tivesse passado.

A questão não era a distância. Era a volta para casa.

Virou um catálogo nas mãos, fitando a fotografia na frente: mãe e pai e filho pequeno. A família perfeita. Quando olhou para cima outra vez, deu-se conta de que ainda não estava pronto para se aventurar pelo restante da casa. Não queria pensar em faculdade ou formatura, na mãe ou no pai, em Seattle ou Pensilvânia, ou qualquer outro lugar entre os dois.

Em vez disso, procurou o celular. Ligaria para os amigos, e eles marcariam uma pizza em seu restaurante favorito, e Owen lhes contaria tudo: sobre Nova York e Chicago, as estradas infinitas em Iowa e Nebraska, a neve em Lake Tahoe, a lanchonete onde trabalhara, os meses em São Francisco e a nova casa em Seattle.

Discou o número de Casey primeiro e, enquanto ouvia os toques no telefone em sua mão, começou a vasculhar a pilha. Estava quase no fim quando o avistou: um cartão-postal de Paris. Sem pensar, desligou o celular, antes que alguém atendesse, e ficou lá, encarando o papel sob a luz minguante na cozinha: a catedral no centro exato da cidade.

Antes mesmo de virá-lo para encontrar a mensagem, já estava pensando a mesma coisa: que queria, mais que tudo, que ela estivesse ali também. E com isso, o coração — aquele órgão morto dentro dele — voltou à vida.

37

O primeiro instinto de Lucy, quando o elevador parou com um solavanco, foi rir.

Antes mesmo de o chão ter parado de vibrar sob seus pés, pairando em algum ponto entre os terceiro e quarto andares da loja de departamentos chamada Liberty, seus três companheiros de descida — um senhor de colete de lã e uma jovem mãe com o filho que não devia ter mais de 3 anos — já lhe lançavam olhares estranhos, como se ela já tivesse sucumbido sob a pressão da situação, apenas 4 segundos depois da parada.

— O elevador ficou preso — observou o menininho, inclinando a cabeça para trás a fim de observar as gravações decorativas na madeira do teto. As luzes ainda estavam acesas, e, quando a mulher apertou o botão vermelho, uma voz, embora falhando, respondeu com rapidez pelo alto-falante do interfone.

— Precisam de ajuda? — perguntou alguém com sotaque inglês e dicção clara.

— Ficou preso — repetiu o garotinho, com um pouco mais de energia. Acompanhou a observação dando uma batida leve com o pé no chão.

— Parece que o elevador parou — disse a mãe, a boca perto do interfone.

— Certo — respondeu a voz. — Vamos tomar providências. Retorno para vocês já, já.

Lucy ainda balançava a cabeça, sem conseguir desfazer-se do sorriso estampado em seu rosto. A mulher lhe lançou um olhar que sugeria que Lucy não estava levando a situação tão a sério quanto deveria, mas sua atenção foi rapidamente desviada pelo filho, que começara a chorar, soluços altos e pesados que faziam seus ombros levantarem e caírem. O agudo do choro cresceu tanto no pequeno espaço, que o senhor chegou a cobrir as orelhas com as mãos.

— Alguém aceita uma bala? — perguntou Lucy, procurando pela bolsa, e o homem olhou para ela, baixando as mãos outra vez.

— Você veio preparada — brincou ele, e ela sorriu.

— Não é minha primeira vez — comentou a garota, ainda achando graça da improbabilidade da situação. Apenas uns poucos minutos antes, estivera seguindo a mãe pelo quarto andar da loja bem ventilada, correndo os dedos distraidamente pelos rolos infindáveis de tecidos de cores vivas. Mas ficou entediada e, quando viu uma placa anunciando uma seção denominada "armarinho" no terceiro andar, decidiu que tinha que ir até lá para ver. Sabia que provavelmente só encontraria chapéus, e ela estava muito mais interessada nos artigos de viagem e nos notebooks que ficavam nos pisos inferiores, mas com que frequência se viam armarinhos naqueles locais? O andar oferecia várias escadas rolantes, mas o elevador ficava logo ali ao lado, e ela entrou sem pensar.

E lá estava... presa mais uma vez.

Só que ali, a situação parecia meio que engraçada. O senhor tamborilava os dedos na madeira, e a mulher se abanava com a mão, embora não estivesse tão quente assim — estava, na verdade, até frio em comparação ao último elevador que parou com Lucy dentro —, e o menininho soluçava baixo, lágrimas gordas ainda rolando pelas bochechas rosadas. Era tudo tão improvável, o fato de ela se encontrar na mesma situação duas vezes em um período tão curto de tempo, e a única pessoa a quem queria contar, a única que realmente entenderia, era Owen.

Tinham se passado duas semanas desde que mandara o cartão-postal, e ela não tinha recebido resposta. Não que esperasse receber; mesmo que já não estivesse mais zangado depois do desentendimento em São Francisco e mesmo que não estivesse mais com Paisley, o postal tinha sido enviado para um endereço onde ele não morava mais havia vários meses. E ela se deu conta, um pouco tardiamente, com uma perturbadora obviedade, que um cartão-postal era a forma mais estúpida de comunicação possível. Tantas coisas podiam dar errado, havia tantos jeitos da correspondência se perder, tantas oportunidades de ser extraviada. Era quase como se ela não tivesse *querido* que chegasse a ele. Subitamente, ter colocado aquele postal no correio pareceu tão útil quanto lançar um avião de papel por uma janela. Era um gesto covarde, uma maneira de se fazer algo sem realmente fazer coisa alguma.

A seu lado, o senhor ergueu as sobrancelhas desgrenhadas para o teto e, depois, bateu com a mão no peito, um som oco que deu a impressão de reverberar pelo espacinho apinhado.

Lucy olhou para ele, alarmada.

— Está tudo bem?

— Problemas cardíacos — respondeu ele.

—Talvez seja melhor o senhor sentar um pouquinho — sugeriu Lucy, tentando não demonstrar pânico, mas ele balançou a cabeça.

— Não sou eu que os tem — argumentou ele. — É minha esposa.

Lucy trocou um olhar com a outra mulher, que apenas deu de ombros.

— Dei uma fugidinha para comprar um perfume para ela — explicou ele, com os olhos marejados. — Ela ficou lá embaixo olhando os tecidos. Vai ficar preocupada quando não conseguir me encontrar, e o coração...

Lucy pousou a mão no ombro dele.

—Vai ficar tudo bem com ela — garantiu a garota, surpreendendo-se com a emoção em sua voz. — Com certeza já já vão tirar a gente daqui.

Havia um nó em sua garganta ao vê-lo mexer nervosamente nos botões do colete, e aquela lhe pareceu a forma mais verdadeira de gentileza, o tipo mais básico de amor: a preocupação com aquele que também se preocupa com você.

Apenas sete minutos tinham se passado, mas eram minutos lentos, longos e sem qualquer pressa. Pensou em Owen outra vez, e em como ele fizera o tempo passar rápido quando ficaram presos juntos. Sem ele, tinha a impressão de que faltava algo.

Devia ter sido mais corajosa. Devia ter mandado um e-mail. Não importava se ele responderia ou não; não era essa a questão. O senhor preocupado com a esposa tampouco sabia se ela também estava aflita. Não estava pensando em si. Estava ocupado demais amando-a simplesmente porque estava lá fora em algum lugar.

O garotinho bateu com o punho na parede, e todos pararam um instante para escutar, mas não houve resposta.

— Ande — murmurou Lucy, olhando feio para o alto-falante do interfone.

Passou o peso do corpo de uma perna para outra, irritada e nervosa, depois soltou um suspiro e fechou os olhos com força. No segundo em que colocasse os pés para fora do elevador, ela sabia que todo e qualquer senso de urgência se dissiparia. Mas, naquele momento, em uma caixa de madeira com três estranhos que não eram Owen, não havia nada que quisesse mais que se comunicar com ele de algum modo.

Quando os dois tinham estado juntos naquela situação, a abertura das portas fora como a quebra de um feitiço. Mas ali, dentro da loja, quando o elevador voltou à vida, rangendo e descendo com um movimento que pareceu brusco depois de oito longos minutos de suspensão, houve apenas alívio. Os olhos de Lucy se abriram, e ela piscou algumas vezes, encontrando o olhar do homem mais velho que estava subitamente tranquilo: ia para casa.

Ela o invejou por isso.

No térreo, as portas se abriram com dois *dings* curtos, e havia um pequeno emaranhado de pessoas os aguardando: o administrador da loja com a gravata estampada, um homem de blusa cáqui encarregado da manutenção, uma senhora com uma auréola de cabelos brancos, que se apressou em abraçar o senhor, e, finalmente, a mãe de Lucy, que balançou a cabeça com um leve sorriso.

—Vamos tentar não tornar isto um hábito, ok? — brincou ela, envolvendo os ombros da filha com um braço. — Tudo bem?

Lucy assentiu enquanto a mãe disparava em uma narrativa contando seu lado da saga: como estivera procurando por Lucy quando viu o homem da manutenção correr por ela com o administrador, e então teve o pressentimento de que a filha poderia estar envolvida. Foi aí que deixou de lado o tecido que tinha pensado em comprar e foi atrás deles até o térreo para esperar.

—Acho que você devia considerar seriamente a ideia de usar as escadas a partir de agora — dizia a mãe. — Parece que você não tem muita sorte nesse departamento.

Em circunstâncias normais, Lucy teria feito uma piada. Estaria se deliciando com a atenção da mãe, conquistada com tanto suor e esforço, antes tão rara e, agora, ainda meio que inacreditavelmente, tão normal. Não sabia se era por conta do trabalho novo do pai, ou do fato de que estavam em um novo país, ou talvez porque estavam todos com saudade dos irmãos, que estavam tão longe, mas, qualquer que fosse a razão, subitamente eram uma família outra vez: jantando juntos, viajando nos fins de semana, visitando museus, fazendo brincadeiras e rindo e estando presentes. Talvez precisassem apenas de uma mudança de cenário. Ou talvez tivesse sido necessário ir embora de casa para encontrar seu lar de verdade.

Mas, naquele momento, Lucy estava distraída demais para apreciar a cumplicidade recém-encontrada. Estava ocupada reunindo as palavras certas, que eram muitas para caberem em um cartão-postal, pesadas demais para um pedaço tão fino de papel. Levou-as consigo enquanto saíam pelas portas de madeira do prédio e seguiam pelas ruas sinuosas de West End até

Oxford Circus, onde pegaram um metrô da Central Line até Notting Hill Gate e emergiram do subsolo sob um céu londrino cinza como aço. E também depois, enquanto subiam a Portobello Road, ultrapassando prédios pintados da cor de ovos de Páscoa e quiosques vendendo tudo que se possa imaginar, até chegarem à pequena casa de tijolos encrustada como uma pedra preciosa no centro daquela cidade que ela tão rapidamente aprendera a amar.

Enquanto Lucy subia a escada, as palavras se multiplicavam a cada degrau — de repente havia tanto a dizer! —, e ela se deu conta de que vinha carregando-as consigo havia ainda mais tempo, pelo menos desde São Francisco, mas talvez até desde Edimburgo ou Nova York; então ela subiu os últimos degraus correndo, pronta para dar forma a todas elas, uma a uma, escrevendo-as na tela em branco, para escrever com honestidade as palavras mais verdadeiras que tinha podido encontrar: que muito embora tivesse sido ela quem ficou presa dentro daquele elevador, só conseguia pensar nele quando saiu; que não era seu próprio coração que a tinha preocupado... era o dele.

Mas, quando abriu o computador, foi freada pelo nome dele na tela, e foi seu coração que mais uma vez precisou de socorro.

38

Muito depois de ter mandado o e-mail, Owen ficou sentado ali, imóvel, tentando decidir se deveria ou não entrar em pânico.

A casa estava silenciosa. Era sábado, mas o pai ansiava por voltar ao trabalho depois da viagem. Saiu pela manhã, parecendo muito feliz, claramente entusiasmado com a perspectiva de passar o dia com um martelo na mão depois de uma semana inteira de plástico bolha e caixas de papelão e fita adesiva.

"Poucas coisas nesse mundo não podem ser curadas martelando uns pregos", costumava dizer, e Owen sabia que, agora mais que nunca, o pai precisava daquilo, especialmente depois de ter passado tanto tempo se desfazendo das últimas lembranças da antiga vida.

Patrick tinha saído mais cedo que de costume depois de colocar uma tonelada de roupa para lavar, e agora Owen ouvia as batidas da máquina no andar de baixo, o que era um sinal animador. Durante meses, tinham morado em lugares temporários, como se fossem dois adolescentes; havia sempre pasta de dente na pia e migalhas na cozinha e uma camada de gordura na superfície de todos os eletrodomésticos. Mas ver a casa da Pensilvânia devia ter despertado algo dentro dele. Depois de voltarem do aeroporto na noite anterior, Owen viu o pai marchar pela casa, recolhendo meias sujas e esfregando as torneiras para tirar a ferrugem. Ainda não chegava aos pés da mãe, mas estava quase lá.

Agora, Owen estava ali sentado escutando o ciclo da máquina terminar, e ela começava a piar, o som subindo pelas escadas. Do lado de fora, um carro passou, e alguns pássaros cantaram aqui e ali, mas, fora isso, nada: apenas Owen, sozinho em seu quarto, fitando a tela do computador e tentando descobrir no que estava pensando quando escreveu aquilo.

Não havia explicação lógica para o e-mail que tinha acabado de enviar, e de súbito lembrou por que, até aquele momento, tinha se resumido aos cartões-postais. Com eles, sempre havia tempo para mudar de ideia: logo depois de baixar a caneta, ou a caminho da caixa de correio, ou em qualquer ponto entre um e outro. Mas não havia o que fazer a respeito de um e-mail. Com um clique ele já tinha voado para longe, quilômetros e quilômetros, até o computador de Lucy, e não havia como recuperá-lo.

Fechou os olhos e massageou a testa no instante em que a chuva começou a cair. Owen tinha a impressão de que estava sempre meio-que-chovendo naquele lugar, algo entre um nevoeiro e uma garoa, e a sensação era que o céu cuspia nas pessoas. Owen observou a água alguns minutos, os pensamentos varridos pelo tempo chuvoso, depois se levantou, pegou a capa de chuva e saiu.

Na esquina, pegou um ônibus e, dentro dele, ficou vendo as gotas criarem desenhos nas janelas. Quando desceu do transporte, vinte minutos depois, o sol estava se esforçando para sair, tingindo as beiradas das nuvens de dourado.

O mercado de peixes estava lotado, como tinha estado naquele primeiro fim de semana em que fora até lá com o pai, os dois parados na entrada, absorvendo tudo: as caudas dos peixes batendo no papel de embrulho, as pessoas gritando seus pedidos, o homem tocando gaita em um canto afastado. Havia peixes voando pelo ar enquanto os vendedores de aventais manchados os atiravam com tanta naturalidade e casualidade quanto alguém faria com bolas de beisebol, e o cheiro do lugar deixava os olhos de Owen ardendo, mas ele se apaixonou de imediato, da mesma forma como tinha se apaixonado pela cidade no instante em que chegaram. Não era exatamente seu lar — não ainda —, mas, quando voltaram na noite anterior, ele olhou pela janela do avião para as luzes alaranjadas da cidade refreada pela água e pelas montanhas, e sentiu algo dentro dele, lá no fundo, sossegar.

Pela primeira vez em toda a longa viagem, pensava ser capaz de enxergar um futuro ali.

Tinha contado isso aos amigos poucos dias antes, todos ao redor de uma pizza enorme, e eles tinham lhe perguntado a respeito das barcas e do mercado de peixes e da universidade e, quando Owen acabou de falar, eles lhe contaram seus próprios planos para o ano seguinte, pulando, como músicas em um CD, as outras coisas: os buracos na vida dele que tinham feito buracos em sua amizade. Depois, pararam de falar e simplesmente começaram a jogar videogame até tarde, quando se separaram com promessas de falarem-se mais.

— Foi tudo culpa sua — provocou Josh. — Foi você o elo fraco da corrente.

— É meu celular — retrucou Owen, com um sorrisinho. — É um inútil completo. Vou ter que mandar cartões-postais para vocês.

Eles riram; não tinham como saber que Owen falava sério.

Agora, Owen deixava o caos do mercado para trás, seguindo em direção à água, e, enquanto caminhava, voltou a pensar no que Lucy dissera a respeito de Nova York: como a única maneira de se conhecer de fato um lugar era vê-lo de baixo para cima. Quando as águas cinzentas do Puget Sound entraram em seu campo de visão, pontilhadas de balsas, ele se pegou pensando na marina em São Francisco e no caminho ao longo do rio Hudson em Nova York, e em como em todos aqueles lugares diferentes, havia algo que raramente mudava: a mesma água cinzenta e azulada, o mesmo vai e vem das ondas, os mesmos cheiros de sal e peixe.

Perguntou-se se no porto de Edimburgo seria assim também.

Esperava que fosse.

A chuva ficou mais forte outra vez, e Owen puxou o capuz mais para baixo.

Tinha que decidir o que fazer a respeito do e-mail.

O problema, é claro, não era exatamente o que tinha escrito; era o que faria depois da resposta.

Não estava arrependido do que escreveu. Depois de encontrar o cartão de Paris, levou-o consigo para todos os lugares durante a semana inteira, guardado no bolso, como se fosse um amuleto da sorte, algo para mantê-lo boiando sempre que sentisse que afundava sob o peso da missão: o desmantelamento de todas as lembranças. E quando chegara a Seattle na noite anterior, ele já tinha escrito e reescrito o e-mail em sua mente vezes o bastante para sabê-lo de cor.

Pediu desculpas pelo ocorrido em São Francisco, explicou que tinha terminado tudo com Paisley e admitiu que pensava em Lucy o tempo todo, mesmo os dois não estando em contato.

Sinto saudades de você, escreveu ao final. *E queria que estivesse aqui também.*

E nesse ponto deveria ter apertado o botão de enviar.

Mas, por alguma razão, ele se viu escrevendo uma última frase: *Aliás, não sei se você ainda tem planos de ir a Nova York no verão, mas vou estar lá na primeira semana de junho, então me avise se achar que podemos nos encontrar...*

E esse, exatamente esse, era o problema.

Porque não apenas Owen não tinha quaisquer planos de ir a Nova York na primeira semana de junho, como também não tinha dinheiro e tampouco como chegar até lá.

E não tinha ideia do que faria se — contrariando todas as probabilidades — ela realmente quisesse vê-lo.

Havia tanto com que se preocupar: a possibilidade de ela estar com raiva dele, as chances de ainda estar com Liam, o ridículo absoluto da situação e, acima de tudo, a possibilidade de que ela dissesse sim, gostaria de encontrá-lo.

Mas, no fundo, ele sabia que seu maior medo não era nada daquilo.

Era muito pior.

Seu maior medo era que ela dissesse não.

Lucy encarou longamente o computador antes de levar os dedos ao teclado e, com o coração martelando no peito, afundou-os em três letras diferentes, uma de cada vez, observando com nervosismo enquanto surgiam na tela:

Sim.

PARTE V

Casa

40

A princípio, ela havia planejado dizer a ele a verdade.

Mas a verdade era tão menos atraente.

A verdade implicava ficar sozinha em Londres durante aquela primeira semana de junho, imaginando Owen em Nova York: passeando pelo Central Park, esperando sua vez na fila da sorveteria, observando veleiros deslizarem pelo rio Hudson acima. A verdade implicava fazer nada. Perder uma oportunidade. E, acima de tudo, implicava não vê-lo.

E por isso, em vez da verdade, ela disse que sim.

E depois entrou em pânico.

Mais cedo naquele ano, quando a família ainda estava morando em Edimburgo, tinham todos planejado voltar a Nova York no começo do verão. Mas tudo mudara com o novo trabalho do pai em Londres, e ele estava trabalhando demais para conseguir sequer escapar da cidade durante um fim de semana, que dirá um mês inteiro. Durante algum tempo, Lucy e a mãe tinham falado em irem as duas sozinhas, uma vez que parecia que os gêmeos continuariam por lá, mas agora que os dois tinham conseguido estágios em Londres, não havia motivo para viajar.

— Bem, de toda forma, o verão em Nova York é quente demais — ponderou a mãe. — Você vai preferir mil vezes o de Londres.

Lucy refletiu que ela provavelmente tinha razão. Até então, amava tudo a respeito daquela cidade: as feiras de rua e os prédios coloridos, as ruas serpenteantes e os parques vastos, e a forma como todos soavam como uma versão da mãe quando falavam. Gostava até dos colegas de classe, que não eram apenas da Inglaterra, ou dos Estados Unidos, mas vinham de todos os cantos do mundo: Índia e África do Sul e Austrália e Dubai. Em Nova York, ela se sentira deslocada; em Edimburgo, em destaque, mas, em Londres, Lucy sentia-se no mesmo patamar que todos os demais, e havia algo de reconfortante nisso, em se encaixar pela primeira vez.

Gostava do clima também, que era sempre cinzento e úmido, nunca frio nem quente demais, por isso não tinha dúvidas de que gostaria do verão londrino. Mas, ainda assim, enquanto a mãe reclamava de todos os anos em que tinham sofrido com as altas temperaturas em Nova York, Lucy ainda ficava mexida com a lembrança daquela noite no terraço, onde ela e Owen deitaram-se sob um céu inerte, pegajosos de suor e rindo a cada brisa fraca que conseguia alcançá-los, e, por um momento, surpreendeu-se desejando voltar.

Mas não tinham motivos.

Até o dia anterior, quando recebeu o e-mail de Owen e decidiu que, naquele caso, a mentira era bem mais empolgante que a verdade.

Então respondeu: *estarei lá, sim. Qual é o plano?*

Ele demorou um dia inteiro para responder, e ela passara horas com um nó no estômago, atordoada pela possibilidade que se apresentava. Não era que tivesse achado que nunca mais voltaria a vê-lo, pois tinha fé demais no universo para isso. Mas tinham feito tantos zigues e tantos zagues naqueles últimos meses, tinham perdido tantas oportunidades e desperdiçado tanto tempo que parecia difícil acreditar em uma outra chance.

Sabia que poderia não dar certo. Poderia acabar como São Francisco. Poderia ser um desastre total e completo: poderiam brigar ou tentar ser educados demais; poderiam ficar constrangidos ou nervosos, ou ambas as coisas; poderiam chegar à conclusão de que funcionavam melhor a distância, como amigos, ou correspondentes, ou como absolutamente nada.

Mas tinham que se encontrar novamente para descobrir.

Quando ele finalmente respondeu, tarde da noite seguinte, Lucy estava deitada na cama, olhando fixamente para o celular e tentando calcular as horas de diferença entre São Francisco e Londres. Assim que viu o nome dele surgir no topo da tela, sentou-se e leu a mensagem, que continha apenas nove mínimas palavrinhas.

Na portaria ao meio-dia do dia 7 de junho.

A luz do retângulo do celular parecia pulsar no quarto escurecido, emprestando ao teto um brilho meio branco. Ela fitou a notinha por um longo tempo, achando graça em seu tom de assertividade, e, em seguida, digitou a resposta: *no topo do Empire State Building não?* Então apertou "enviar" antes de refletir melhor.

Mais uma vez, ficou ali, sentada no escuro, aguardando a resposta e torcendo para que Owen soubesse que tinha sido apenas uma brincadeira. Estavam acostumados a se corresponder por meio de cartões-postais, nos quais havia tempo infinito entre um e outro, e não um espaço infinito em uma tela, e ainda não tinham adequado seu estilo às novas circunstâncias.

Finalmente, depois do que pareceu um longo tempo, um novo e-mail chegou.

Que tal na Estátua da Liberdade à meia-noite?, dizia, e Lucy riu, imaginando Owen em frente ao computador, recostado na cadeira, com um sorriso torto, enquanto esperava a resposta dela. Arrumou alguns travesseiros atrás das costas, sentando outra vez.

Melhor ainda, escreveu, *em um barquinho no Central Park ao crepúsculo.*

Um táxi na Broadway ao nascer do sol.

Uma carruagem puxada por cavalos na Grand Army Plaza quando o sol estiver no ponto mais alto no céu.

Coronel Mostarda com a corda no escritório, ironizou ele, e ela riu outra vez, o som alto na casa silenciosa.

Depois disso, ficou fácil outra vez. Durante horas, escreveram e receberam respostas, uma conversa pontuada por pequenos períodos de espera, em que Lucy prendia o fôlego e vigiava o celular, ressentindo-se das limitações da tecnologia, dos limites da distância.

Ao longo de toda a noite, escreveram um para o outro, um bate e volta infinito de pensamentos e preocupações e lembranças, a informação correndo nas duas direções, atravessando o globo. Lucy contou sobre o término com Liam, e Owen, mais a respeito do que tinha acontecido com Paisley. Ele pediu desculpas outra vez pelo que havia acontecido em São Francisco, e ela retribuiu com outro pedido de desculpas. À medida que a noite se arrastava para transformar-se em manhã, os dedos de Lucy voavam pela telinha, e ela teve que pegar os fios emaranhados do carregador para impedir que a luz se apagasse, para manter a chama da conversa viva enquanto faziam piadas e se provocavam e tranquilizavam um ao outro, enquanto conversavam a noite inteira de pontos opostos no mundo.

Por que nunca fizemos isso antes?, perguntou ela no momento em que suas pálpebras foram ficando pesadas e o pequeno monitor começava a ficar borrado diante dela.

A gente queria dar uma força para os correios?, brincou ele. *Somos antiquados? Nunca conseguimos fazer as contas para saber a diferença entre os fusos horários?*

Ou vai ver somos só dois idiotas.

Ou isso, respondeu Owen. *Mas pelo menos somos idiotas juntos.*

Mais tarde, quando já tinham dito quase tudo o mais que havia, só restavam as despedidas.

A gente se vê daqui a pouco, Bartleby, disse ela.

Estou esperando ansioso, Coronel Mostarda.

Quando deixou o celular no criado-mudo, ela se deu conta de que tinha deixado de dizer apenas uma coisa a ele: que na verdade não tinha feito planos de ir a Nova York.

Mas não importava. Enquanto caía no sono, com a cabeça leve, braços e pernas pesados, e perigosamente feliz, sabia que encontraria um meio de estar lá.

Até o Dia dos Cem e-mails, Owen não estava seguro de que levaria aquela ideia adiante. Ainda havia tempo para recuar, dizer que a viagem tinha sido cancelada, ou que os planos mudaram. Mas na noite anterior, depois de tantas horas, de e-mails voarem, da chuva parar, de um crepúsculo cinzento se instalar sobre Seattle e de Owen finalmente parar para recuperar o fôlego, piscando desorientado e sorrindo como um idiota, soube com certeza que iria a Nova York.

Queria encontrá-la.

Era simples e complicado assim.

O dia seguinte já era domingo, o que significava que o pai estava de folga, e Owen acordou com o cheiro de panquecas. Um longo tempo se passara desde que o pai preparou qualquer coisa para o café da manhã, mas desde que tinham voltado da Pensilvânia, haviam retomado a tradição das manhãs de domingo. Quando era pequeno, Owen se lembrava de receber as panquecas em formato de ratinho, enquanto as da mãe eram sempre corações ligeiramente tortos. Ultimamente, eram apenas círculos, mas não era o formato que importava; era o fato de estarem lá outra vez. Owen sabia que era um gesto pequeno, mas parecia enorme; tinha a impressão de que tinham feito uma longa viagem apenas para chegar ali, àquela cozinha, com a massa borbulhante e o cheiro açucarado de xarope.

Quando Owen sentou-se na cadeira, o pai acenou com a espátula.

— Dormiu bem? — perguntou ele, e Owen assentiu distraidamente. Tinha uma pergunta a fazer e estava ocupado descobrindo a melhor maneira de formulá-la. Mas o pai parecia bem-humorado demais para notar. Deixou um prato de panquecas quentes diante do garoto com um sorriso travesso. — Para meu filho predileto.

— Seu único filho agradece — retrucou Owen, pegando o xarope. Enquanto o pai ia de uma ponta a outra da pequena cozinha (desligando o fogo e colocando a manteiga de volta na geladeira, cantarolando baixinho uma melodia singela), Owen mastigava lentamente, ainda fazendo cálculos.

Não tinha dinheiro guardado; não mais. Nunca teve muitas economias, para começo de conversa, mas, quando a situação começou a ficar apertada na viagem, Owen passou a contribuir também. Nada demais, só a quantia necessária para abastecer o carro de vez em quando, ou para as compras de supermercado quando era sua vez de cuidar disso. E depois, em Tahoe, tinha feito o mesmo com o salário do emprego como lavador de pratos, e com tudo mais que conseguira juntar desde então. Nunca mencionou nada ao pai, que, na época, parecia abalado demais para notar qualquer coisa, mas foi bom ajudar, especialmente quando os gastos começaram a se acumular e as semanas continuavam passando.

Mas, de repente, dinheiro se tornou um problema. Owen já tinha pesquisado o preço dos voos na Internet, e não eram tão caros quanto havia pensado, só algumas centenas de dólares, mas, ainda assim, eram algumas centenas a mais do que possuía. No andar de cima, guardada no fundo de uma de suas gavetas, estava a chave para o terraço do antigo prédio em Nova York, o que significava que não precisaria encontrar um lugar para ficar. Na pior das hipóteses, poderia facilmente dormir lá umas duas noites; era quente o bastante, e ele tinha quase certeza de que ninguém notaria. Portanto, faltavam apenas a passagem de avião e alguns outros itens essenciais, mas ele tinha um plano que resolveria tudo isso, e ainda duas semanas inteiras para colocá-lo em prática. Só precisava reunir coragem para perguntar.

— Então. — Owen começou a dizer quando o pai finalmente sentou-se diante dele à mesa. — A obra está caminhando bem?

— Está, sim — afirmou ele, radiante. — Andando bem depressa. E o chefe me disse ontem que eles já têm outro trabalho esperando, assim que este acabar, e que vai me querer na equipe.

— Que maravilha! — exclamou Owen, observando-o tomar um longo gole do suco de laranja. — Então eles... Já ajuda bastante?

— Ajuda? — repetiu o pai, sem desviar os olhos da comida.
— É, você sabe... Empregados.

— Mais que bastante — respondeu o pai, com um aceno de cabeça, depois franziu a testa, o garfo pairando a alguns centímetros da boca. — Por quê?

— Só estava pensando que, se estivessem precisando de mais uma ajuda ou alguma coisa do tipo, talvez eu pudesse...

O pai deixou escapar uma risada que quase pareceu um latido.

— Você?

— É — respondeu Owen, sentindo o rosto ficar quente. — Quero dizer, andei ajudando aqui em casa e gostei de fazer...

Aquela era apenas uma meia-verdade, e os dois sabiam. Nas seis semanas que já passadas ali, a casa progrediu muito, mas foi basicamente graças ao trabalho do pai. Tinha trocado as janelas e restaurado os degraus da frente, pintado a varanda e o batente da porta, instalado uma pia nova e refeito o piso de madeira. Owen ia sempre atrás dele, passando as ferramentas e completando pequenas tarefas de acordo com as instruções do pai, mas não tinha habilidade para aquele tipo de trabalho. Com muita frequência derramava tinta ou deixava de acertar o prego. Ou seja, não ficava muito confortável com o martelo ou a furadeira na mão — ao contrário do pai, que deveria voltar da obra exausto todos os dias, mas, em vez disso, chegava em casa com uma energia que Owen não via desde o acidente, tirando o cinto de ferramentas com entusiasmo genuíno.

Ele o observava agora do outro lado da mesa, uma sobrancelha erguida.

— Você odeia esse tipo de coisa — disse Patrick, e Owen deu de ombros.

— Seria bom ter um dinheirinho extra.

— Essa é a história de nossa vida, não é? — brincou o pai, com um sorriso, mas, quando viu a expressão do filho, sua boca voltou à forma de uma linha séria. — Olhe, estamos bem agora, então não precisa se preocupar com a faculdade...

— Não estou preocupado — disse Owen, e, pela primeira vez, estava sendo sincero. Nas semanas anteriores, ele viera pesquisando financiamentos estudantis e bolsas de estudo, fazendo planos sem realmente admitir para si mesmo que os estava fazendo. E tinha tomado sua decisão. — Na verdade, andei dando uma olhada nisso — disse ele. — E a Universidade de Washington dá uma boa assistência financeira.

O pai encarou Owen.

— Isso quer dizer que...?

— É — confirmou Owen, com um sorriso. — Universidade de Washington.

— Então você vai...?

— Estar logo ali, do outro lado da cidade.

O pai bateu no tampo da mesa, fazendo os pratos tremerem.

— Bem, isso é uma ótima notícia! — comemorou Patrick, radiante, mas depois o sorriso murchou, e ele se inclinou para a frente, com expressão preocupada. — Mas isso não é por minha causa, é? Porque você pode ir estudar onde quiser, sabe disso. Vai ficar tudo bem comigo. E vou visitá-lo.

— Não é por sua causa — garantiu o filho, pegando o garfo.

— É por causa de suas panquecas.

O pai riu.

— Mas é sério.

— Sério — repetiu Owen, encontrando os olhos dele. — Gosto daqui.

— Eu também. — Massageou o queixo, olhando para a janela. — E estava pensando... Depois de ter arrumado o emprego e finalmente vendido a casa, conseguimos ter um refresco, e agora, com essa novidade, acho que você merece ganhar algum tipo de presente pela formatura...

— Pai — começou Owen, com a voz cheia de tensão, mas não conseguiu impedi-lo de continuar.

— E sei o que você fez — continuou ele, os olhos brilhando. — Com o dinheiro que conseguiu guardar nesse tempo. Na viagem. E tenho orgulho disso também. Então ia gostar de te dar uma coisinha para... Não sei. Para você se divertir, ou recomeçar sua poupança, sabe?

Owen baixou os olhos e fincou o talher na panqueca.

— Pai, não posso aceitar.

—Você nem sabe quanto seria ainda, então não pode dizer que é demais — disse Patrick, com um sorriso largo. — Estava pensando que uns duzentos e tantos dólares já devia estar de bom tamanho, mas aí lembrei que são circunstâncias especiais e, para um cara que conseguiu abocanhar seis universidades, acho que quinhentos dólares provavelmente seria um valor mais adequado.

Por um breve momento, Owen considerou fazê-lo: participar da cerimônia de colação de grau só para receber o dinheiro. Já podia se imaginar andando pela Broadway, virando a esquina para entrar na portaria do prédio, encontrando Lucy perto dos elevadores onde se conheceram. Quase valeria a pena só para vê-la.

Mas aquilo não era de seu feitio. Simplesmente não era aquela sua personalidade. E ainda não conseguia se ver cruzando um palco para receber um diploma sem a presença da mãe na plateia.

Além disso, não fora mero acaso ele ter sugerido dia 7 de junho para Lucy.

Aquele era o dia da formatura.

Demorou um bom tempo para encontrar o olhar do pai.

— Obrigado — disse Owen, em voz baixa. — Sério. Mas não dá...

O pai inclinou a cabeça para o lado, claramente confuso. A conversa começou com Owen precisando dinheiro, e agora ele estava recusando.

— Por que não?

— Porque não vou me formar. — Balançou a cabeça. — Quero dizer... Tecnicamente falando, eu vou. Mas não vou à formatura.

— Por que não? — perguntou o pai. — É uma coisa tão importante.

— Para mim não é — retrucou Owen. — Não mais.

Os olhos do pai se suavizaram atrás dos óculos quando finalmente compreendeu.

— Ah! — exclamou, piscando algumas vezes.

Do lado de fora, o sol tinha surgido de seu esconderijo atrás das nuvens, enchendo o cômodo com uma luz alaranjada, e os dois permaneceram sentados, as panquecas esfriando nos pratos, e o relógio de parede, o mesmo que ficava na cozinha da antiga casa, marchando em frente.

Finalmente, o pai deu de ombros.

— Bem, quem é que se importa com uma beca idiota, afinal de contas?

— Obrigado — disse Owen, agradecido.

— Além do mais, ela teria odiado tudo — continuou ele. — Toda aquela coisa cheia de pompa e cerimônia.

— Circunstância. Pompa e circunstância.

— Que seja. A pompa é que é o problema de verdade.

Owen riu.

— Ela ia amar, provavelmente.

— É — concordou ele. — Ia, sim. Mas teria ficado orgulhosa de você de qualquer jeito. Que nem eu estou agora.

Para a surpresa de Owen, o pai arrastou a cadeira para trás e foi até uma das gavetas que ficavam sob a torradeira. Parou por um instante, os ombros subindo e descendo com a respiração antes de se virar e mostrar uma caixa azul-claro.

— Desculpe não ter feito um embrulho — disse o homem. — Ia esperar até a formatura, mas agora...

Owen pegou-a, girando-a para o lado em que uma janela de plástico mostrava uma confusão de estrelas que brilhavam no escuro. Ele fitou a caixinha, segurando-a pelas bordas com tanta força que estas começaram a ceder sob a pressão dos dedos.

— Tentei arrancar aquelas antigas do teto lá de casa — explicou o pai, voltando à cadeira. — Mas estavam muito coladas. Acho que a pessoa que for morar lá agora vai adormecer sob as mesmas estrelas também.

Owen tinha um nó na garganta.

— Isso é bem legal.

— Mas, enfim, com certeza nenhum estudante de astronomia de respeito vai dormir sob um céu de estrelas falsas — disse Patrick, gesticulando para a caixa. — Mas você pode colocá-las aqui, para quando vier para casa.

— Obrigado — disse ele, as palavras um pouco trêmulas. — Adorei.

Ficaram quietos por um momento, perdidos cada um em suas lembranças particulares, mas, em seguida, Owen lembrou-se do ponto em que tudo aquilo começou, e pigarreou.

— Pai?

Ele olhou para cima.

— Oi?

— Isto aqui é demais — disse ele, sacudindo a caixa. — Sério. E não quero parecer ganancioso, mas o negócio é o seguinte... Aquele dinheiro ainda seria bem útil. Ou pelo menos parte dele.

— Para quê? — perguntou o pai, de testa franzida, e Owen tossiu, cobrindo a boca com a mão.

— É que...

— O quê?

Suspirou.

—Tem essa garota...

Para sua surpresa, o pai começou a rir. Tirou os óculos e esfregou os olhos, com os ombros tremendo.

— O quê? — perguntou o filho, confuso. — Qual é a graça?

— Nenhuma — respondeu Patrick. — Só fiquei um tempão me perguntando quando é que você ia resolver me contar sobre ela.

Owen fitou o pai, perplexo, sem conseguir esconder sua surpresa.

—Você sabia?

— Claro que sabia.

— Achei que estava ocupado demais...

— Ficando triste?

Owen abriu um sorriso pesaroso.

— Bem... É.

— Sabe o que me deixou menos triste?

— O quê?

—Ver você feliz — revelou o pai. — E teve um tempo que parecia que a única coisa que conseguia fazer isso eram aqueles cartões-postais.

Owen não sabia ao certo o que dizer, mas, antes que pudesse encontrar as palavras, o pai inclinou-se para a frente, tirando a carteira de couro craquelado do bolso, que jogou sobre a mesa. Ela aterrissou pesadamente ao lado do frasco de xarope, e os dois a encararam por um instante. Em seguida, o pai ergueu o copo com suco de laranja em um brinde.

— Parabéns pela formatura — disse. — Agora vá atrás dela.

42

Lucy acordou durante a última hora de voo, piscando para a bruma cinzenta do avião silencioso. A seu lado, a janela estava apenas alguns centímetros aberta, e ela bocejou enquanto olhava as fileiras escarpadas de nuvens passando como se fossem cordilheiras num sonho. No monitor diante dela, um cronômetro fazia a contagem regressiva dos minutos que faltavam para chegarem a Nova York. Não demoraria muito.

Durante 16 anos, Lucy mal se aventurou a sair da ilha de Manhattan e agora, oito meses e cinco países depois, finalmente estava retornando. Debruçou-se para alcançar à bolsa a seus pés, tirando de lá o antigo exemplar de *O apanhador no campo de centeio* — seu porto seguro, o cobertorzinho de infância, o ursinho de pelúcia —, mas, em vez de abri-lo, ficou apenas com o livro no colo, segurando-o pela capa.

Em pouco tempo, iria rever o apartamento onde cresceu, o prédio em que morou a vida inteira e o bairro que conhecia tão bem, mas a sensação não era a que achou que seria. Não era a de voltar para casa.

Parte dela amaria Nova York para sempre, mas tinha amado Edimburgo também, e Londres, mais recentemente. E, se alguém a colocasse em Paris ou Roma ou Praga, ou qualquer outro dos países que a família visitou, tinha certeza de que se apaixonaria também.

Durante todos aqueles anos Lucy imaginou que os pais estavam perdidos no mundo, tentando absorver o máximo que podiam: fotografias e histórias e lembranças, quadradinhos a serem riscados em uma lista de países e alfinetes em um globo. Mas o que não tinha entendido até então era que haviam deixado pedaços de si em todos aqueles lugares também. Tinham feito um pequeno lar aonde quer que tivessem ido, e agora Lucy faria o mesmo.

Mas, primeiro, havia Nova York. O pequeno avião animado na tela percorria centímetro por centímetro o azul do mapa em direção ao verde, e Lucy correu um dedo pela lombada já rasgada do livro em seu colo, fechando os olhos.

Sua primeira tentativa foi dizer aos pais que tinha simplesmente mudado de ideia a respeito de voltar a Nova York para o verão.

— Não vou ficar lá o verão todo — argumentara ela, certa tarde, enquanto passeavam pelo Kensington Gardens, aproveitando a rara aparição da luz do sol, e a do pai, esta ainda mais rara que a primeira, durante o dia. — Só estava pensando que seria legal fazer uma visita, sabe?

À margem do lago, um trio de patos estava empoleirado, grasnando para todos que passassem por perto, e o pai os observava com atenção, os cantos da boca virados para baixo.

— Quisera eu poder fazer uma visita — comentara o pai, semicerrando os olhos para a água.

Mas a mãe ergueu as sobrancelhas.

— Que tipo de visita?

— Não sei — respondera Lucy. — Quem sabe ir a alguns lugares famosos... Ou rever uns amigos.

Naquele momento, a mãe freou, com as mãos nos quadris.

— Uns amigos?

Lucy fez que sim.

— Em Nova York? — insistiu ela, depois se virou para o marido sem esperar por uma resposta. — Você está comprando essa história?

Ele olhou para a esposa com expressão vazia.

— O quê?

— Mãe — grunhiu Lucy. — Seriam só alguns dias.

— E você vai ficar sozinha?

Lucy baixou os olhos.

— É — respondeu a garota, para o caminho de cascalho.

— Nananinanão — respondeu a mãe. — De jeito nenhum.

O pai alternou o olhar entre uma e outra, como se elas estivessem em um tipo de competição esportiva cujas regras ele não entendia bem.

— Acho que Lucy é perfeitamente capaz de ficar lá sozinha — dissera ele. — Não é como ela já não tivesse ficado antes.

—Verdade — dissera a mãe, com tom calculado. — Mas, dessa vez, tem um garoto na história.

Lucy deixou escapar um som estrangulado.

— Um garoto? — repetiu o pai, como se aquele conceito jamais tivesse ocorrido a ele. — Que garoto?

— Ele vai estar na cidade na primeira semana de junho — admitira Lucy, ignorando o pai e virando-se para a mãe. — Ele achou que eu estaria lá de qualquer forma, porque foi isso que eu disse para ele um milhão de anos atrás, e ele quer me encontrar...

A mãe a olhava com expressão imperscrutável.

— E você quer muito encontrar com ele.

Lucy assentiu, melancólica.

— E quero muito encontrar com ele.

O pai sacudira a cabeça.

— Que garoto?

Fez-se uma longa pausa enquanto a mãe parecia considerar a ideia, e então — finalmente, incrivelmente —, seu rosto suavizou-se.

— *Que garoto?* — perguntara o pai mais uma vez.

Nesse instante, a poltrona de Lucy tremeu quando a mãe se debruçou sobre ela da fileira de trás.

— Oi — disse ela. — Dormiu bem?

Lucy girou o corpo para olhar para a mãe.

— Você dormiu?

— Não — confessou a mulher, mas os olhos estavam brilhando. — Estou empolgada demais.

— Sério?

— Sério — confirmou ela, com um sorrisinho. — Parece que é mesmo verdade isso de que o que está afastado dos olhos fica mais perto do coração.

— Acho que o ditado correto é "longe dos olhos, perto do coração".

A mãe deu de ombros.

— Que seja.

Lucy virou-se para a janela outra vez, constatando que o avião havia se libertado das nuvens e que o oceano azul-acinzentado se abria sob eles. Quando pressionou a face contra o vidro, pôde ver o ponto onde ele encontrava terra firme à frente, parando abruptamente na extremidade de Nova York.

— Não está mais tão afastado agora.

— Tudo bem — disse a mãe, voltando a sentar-se, falando pelo espacinho entre os assentos, sua voz próxima à orelha da filha. — Uma certa pessoa me disse uma vez que o melhor jeito de ver uma cidade é olhando de baixo para cima.

Deixaram a água para trás, a cena lá embaixo transformando-se em uma rede de edifícios cinzentos, e deram uma guinada ampla enquanto seguiam para dentro da cidade, o avião inclinando-se sem pressa para o lado, de modo que Lucy pôde ver os rios que cortavam a selva de pedra como veias.

Quando o chão surgiu, correndo sob elas, Lucy lembrou-se do conselho que o pai dera de ligarem para a companhia de táxi assim que aterrissassem, e ela se sentou mais para a frente a fim de pegar a bolsa. Na carteira, havia um cartão de visitas profissional com o número, o mesmo que o pai sempre levou consigo na carteira anos a fio. Estava amassado nos cantos e dobrado ao meio, mas ele tinha entregado o cartão à filha com orgulho.

— Eram esses táxis que sempre pegávamos para voltar para casa, para voltar até você depois de todas as viagens — dissera ele. — Agora que você também se tornou uma viajante experiente, estou oficialmente passando o bastão. — Puxou-a para um abraço e lhe deu um beijo na testa. — Diga oi para Nova York por mim.

Ao retirar com todo o cuidado o papel de dentro das dobras da carteira, sentiu o volume dentro da bolsinha de moedas. Durante aqueles últimos meses, ficou tão acostumada com o formato dele que quase esqueceu o que era, mas ali, ela o tirou de dentro da carteira, girando o cigarro nos dedos. Estava um pouco achatado, esmagado pelos meses que passou sob todas aquelas moedas inglesas, mas ainda continuava basicamente intacto, e ela o estudou, lembrando como o encontrara na manhã seguinte ao blecaute. Levou o cigarro ao nariz e inspirou fundo, pensando que cheirava um pouco como Owen, e depois — antes que a comissária de bordo chegasse para adverti-la de que fumar dentro do avião era proibido —, escondeu-o dentro da carteira, sentindo o peito subitamente leve.

Pela janela, podia ver que estavam dando voltas acima do Brooklyn, mas a distância, os contornos pontiagudos de Manhattan surgiam em um arranjo de prédios imensos, e vales feitos de vastos parques verdes, tudo margeado por dois rios, como se fossem um par de mãos em concha. E ao descerem um pouco mais, ela pôde ver os desenhos das ruas e estacionamentos e quintais. Tudo se abrindo como um leque ao redor do coração da cidade onde as pessoas estavam ocupadas com as próprias vidas, caminhando e falando e rindo e trabalhando, e, em algum ponto lá embaixo, no meio de tudo, estava Owen: apenas um pontinho amarelo visto de cima, esperando por ela.

43

O trânsito estava intenso na saída do aeroporto. Owen encostou na janela do ônibus enquanto o veículo se arrastava lentamente em direção ao Lincoln Tunnel, assistindo à longa cadeia de carros cuspirem nuvens de fumaça no calor da tarde. Acima dele, depois do túnel, do outro lado do rio Hudson, a cidade parecia tremeluzir. De onde estava sentado atrás do vidro sujo, parecia quase uma miragem; o tipo de lugar que poderia deixar a pessoa com a sensação de estar eternamente se aproximando, sem nunca chegar de fato.

Mas Owen sabia que acabaria chegando. E tinha tempo o suficiente. Não encontraria Lucy antes do meio-dia do dia seguinte, o que queria dizer que tinha o resto da tarde e da noite para se preparar. O dinheiro que ganhou do pai bastaria para pagar um quarto de hotel barato, mas Owen planejava dormir no terraço mesmo assim; se houve um lugar que um dia o fizera sentir-se em casa naquela cidade, era ali, e não havia outro em que preferisse passar a noite.

O plano era simples. Quando chegasse ao terminal rodoviário Port Authority, pegaria o metrô até a 72nd Street e veria se a porta dos fundos do edifício estava aberta. Se pegasse os funcionários da manutenção na hora certa, era fácil entrar escondido por ali, e Owen usava esse artifício com frequência para evitar o esplendor desconcertante do saguão. Se estivesse trancada, a ideia era ir até a porta principal, cumprimentar qualquer que fosse o porteiro de serviço no dia, e seguir direto para o elevador como se aquele fosse seu lugar de direito, embora fosse óbvio que jamais pertencera àquele ambiente. Se alguém perguntasse aonde ia, daria o nome de Lucy, o que não era uma mentira, uma vez que estava lá para vê-la, e depois subiria direto para o terraço.

No dia seguinte, iria até a academia da esquina, que sempre oferecia um período de experiência grátis para conseguir clientes, e tomaria uma chuveirada e trocaria de roupa. Depois, na volta, compraria flores e esperaria por ela na portaria.

Sentiu a cabeça leve ao pensar nisso, e, no espaço apertado do ônibus, seu joelho não parava de bater no banco da frente. Estava assim desde que o pai o deixara no aeroporto de manhã, despedindo-se com um abraço de urso e desejando boa sorte. Durante o voo, a agitação de Owen era tal que chegou a derramar o suco de laranja, encharcando não apenas a própria roupa, mas a da moça a seu lado também. Ainda cheirava levemente a fruta cítrica azeda.

Não que estivesse nervoso por encontrar Lucy. O nervosismo tinha mais a ver com não saber que significado aquilo tinha para ela, e havia algo de assustador nisso. Só porque Owen sabia o que *ele* queria, não significava que ela soubesse também. E só porque ele tinha criado uma desculpa para pegar um avião e atravessar o país, não queria dizer que ela estaria igualmente empolgada.

Na primeira vez, durante o blecaute, tinham se encontrado como estranhos. Depois, em São Francisco, como amigos, ansiosos para descobrir se aquele estranho magnetismo que os atraía era real ou uma ilusão.

Mas, agora, Owen não sabia bem o que pensar.

Quando não há nada senão espaço entre duas pessoas, tudo parece um salto.

No instante em que o ônibus começou a entrar no Lincoln Tunnel, a frase voltou a ele com força total, puxada da memória como se fosse um eco: *as coisas são como são.*

Sorriu ao lembrar as objeções de Lucy à declaração, mas entendia agora que ela estivera errada. Era verdade que tudo podia sempre mudar. Mas também era verdade que algumas coisas permanecem como são, e aquela era um exemplo: nove meses antes, ele conheceu uma garota em um elevador, e ela permaneceu em seus pensamentos desde então.

A seu redor, os outros passageiros piscavam para o negrume profundo do túnel, mas Owen, não. Sabia exatamente o que queria, e podia vê-lo com a mesma clareza no escuro.

44

Chegaram ao silencioso apartamento, os últimos raios de sol entrando obliquamente pelas janelas, e nenhuma das duas falou. Enfim, Lucy soltou a bolsa, deixando-a cair no chão, e o som pareceu ecoar por um longo tempo.

— Está igual — declarou ela, sem saber se era algo bom ou ruim. O lugar tinha um quê de abafado, de quietude, tendo sido deixado sozinho todo aquele tempo, com apenas a faxineira como companhia ocasional. Lucy meio que esperava ouvir os irmãos rindo no outro cômodo, ou o som da voz do pai quando a porta se abriu rangendo. — Mas não *parece* igual.

— É que já faz tempo — explicou a mãe, passando a mão pelo encosto do sofá ao andar até a janela. — Tempo demais.

Lucy olhou para ela, a silhueta em destaque contra o céu laranja, o sol queimando e consumindo-se nos reflexos atrás dela.

— Já faz uma eternidade — disse Lucy, e a mãe olhou por cima do ombro.

— Nem tanto. — Sorriu. — Talvez só a metade de uma eternidade.

Depois de terem percorrido o apartamento de uma ponta a outra — esticando apenas as cabeças para dentro dos banheiros e rindo de tudo que tinham deixado para trás, sondando os quartos de dormir e vasculhando os armários como se fossem turistas na própria casa, remexendo tudo em busca de memórias e *souvenirs*, deslumbradas pela pura estranheza de estarem de volta depois de tanto tempo —, Lucy anunciou que ia sair.

—Você pode vir se quiser... — convidou a garota, mas a frase morreu no meio de uma maneira que fez a mãe rir.

—Vá — disse a mulher. — Sei que vai andar horas a fio, sem rumo, e meus pés só vão acabar cansados. — Fez uma pausa, olhando para a janela, onde o céu tinha mudado de cor-de-rosa para a cinza. — Só tome cuidado, ok? Faz um tempinho desde a última vez que você esteve na grande cidade má.

Lucy sorriu.

—Não é tão ruim assim.

—Aonde você vai, afinal? — perguntou ela. — Quando sai para passear?

—A lugar nenhum — respondeu a filha, dando de ombros, depois mudou de ideia: — A todos os lugares — corrigiu-se, e ficou por isso mesmo.

No corredor, apertou o botão do elevador, já tentando decidir aonde ir primeiro — ao Riverside Park ou ao Central Park, mais para cima na cidade, ou mais para baixo —, mas, quando as portas se abriram com seu som característico e ela entrou, se viu emperrada lá dentro. Sua mão estava a centímetros do botão que a levaria à portaria, mas em vez disso, sem sequer pensar a respeito, ela ordenou que a cabine subisse, o chão elevando-se sob seus pés, e ela ergueu o queixo para assistir ao mostrador enquanto ia do vigésimo quarto ao vigésimo quinto e assim por diante, até as portas se abrirem para a pequenina passagem que servia de entrada para o terraço.

Não fazia ideia do porquê tinha ido até lá. No dia seguinte, veria Owen. Em menos de 24 horas, estariam juntos. Não era uma espera tão grande. Ainda assim, quando pensara nele ao longo dos meses anteriores, aquele tinha sido sempre o cenário, pouco conhecido e ligeiramente mágico, e agora ela não podia deixar de visitá-lo outra vez.

Owen tinha dito uma vez que a porta ficava aberta às vezes, e Lucy ficara impressionada, abismada com o fato de que tinha morado a vida inteira em um prédio sem saber que aquele lugar existia.

Prendeu o fôlego ao girar a maçaneta de metal, e, quando ela cedeu, Lucy usou o ombro para fazer força e terminar de abri-la, depois pegou um tijolo deixado ali perto para usar como peso de porta, mantendo-a alguns centímetros aberta para não se trancar quando a atravessasse.

Quando se virou, sentiu os pulmões se expandirem, alegre por razão alguma, fora poder estar ali sozinha, sob um céu que parecia um quadro-negro, a noite ainda nova, uma página em branco pronta para ser escrita. A cidade se espraiava diante dela, toda aquelas luzes piscantes e alturas atordoantes, e com a brisa em seu rosto e a distante nuvem de ruído lá embaixo, levou um momento para registrar o clique da porta se fechando atrás dela. Virou-se depressa, os pensamentos correndo tão selvagemente quanto o coração batendo furioso — esperando se ver presa ali, amaldiçoando-se por não ter encaixado melhor o tijolo —, mas foi aí que viu a figura perto da entrada, e tudo se liquefez.

— Chegou cedo — disse ele, mas para Lucy não parecia o caso.

Para ela, parecia ter demorado uma eternidade.

45

Era difícil dizer exatamente como aconteceu, ou quem fizera o primeiro movimento, mas, de súbito, lá estavam: apenas a centímetros um do outro, no meio do terraço escuro como tinta negra, o ar elétrico entre os dois. Owen abriu a boca para dizer algo, explicar sua presença ali, fazer algum tipo de piada, mas mudou de ideia, pois estava cansado de falar, ao menos por ora, farto da troca de palavras entre eles. Tudo o que queria fazer era beijá-la.

E — finalmente — foi o que fez.

Quando se aproximou, os olhos de Lucy tremelicaram em surpresa antes de se fechar, e ele fechou os dele também, de modo que, quando os lábios se tocaram e as mãos se encontraram, eram apenas os dois mais uma vez no escuro, o breu total, salvo pelas faíscas atrás das pálpebras cerradas, tão brilhantes que podiam muito bem ter sido estrelas.

46

— Não, sério — disse ele, afastando-se depois do que achou terem sido meros segundos. — Você chegou cedo. Tinha feito um monte de planos. A gente ia se encontrar na portaria e depois fazer um piquenique no parque, aí sair para tomar sorvete naquele lugar... Aquele do blecaute... E voltar para comer aqui, e depois...

Lucy, ainda a centímetros do rosto dele, inclinou-se para trás com um sorriso.

— Bem, já estamos aqui, então...
— Mas ia ter sorvete.
— Não ligo para sorvete.
— E um piquenique.
— Owen! — exclamou ela, rindo.
— E a gente ia deitar e ficar olhando para o céu, procurando as estrelas.
— Não tem estrela alguma — observou ela. — Mas, com certeza, ainda podemos olhar para o céu.

Ele lançou um olhar desamparado para ela.

— Mas eu tinha todos esses planos...
— Tudo bem — garantiu ela, tomando a mão dele outra vez. — Assim é melhor.

Sentaram-se juntos encostados contra a mureta, os joelhos se tocando.

— Você vem sempre aqui? — perguntou ele, e Lucy o encarou, o rosto difícil de ler. Parecia ponderar sobre alguma coisa, e levou um momento para decidir o que responder.

— Na verdade — disse ela —, acabei de chegar hoje de manhã.

Owen a fitou.

— Achei que você estava...

— Não — cortou ela. — Os planos mudaram.

— Então você veio só...

— Para ficar dois dias — completou Lucy, baixando a cabeça. — Para ver você.

Ele sorriu.

— Jura?

Lucy assentiu, já se retraindo, e ele entendeu por quê; sabia melhor que ninguém qual era a impressão que aquela atitude dava, compreendeu como era uma loucura viajar metade do mundo para ver uma pessoa que mal conhecia. Mas ele também sabia exatamente o que dizer para deixá-la tranquila.

— Eu também — confessou Owen, aproximando-se, de modo que havia apenas o farfalhar das roupas e braços e pernas e corações pulsantes ao colocar um braço em volta dos ombros dela.
— Vim só para encontrar você.

48

— Então — disse ela mais tarde, depois de o céu ter escurecido por completo e os pássaros terem ido dormir e as luzes da cidade terem começado a fazer o mundo inteiro reluzir. — O que mais ainda não sei sobre você?

Ele pareceu pensativo.

— Sei fazer malabarismo.

— Não, quis dizer... Espere aí, sabe mesmo?

— Aham. E também odeio manteiga de amendoim.

— Quem é que odeia manteiga de amendoim?

— Pessoas com paladar refinado — retrucou ele. — E sei uns truques de carta ótimos. E piadas.

—Tipo o quê?

Ele refletiu a respeito disso um minuto.

— Por que o espantalho ganhou um Prêmio Nobel?

— Por quê? — perguntou ela, torcendo o nariz.

— Por se destacar em seu campo.

Mesmo contrariada, Lucy riu, mas o rosto de Owen voltou a ficar sério.

— E decidi começar a faculdade ano que vem.

Ao ouvir isso, ela sentou-se.

— Sério?

— Sério — repetiu ele, com um sorriso. — Universidade de Washington.

— Isso é perfeito! — exclamou ela. — Seu pai deve estar superfeliz.

— Está, sim — afirmou ele. — Nós dois estamos.

— Está bem, então — retomou ela, balançando a cabeça. — Quer dizer que aparentemente tem um *monte* de coisas que não sei sobre você. Mas, na verdade, estava falando daquela coisa de fumar.

Ao lado dela, Owen enrijeceu-se.

— Que coisa de fumar?

— Depois do blecaute, de manhã — explicou Lucy. — Achei um cigarro no chão da cozinha. Tinha me esquecido totalmente dele, mas acabei encontrando de novo no avião e...

O rosto dele tinha perdido toda a cor.

— Ainda está com ele?

— Estou — respondeu Lucy, um pouco envergonhada. — Acho que foi meio que um tipo de lembrança...

— Então você guardou — disse ele, observando-a com atenção.

— Guardei. Está lá embaixo, na minha carteira.

Para a surpresa dela, uma expressão de alívio genuíno cruzou o rosto dele.

— Obrigado.

— Claro — respondeu ela, franzindo a testa. — Mas o que é que tem de mais? Ficou sem fumar esse tempo todo?

— Algo assim — disse ele, seus olhos brilhando, e ela se deu conta da enormidade de tudo o que não sabia a respeito dele. Owen era como um de seus livros, ainda inacabado e melhor compreendido no lugar e hora certos.

Mal podia esperar para ler o resto.

49

Mais tarde, deitaram-se de costas, os ombros pressionados juntos, rindo para o céu negro como carvão. Havia lágrimas correndo pela lateral do rosto de Owen.

— Espere — disse ele, tentando recuperar o fôlego, achando a situação toda inexplicavelmente hilária. — Você mora em *Londres* agora?

— É — respondeu ela, virando-se para Owen e recostando-se nele, dando risadinhas incontroláveis. — E você mora em *Seattle?*

— É. Qual é a graça?

— Nenhuma. O que é que Londres tem de engraçado?

— Nada — respondeu ele, e, com apenas isso, recomeçaram a gargalhar.

50

— Bem ali — disse ele, ainda mais tarde, apontando para cima.
— Sério?
— É, estou vendo uma.
Ela semicerrou os olhos.
— Onde?
— Não está vendo? — perguntou ele, usando as mãos para traçar algo pelo céu noturno, que parecia fechado como uma tampa hermética acima da cidade fumegante. — Está bem ali.
— Isso não ajuda — disse ela, apoiando o peso do tronco sob os cotovelos.
— É... eu acho... Que pode ser... — Fez uma pausa dramática. — É, definitivamente é a Caçarola.
Lucy lançou um olhar de desconfiança para ele.
— Não, sério — garantiu ele, pegando a mão dela e usando-a para desenhar formas pelo centro de toda a vastidão negra. — Ali está a alça, e ali a caçarola em si. Parece uma caçarola, não parece?
— Para mim, parece mais uma concha de sopa — argumentou Lucy. — Mas você é o cara da ciência aqui.
— Então fica sendo caçarola mesmo — disse ele, movendo a mão dela para a esquerda e fazendo três pontinhos. — E ali está o cinturão de Orion.
— Você é maluco. Não tem nada ali.

— O que aconteceu com todo aquele otimismo implacável? O combinado não era você ser a pessoa cheia de positividade?

— Certo — disse ela, olhando para cima. — Ok.

Ele a estudava com atenção.

— Viu?

— Acho que talvez... É, estou vendo uma.

— Onde?

Ela tomou a mão dele na sua e a guiou em direção à parte mais alta do céu.

— Bem ali. É uma das grandes. E brilha bem forte...

Quando ele falou, havia indícios de risada em sua voz.

— Aquilo é a lua.

— É?

— É — confirmou ele, e Lucy sorriu.

— Melhor ainda.

—Tem mais uma coisa que você não sabe — disse ele mais tarde. A cabeça de Lucy estava descansando sobre o peito de Owen, que passava a mão pelo cabelo dela.

— O quê? — perguntou ela, reprimindo um bocejo.

—Você não sabe disso ainda — sussurrou, a boca perto da orelha dela. — Mas esta semana vai ser incrível. Vamos atravessar a ponte do Brooklyn e visitar a Estátua da Liberdade e caminhar pela Times Square que nem dois turistas. — Fez uma pausa. — Ou que nem dois pombos.

Havia um sorriso na voz dela.

— E você vai comprar aquela camiseta *I* ♥ *NY.*

— A camiseta é opcional — disse ele, o que a fez rir.

— E depois? — perguntou ela, embora as palavras saíssem mais baixas, mais curtas; estavam carregadas com o que não havia sido dito: perguntas sem respostas e promessas sem garantias.

Owen queria dizer: *e depois vamos ficar juntos para sempre.*

Ou: *e depois viveremos felizes para sempre.*

Mas não podia. Em vez disso, cravou os olhos no céu vazio, sentindo o coração outrora pesado flutuar como um balão.

— E depois vamos ter que voltar para casa — disse ele enfim, pois era verdade, e depois de tudo por que tinham passado era a única resposta que podia dar.

Ficaram em silêncio por um longo tempo. Ela retorceu um pedaço da camiseta de Owen entre os dedos, depois soltou e pousou a palma aberta contra seu peito, no ponto exato onde ficava o coração, e ele pôde subitamente senti-lo outra vez: as batidas constantes submergindo e varrendo para longe todos os outros pensamentos. Era mais um tamborilar que uma contagem regressiva, mais um metrônomo que um relógio com seu tique-taque, e ele se sentiu impelido para a frente a cada tom abafado, como se a esperança fosse um ritmo, uma canção que havia acabado de descobrir.

Ele colocou uma mecha solta de cabelo dela atrás da orelha, depois se inclinou para a frente e beijou sua cabeça.

— Mas vai dar tudo certo — prometeu Owen. — Vamos continuar escrevendo um para o outro. E daremos um jeito de nos ver de novo.

— Você acha?

— Acho — garantiu ele, as palavras pesadas na garganta. — A gente vai fazer acontecer. Quem sabe não vou ver você em Londres? Ou você vai me visitar em Seattle. Ou vai ver a gente se encontra em algum lugar totalmente diferente.

— Ok — concordou ela depois de um momento. — Vamos escolher algum lugar empolgante, então. Tipo São Petersburgo. Ou Atenas. Ou Nova Zelândia.

— Ou Alasca — sugeriu ele. — Podemos andar sem rumo pela tundra.

— Que nem dois pinguins.

— Isso aí — disse ele com uma risada.

— Ou talvez Buenos Aires.

Ele assentiu.

— Ou Paris, para você poder me mostrar o centro exato da cidade.

— E para você poder fazer seu pedido também.

— Qual foi o seu? — perguntou ele. — Poder voltar lá um dia?

— Não exatamente.

— O que, então?

Ela levantou a cabeça para olhá-lo.

— Poder voltar aqui um dia.

Ele sorriu.

— O problema é que acho que estamos a uns dez metros do lugar certo — comentou Owen, apontando para o ponto no chão onde tinham se sentado antes, onde ele fizera uma estrela surgir no mais improvável dos locais. — Tenho quase certeza de que o centro exato do mundo fica bem ali.

— Não sei, não — retrucou ela, e ele viu que também estava sorrindo. — Acho que estamos bem em cima dele.

AGRADECIMENTOS

Este livro não teria acontecido sem a orientação, o incentivo e o apoio de muita gente, inclusive Jennifer Joel, Elizabeth Bewley, Farrin Jacobs, Megan Tingley, Frankie Gray, Stephanie Thwaites, Sophie Harris, Binky Urban, Hallie Patterson, Sam Eades, Libby McGuire, Jennifer Hershey, Josie Freedman, Liz Casal, Pam Gruber, Clay Ezell e Jenni Hamill. Também sou muito grata a meu amigo Owen Atkins, por ter me deixado pegar o nome dele emprestado, e a minha família: mamãe, papai, Kelly e Errol. Saudações a todos vocês.

Este livro foi composto na tipologia Plantin Std,
em corpo 10/14, e impresso em papel off-white
no Sistema Cameron da Divisão Gráfica
da Distribuidora Record.